Der Roman beginnt mit einer unglaublichen Nachricht: MANE soll verschwinden. Dabei ist die phantastische Droge MANE das, was die Gesellschaft der Romanzeit zusammenhält – das, was den allzu zahlreichen und meist prekär lebenden Alten das Leben verschönt, zu jugendlichem Wohlbefinden verhilft und die große soziale Ungleichheit übertüncht.

Ist es eine Lüge, dass das Medikament plötzlich gefährlich ist? Und warum wird das Verbot mit derart weitreichendem Aufwand durchgesetzt, mit Beschlagnahmungen, Razzien, Verhaftungen? Nur um ein paar Ältere vor dem angeblich drohenden Tod zu retten?

Die Erzählerin, siebzig Jahre alt und gegenüber Veränderungen grundsätzlich wenig aufgeschlossen, reagiert skeptisch und unwillig, die Welt erscheint ihr zunehmend fremd und unverständlich. Den wahren Grund des Verbotes durchschaut sie nicht, erfährt ihn aber zufällig – und gehört mit einem Mal zur kleinen Gruppe von Privilegierten, die um den MANE-Entzug herumkommen.

Eigentlich ein Glück. Aber dieses Glück verstärkt eher ihre Hilflosigkeit: Die Welt ist um eine Ungerechtigkeit reicher, gegen die man nichts tun kann. Die Not der Erzählerin ist nicht ohne Komik, und viele der Situationen, die sie durchleben muss, sind es auch nicht – nicht einmal das (gute) Ende der Geschichte.

Sabine Achilles, Jahrgang 1954, lebt in Wiesbaden. Sie ist Musikwissenschaftlerin, war Musikjournalistin, arbeitete lange Jahre im Graphik-Design-Bereich. Sie begann erst spät zu schreiben, ihr Thema sind die (unerschöpflichen) Schrecken der drohenden Alterszukunft.

Sabine Achilles

MANE:
Schöne Neue Zeit

Roman

tredition®

Impressum

© 2017 Sabine Achilles
Lektorat: Ingeborg Mues, Berlin
Grafik, Fotos, Layout:
© Lilly Unter Ecker, Wiesbaden

Verlag: tredition GmbH, Hamburg

ISBN:
978-3-7439-2224-2 (Paperback)
978-3-7439-2225-9 (Hardcover)
978-3-7439-2226-6 (e-Book)

MANE:

Schöne Neue Zeit

Es ist ein unmögliches Verbot, ich wusste es sofort, irrte nur, als ich es nicht für wahr hielt. Die Nachricht klang verrückt, geradezu irreal, als hätte ich nicht richtig gehört, sei nicht wirklich wach, im falschen Radiosender, im falschen Morgen. Etwas stimmte doch nicht, konnte nicht sein. Ich folgerte mit der mir gegebenen Logik: Also stimmt gar nichts. Was ich höre, ist falsch, anders falsch als der gewohnte Irrsinn der gewohnten Meldungen, etwa von traurigen Vorkommnissen, Kriegen, Konkursen, Erdbeben, Existenzvernichtungen der verschiedensten Art und so weiter, den ich gelernt habe, fraglos hinzunehmen. Ich war mir sicher: Die Nachricht ist Unsinn – und MANE nicht verboten. Öffnete, nur zur Bestätigung, NachrichtenEins und andere Portale (nie habe ich mir diese Mühe gemacht, vorher nicht, hinterher nicht). Las überall: Produktion von MANE gestoppt, Verkauf und Weitergabe verboten, Zulassung zurückgenommen, Verschreibung ausnahms- und übergangslos unzulässig, Einnahme lebensgefährlich und strafbar, die bisherigen Studien allesamt Irrtümer, Tausende nur knapp dem Tode entkommen, allem Anschein und glücklicher Verträglichkeit zum Trotz ...

MANE, das beste aller Medikamente, der Zugang zur besten aller Welten, sollte verschwinden, die Welt also untergehen? Nein – so schnell finde ich mich nicht mit Unmöglichem ab, so schnell lasse ich Erwartungen nicht fallen und meinen Wahrscheinlichkeitssinn auch nicht, schließlich ist er unentbehrlich, um durch die Tage zu kommen. Ich sagte mir: Die Einhelligkeit der Medien besagt nichts, verdankt sich bloßem Automatismus. Alle schreiben doch voneinander ab, vertausendfachen Falschmeldungen per Mausklick. Nehmen bevorzugt das Skurrile und Ungewöhnliche als Schlagzeile (ein gutes Wort!), und ein Verbot von MANE wäre nun wirklich der Gipfel der Skurrilität – auch die Richtigstellungen und unvermeidbaren Entschuldigungen werden die Bildschirme überfluten. Und die Erklärungen, die üblichen oder weniger üblichen: Vermutlich sind pharmakologische

Tests falsch gelesen oder interpretiert oder ein Virus nicht rechtzeitig entdeckt und die Programme zerstört worden. Kann leicht passieren, sämtliche Prozeduren werden ja ebenfalls von Rechnern kontrolliert, die alle naselang versagen. Oder Chargen der Produktion sind verunreinigt durch grobe Nachlässigkeit oder Sabotage, und die Behörde hat die Dimension des Problems maßlos überschätzt und idiotisch überreagiert, wird in Kürze zurückrudern und anderen die Schuld geben. Oder die Nachrichten sind geradewegs manipuliert worden, Hacker in die Sendezentrale eingedrungen, alle Kanäle unter ihrer Kontrolle. Durchaus möglich. Wie oft sind schon Netzwerke kollabiert, Konten abgeräumt, Daten von Banken und Behörden verschwunden. Alles ist hoffnungslos virtuell, alles, was man sieht, hört und liest, nur mediales Als-ob, nichts mehr sicher, unverfälscht sowieso nicht. Die Welt wird immer störungsanfälliger: Ein paar Handgriffe reichen, und das Chaos ist unbeherrschbar. Und wenn gar wie in dem wunderbaren Film *Brave New TV* Nachrichtenzeit für einen Werbegag verkauft worden wäre – um zu zeigen, wie wichtig MANE ist? Da möchte ich nun nicht hereingefallen sein – wie angeblich all die Radiohörer beim *Krieg der Welten*. Irgendwann wird (davon ist auszugehen) ein großer Schabernack passieren und niemand wissen, ob echt oder nicht ...

Aber nicht heute. Das konnte nicht sein. Ich war mir sicher, heute müsste ich nur abwarten, am Nachmittag, spätestens am Abend würde der Spuk ein Ende finden, der virtuelle Unsinn geradegerückt sein.

Ich hätte kaum etwas davon mitbekommen, wenn ich nicht gleich morgens Nachrichten gehört hätte – überhaupt eine blödsinnige Angewohnheit. Durchaus riskant, mal eben einen Überblick bekommen zu wollen über den Trubel der Welt und darauf zu vertrauen, dass einen der ganze Schlamassel nichts angeht. Das kann nun mal schiefgehen, war jetzt schiefgegangen und ich unnötig gestört worden. Wirklich unnötig (auch ein gutes Wort), mir den weiteren Morgen zu verderben, der doch gerade erst angefangen hatte.

Sonst störte nichts: Ich war wie immer wunderbar ausgeruht dank des märchenhaft MANEschen Schlafs und wunderbar bereit für meinen unnützen Tag, hatte aber noch nicht einmal Tee getrunken, nicht geduscht, nicht getrödelt, nicht gelesen – nicht aus dem Fenster geschaut. Wo ich die *richtige* Welt sehe, die hoffentlich allen virtuellen Irrtümern widersteht – zu der ich zum Glück zwei Ausblicke habe in meiner winzigen Wohnung. Sowohl in den Hof wie auf die Straße. Also das übliche Ritual (diesmal in aller Entschiedenheit): Zuerst das hintere Fenster öffnen, prüfen, wie kühl es ist, über die schmuddeligen Mülltonnen hinwegsehen (der Krempel verschwindet nie), die Zweige des übriggebliebenen Baumes beobachten, mich gegebenenfalls über Wind freuen, vergeblich versuchen, in die Nachbarwohnungen zu schauen. Zur Straße hin ist es meist wärmer und natürlich belebter, der Verkehr laut und hektisch, junge Leute auf dem Weg zur Arbeit. Sie sind zu bedauern (ich vergesse es nie), haben den Tag nicht für sich. Jugend ist ein schreckliches Lebensalter, ich bin froh, dass ich es hinter mir habe. Viel schöner, am Fenster zu stehen und warten zu können – warten, bis mir die Idee kommt, meinen Tee zu trinken und frühstückend zu lesen. Zunächst das Fernsehprogramm, schöne Filme für den Abend suchen, die Krönung des Tages, dann das Buch (am liebsten eines, das ich schon kenne).

Ich wollte jetzt hier bei meinem Tee eine Stunde lesen, eine weitere später im Park und dann noch am Nachmittag zu Hause, Lesezeiten wie kleine Inseln in dem langen Tag. Ich stelle mir gern vor, ich bin ein Zeitschwimmer in einem riesigen Bassin. Eine Bahn vor: trödeln und Briefe schreiben – und zurück: drei Uhr, lesen im Park, im Café. Eine Bahn quer: eine kleine Küchenzeit, noch mal die große Bahn, der Abend.

Als ich mich für den Park fertig machte, unschlüssig angesichts der schwierigen Frage, was ich anziehen sollte (das rote Kleid wollte ich mir für den Französischkurs aufsparen, anderes gefiel mir leider nicht), und schon mal kleine Notwendigkeiten für unterwegs einpackte, rief Carla an. Das tut sie sonst nicht. Sie klang überreizt und müde, jammerte über Stress. Das war allerdings nichts Neues, sie verausgabt sich ständig in mickrigen, aber aufreibenden Jobs, klagt gerne, dass es letztlich nichts einbringt. Heute graute ihr vor einem anstrengenden Termin am frühen Nachmittag, den sie nicht absagen könne, trotz der miserablen und nicht einmal sicheren KategoriePlus-Bezahlung. Also das Übliche, dachte ich, vermutlich eine kleine Jobchance im »Plus«-Portal, dieser unsäglichen Stellenbörse für Rentner, die ihre unter die Grundsicherung gerutschten Bezüge aufstocken und die sogenannte »Ruhestandszeit« verplempern müssen für ein klein wenig »Plus«. Aber Geld war nicht das, was jetzt fehlte, sondern Schlaf. Seit vorgestern habe sie schon kein MANE mehr – typisch für Carla –, und jetzt sei ernstlich nichts mehr zu bekommen. Sie hatte nicht auf den Nachmittag gehofft, lieber gleich panisch herumtelephoniert und Apotheken abgeklappert – ohne Erfolg: Die Bestände seien nicht mehr zum Verkauf zugelassen, müssten zurückgegeben werden, in der Praxis Karst sei auch nichts zu bekommen, überhaupt nirgendwo. Ich war überrascht, hatte gar nicht mehr an das angebliche Verbot gedacht.

Sie habe die Nachricht genauso wenig glauben können wie ich, deshalb eben sofort zu telephonieren begonnen, sei hinausgerannt, um der neuen, unglaublichen Situation zuvorzukommen und irgendwo noch ein paar MANE zu ergattern, sei von den ergebnislosen Versuchen vollkommen erschöpft, wie vor den Kopf geschlagen. »Das macht mich fix und fertig, zieht mich abgrundtief hinunter.« Sie erzählte es ein drittes Mal. Ich war noch immer erstaunt. Sie auch. Nicht zu fassen, dass plötzlich ein Produktionsirrtum, ein Medizinfehler auftaucht nach so vielen Jahren, ohne dass vorher jemand irgendetwas gemerkt hat – und dass die Pharmaindustrie ein millionenfach verkauftes Medikament zurücknehmen muss, bevor es Beschwerden gibt. Das sei doch nicht möglich. Wenn sie wenigstens einen kennen würde, der krank geworden ist, wenn sie schon irgendetwas von Nebenwirkungen gemerkt oder gehört hätte, würde sie es leichter in den Kopf kriegen. Dieses Knall-auf-Fall-Verbot sei einfach zu plötzlich, das gehe doch nicht, sie müsse sich doch langsam von MANE verabschieden, wenn es wirklich sein müsste, und jetzt noch ein paar MANE bekommen, Gefährlichkeit hin oder her. Es ist offensichtlich ein himmelweiter Unterschied, ob etwas fehlt oder fehlen wird, denn dann wird es *vielleicht* fehlen, es ist zu glauben, dass es fehlen wird, demnächst, demnächst ist himmelweit weg. Und es ist nicht so leicht, einfach abzuwarten, wenn das Fehlen schon begonnen hat. Ich konnte Carla schlecht sagen, wir brauchen bloß abzuwarten, sie war verzweifelt und hatte angerufen, damit ich ihr helfe, das war nicht schwer zu verstehen. Ich musste ihr sagen, ich kann kommen, komme bald.

»Ich hab noch ein paar Tabletten, natürlich, ich bring dir welche, bin in 40 Minuten da.«

Ich überlegte noch, wie viele ich abgeben mochte. 10 hatte ich noch: 3 davon packte ich ein. Immerhin.

Kaum unterwegs, bereute ich die Zusage. Fand die Eile überzogen, die Drängelei unangemessen. Natürlich war es gut, dass ich zugesagt hatte, und ich hatte verdienterweise deshalb ein gutes Gefühl, aber es war doch eine unnötige Reduzierung der morgendlichen MANE-Muße. Die Tablette wird Carla ja erst abends nehmen können, die Hektik entstand allein durch ihre verzettelte Tagesplanung in vielen kleinen, aber erschöpfenden, mäßigst entlohnten Jobs, die sie ständig in Schwierigkeiten brachte und nun auch noch gehindert hatte, MANE rechtzeitig einzukaufen. Außerdem war der Wind kühler als erwartet, Müllcontainer störten auf dem Gehweg, die Straße schmuddelig, vernachlässigt, ja geradezu vereinsamt, und zu einsamen Tageszeiten fahre ich ungern Stadtbahn. Ich fürchte die wie von Geisterhand blitzschnell und geräuschlos schließenden Türen. Schon die Aussicht, die Tür mit der Bürgerkarte, die so leicht hinfällt, öffnen zu müssen, ist abschreckend. Jedes Mal bin ich erleichtert, wenn ich sitze und den kurzen Summton höre, der das Anfahren anzeigt – natürlich nur als Warnung für die Fußgänger. Es erinnert mich immer an das phantastische Zischen und Dröhnen, das in Weltraum-Filmen den Raumschiffen unterlegt wurde, wenn sie in die Schalllosigkeit fortstürzten. Was mir seltsamerweise unsinnig vorkam, als ich jung war und stolz auf mein bisschen Physikwissen – als ob sich Science-Fiction-Filme mit Physik aufhalten können.

Drei junge Frauen standen an der Station, das war ungewöhnlich für diese Zeit. Ich war froh, weil ich ihnen das Türöffnen überlassen konnte, ärgerte mich aber, weil sie rücksichtslos laut waren, sich ohne Zurückhaltung kreischend unterhielten, als bemerkten sie mich nicht, als existierte ich nicht in ihrer pubertären Tunnelwelt. Sie schrien in ihre Telys, als wäre es selbstverständliches jugendliches Vorrecht und müsste sie nicht kümmern, dass störendes Telephonieren in der Öffentlichkeit verboten ist, egal wie trendy die telekommunikativen Alleskönner auch sein mögen. Es wäre nur gerecht, wenn sie die Strafgebühr zahlen müssten, einen Moment lang habe ich sogar überlegt, ob ich mich näher zu ihnen stellen sollte, damit die Überwachungskameras besser aufzeichnen konnten, dass sie andere Fahrgäste belästigten. Wollte dann die Kränkung lieber wegstecken: Warum achte ich überhaupt auf die Herablassung von pubertierenden Schreihälsen, hinterher komme ich mir noch alt vor mit meinen gerade mal siebzig Jahren.

In der Stadtbahn wurden sie still: Aha, sie wissen, wo Überwachung zu fürchten ist. Jetzt war es mir zu ruhig, ich fühlte mich, wie immer, einen Moment unbehütet in der fahrerlosen Bahn. *Das menschliche Risiko können wir uns sparen*: Warum kann ich diese dumme Werbelüge nicht vergessen. Auch nicht: *Selbst die Sonden zum Mars brauchen keinen Piloten.* Und: *Früher hat es sogar in den Aufzügen Fahrstuhlführer gegeben. Früher*, als Arbeitskräfte noch nicht überall fehlten, *jetzt* muss ich wie im Blindflug durch die Stadt fahren.

Als ich aus dem Fenster schaute, war die Innenstadt, in der ich nun einmal wohne, schon verschwunden, alles bunt gegeneinander Gewürfelte wie weggezaubert auf der langen Zubringerstraße, die in umständlichen Kreisen auf den »Neues-Wohnen«-Komplex führt. Carla kann ja nicht wie andere in der Innenstadt leben, erträgt dort nicht das Chaos (ausgerechnet sie, die im permanenten Zeitchaos lebt), macht sich schwer erreichbar in ihrem wohlgeordneten Vorstadtghetto, was ihre Planungen entschieden kompliziert. Aber wozu soll etwas einfach sein, Hauptsache, es lärmt nicht vor der Haustür, dafür darf alles andere umständlich werden.

Der Weg kam mir noch länger vor als sonst, die Straße öde wie die wuchtige Häuserfront, die endlich auftauchte. Ein Schachtelgebirge, grau in grau, ohne Anzeichen von Besiedelung. Das Grau geriet in Bewegung, wenn die Wolken die Sonne freigaben, wurde von feinen Schattenmustern überzogen, die wanderten, an einigen Stellen ins Grau zurücksackten, an anderen neu aufgebaut wurden. Die Steine leben immerhin, habe ich gedacht. Im Näherkommen wurden sie starr, schmutzig starr irgendwie, als wäre etwas Schwarzes von den Schatten hängengeblieben oder etwas Abgelebtes, als hätte »NeuesWohnen« der Benutzung nicht standgehalten, wäre im Zeitraffer gealtert, von Geisterhand angeschmuddelt worden.

Vollkommen einsam stand ich dann auf der Straße, mit dieser Verlassenheit hatte ich nicht gerechnet. Sind plötzlich alle Bewohner verschwunden? Nicht einmal Überwachung war erkennbar. Carla muss mutig sein, hier abends allein entlangzugehen. Die Orientierung war wie so oft ein Problem, die originell verschachtelten Wohnkästen, die sich durch geometrische Eigenheiten voneinander absetzen sollen, kamen mir so gleichförmig vor, ich war unsicher, in welchem Teil des Musters Carlas Wohnung lag. Ich war doch noch vor ein paar Monaten hier gewesen, warum erinnerte ich mich nicht? Mein Tely ortete nur, dass ich vor dem Block stünde, zu dem ich wollte, die elektronische Auskunftsbox war außer Betrieb, vielleicht mutwillig zerstört, worüber ja so viel zu lesen ist. Es gibt hier auch nichts anderes, was man kaputt machen könnte. Um die Wohnungsnummern zu erkennen, hätte ich zu den einzelnen Eingängen laufen müssen, da versuchte ich mich lieber in Geometrie. Ich musste die Einheit finden, bei der ein sehr Spitzwinkliges in ein Rundes stößt, ein Doppelrundes genaugenommen, die bedrängte Acht. Carla hatte es mir stolz erklärt, sie findet es großartig, dass ihre Einöde sich präsentiert wie ein Erkennst-du-die-Form. Dadurch sei den Architekten gelungen, den Komplexen etwas »Individuelles« zu geben. Als ob die ausgeklügelte Formierung nicht alles Individuelle schlucken würde!

Sie begrüßte mich fröhlich. Das kann sie gut. Sie hat eine nette Art zu lachen, sagt immer etwas Aufmunterndes. Entweder sehe ich gut aus oder strahle eine wunderbare Ruhe aus oder mache den Tag freundlicher. Heute war ich ihre Retterin, einfach *riesig lieb*. Sie schien auch nicht mehr so abgespannt, hatte Gläser und Saft auf den Tisch gestellt – alle sind als Gastgeber tüchtiger als ich –, aber blass sah sie aus, alt und müde. Ich hätte am liebsten gesagt, du bist ja total ausgebrannt, siehst krank aus, was machst du bloß für einen Unsinn, wofür halst du dir soviel Kram auf, du ewig umständliche, schlecht organisierte Carla, so kann das doch nicht weitergehen ..., fragte aber nur sehr vorsichtig (wie ich dachte): »Musst immer noch so viel arbeiten, nicht?«

Sie war sofort verstimmt, hatte natürlich verstanden, warum ich so anfing. »Also weißt du, müssen, natürlich muss ich nicht, also amtlicherweise, ich muss als Leistungsberechtigte mit 73, jetzt hab ich dieses grässliche Wort in den Mund genommen, also auch in meinen Verhältnissen muss ich mit 73 nicht mehr arbeiten, verpflichtet werde ich zu nichts mehr, aber ...«

»Nein, das mein ich doch nicht, entschuldige, das weiß ich doch, du musst dich doch nicht verteidigen, im Gegenteil, ich komm mir ja richtig faul vor neben dir, hab nur fragen wollen, ob du dich nicht mal ausruhen kannst, ab und zu wenigstens.«

Sie nickte sehr langsam, als sei Antworten eine ziemliche Zumutung. »Okay, ich versteh, du hast ja recht. Ab und zu mal eine Pause wäre vernünftig. Aber aufhören geht nun mal nicht. Wenigstens ein bisschen Zuverdienst muss sein. Und das ist eben nicht einfach. Den kleinen Jobs muss man ordentlich hinterherlaufen und immer am Ball bleiben, das läppert sich sehr mühsam, da habe ich Angst, Kontakte zu verlieren. Ehrgeiz habe ich keinen mehr, falls du das befürchtest. Ich arbeite nur noch wegen der kleinen Begehrlichkeiten, also für die, die zu klein sind, um darauf zu verzichten, wie es der blöde Kalauer ausdrückt. Um mehr geht es nicht. Ich wundere mich ja selber, wie schwierig das ist, wirklich, ich wundere mich Monat für Monat, dass ich es nicht besser hinkriege, nicht besser organisieren kann. Aber die Terminplanung entgleitet ständig. Alles wird andauernd durcheinandergeworfen, Treffen verschoben, dafür ausgiebig angerufen, zusätzliche Besprechungen verlangt und zusätzliche Änderungen, und jedes Mal muss ausführlich über Persönliches geredet werden. Es nimmt einfach kein Ende.«

»Persönliches?«

Die Frage war auch nicht recht, heute traf ich einfach nicht den richtigen Ton. »Entschuldige, wenn ich nerve«, sagte ich mit betont sanfter und fürsorglicher Stimme, »für mich ist das rätselhaft: Du verdienst praktisch nichts, verlierst aber alle Zeit, kann man das nicht irgendwie ändern ..., was sind das überhaupt für Jobs?«

Jetzt war sie wirklich verlegen. »Wir haben tatsächlich schon einmal darüber gesprochen, als Möglichkeit allerdings, als Job-Möglichkeit, ich meine, wir haben über die Schwierigkeit gesprochen, überhaupt etwas zu finden – und eigentlich weiß ich immer noch nicht, ob ich das erzählen soll« – sie lachte ihr nettes Lachen ein bisschen gequält –, »aber na gut: Ich arbeite jetzt in der Abteilung Bekanntmachungen im Todesfall.«

Jetzt war es raus, nun lachten wir beide. »Das ist doch gut, dieser Berg an Arbeit wächst unaufhörlich und nimmt kein Ende.«

»Ja, es gibt wunderbar zahlreiche Anwärter auf meine zukünftigen Bekanntmachungen.«

»Die Verlässlichkeit und Vorhersehbarkeit künftiger Aufträge ist nicht zu übertreffen.«

»Stimmt, gut, dass du das einsiehst. Und eigentlich ist es eine angenehme Arbeit, einfach und sogar problemlos. Die Leute sind dankbar, wenn man bei der Anzeige hilft, eine Idee hat, dass es nicht so banal aussieht oder gleich kitschig. Ganz wunderbar eigentlich, aber es wird eben schnell persönlich. Und persönlich heißt, dass du endlos zuhören musst und niemanden vor den Kopf stoßen und sagen darfst, du hättest jetzt keine Zeit mehr. Und« – sie zögerte wieder –, »also dann mach ich noch etwas, das kommt mir jetzt wirklich wie eine Beichte vor, also sag nicht gleich, dass ich damit aufhören soll ... «

»Jetzt stellst du dich ein bisschen an, und zwar vollkommen unnötig.«

»Okay, also was wirklich zu viel ist, ist die Arbeit im vvv, du weißt, dem *vivatvirtuell*, dem überdimensionalen wahnwitzigen Erinnerungsportal. Ich hab mich überreden lassen, es ist nun mal passiert, und ich kann nicht gleich wieder damit aufhören – und bevor du weiterfragst, es gibt dafür tatsächlich nur dusselige

Gutscheine, die nehm ich einfach an, ich bin für nichts mehr zu stolz.«

»Wieso dusselig, und was heißt schon: stolz, sind doch beliebt diese ... Also Nachrufe sind das ja nicht mehr, diese RememberMe's oder Was-du-mir-bist oder Die-Zeit-mit ...«

»Ja, wahnsinnig beliebt, man wird lästiger- und überflüssigerweise permanent heimgesucht von diesem Zeug. Weiß ja schon nicht mehr, wohin damit, falls man sie speichert natürlich. Und haben noch viel blödere Namen, etwa 'Was-die-Freunde-zum-Abschied-sagen' oder 'Alles-was-ich-über-Katharina-weiß' oder 'Was-ich-dir-noch-zu-sagen-habe' und so weiter. Sollen ja originell klingen, nach interessantem Leben ausschauen und nach großer Zuneigung natürlich. Funktioniert aber selten, und originell ist schon gar nichts. Eigentlich nicht auszuhalten. Die Lebensbeschreibungen werden vollgepackt mit ach so wichtigen Daten und Vorkommnissen, die sich leider niemand wegzulassen traut, und heraus kommen die üblichen Muster. *Schon in der Schule* begann irgendetwas, es gibt *den besten Freund, die große Liebe,* Urlaubsbilder wie aus dem Katalog gebucht, die ewigen 'lustigen' Schnappschüsse, die munteren Geselligkeiten, die Freunde, die Familie, alles bemüht individuell und doch fast auswechselbar. Bei allem spürt man: Wir haben richtig gelebt und *müssen es beweisen*. Das ist furchtbar. Traurig sowieso. Letztlich bleiben es ja Nachrufe.

Ich kann den Leuten nicht einmal die abgelutschten Floskeln ausreden wie Abschiednehmen, Vorüberziehenlassen des Lebens, Antreten des letzten Teils der Reise und so weiter. Mir bleibt da wirklich nichts erspart. Wenn ich schließlich ein Format so hingekriegt habe, dass es tatsächlich aussieht wie tausend andere, sind die Leute absurderweise zufrieden, halten es für gelungen. Immerhin mildere ich die Peinlichkeit, das krieg ich hin. Was soll's. In gewissem Sinn ist es eine dankbare Aufgabe, aber lohnend ist sie nicht.«

Ich sagte natürlich, dass ich die Arbeit großartig fände, sie doch notwendig sei und Sinn habe, doch, doch, Sinn, und viel abwechslungsreicher sei, als sie mir weismachen wolle. So gleichförmig könne es doch nicht sein, vermutlich sogar manchmal interessant – und dass sie mir mal Beispiele zeigen solle, bei Gelegenheit.

Sie war jetzt entspannt, vermutlich sogar froh, dass ich gefragt habe. Gut, es erzählt zu haben. Gut, sich einmal den Überdruss von der Seele zu reden, gut, dass ich so erholsam widersprochen habe. Ich sagte nichts mehr über Kürzertreten und schon gar nichts über ihr schlechtes Aussehen, bekam noch das letzte Bild ihrer Enkeltochter zu sehen, »meine Güte, das Mädchen ist schon 18«. Aber ich merkte auch, dass sie sich nun beeilen musste. Leider schaute ich, schon fast an der Tür angekommen, noch auf die angegilbten Wände. Carla reagierte sofort, erzählte, dass nächstes Jahr renoviert werden solle, und zwar fachgerecht von Leuten, die ordentlich nach KategorieZwei bezahlt würden. Einfach unnötig, dass ich so blödsinnig auf die Wände starren musste, ich hatte es doch auch geschafft, nicht auf die Unordnung zu achten, weiß doch, dass sie Monate auf einen neuen Staubsauger und Jahre auf Handwerker warten muss, dass die sogenannte Hausverwaltung die halbe Stadt betreut.

»Ach, die Tabletten«, darüber war ja noch zu reden, schnell zum Abschied, *keine Ursache, einfach selbstverständlich, in ein paar Tagen ist dieses absurde Verbot wieder rückgängig gemacht, spätestens in einer Woche, man soll ja mit dem Schlimmsten rechnen, oder es gibt ein Ersatzpräparat. Oder wir entdecken was Besseres. Und überhaupt.*

Sie winkte mir aus dem Fenster nach, das war wirklich nett. Und ich hätte ihr 4 Tabletten geben müssen. Mindestens.

30 Minuten auf die nächste Stadtbahn zu warten ist eine lange Zeit in dieser Unwirtlichkeit. Also entschied ich zu laufen, allerdings in Richtung Altstadt, nicht so weit wie zu mir nach Hause, dennoch ein langer, eintöniger Weg. Aber ich würde die Fahrkarte sparen und schnurstracks auf Licis Bistro zugehen, das ich so liebe, und hätte genügend Zeit, mir den ganzen ermüdenden Weg lang einzureden, die Ersparnis dürfe mit einem Besuch bei Licis belohnt werden. So ein Zugeständnis muss man sich doch ab und zu erlaufen dürfen! Ich hatte mir schon lange nicht mehr eingeredet, dass es sein dürfe, war so lange nicht mehr dort gewesen – eine schöne Zeit damals, als ich ganz selbstverständlich dorthin gehen und wohl alle mir wichtigen Menschen dort treffen konnte.

Es war unruhiger als erwartet, als ich mit bleiernen Beinen ankam. Ich war durchaus enttäuscht, offenbar war bereits Mittag und die besten Tische waren von den Päuslern besetzt. Seltsam, dass noch immer zu ungefähr derselben Zeit ungefähr alle Menschen ihren Hunger einplanen und hordenmäßig hinausströmen zu dieser Versorgungsbetriebsamkeit. Die Wählbarkeit der Arbeitsabläufe müsste das doch längst geändert haben. Hat sie aber nicht, Licis Bistro war lärmend voll, dazu ständiges Kommen und Gehen, die Päusler telephonierten, redeten, diskutierten, Kontroverses wurde über die einzelnen Tische hinaus ausgetragen, ein anstrengendes Durcheinander, für mich jedenfalls.

Und von dem hitzigen Gerede war auch das meiste mitzubekommen, das Thema lästigerweise MANE, und lästigerweise schienen alle von der Richtigkeit des Verbots überzeugt. Unfreiwillig musste ich mitanhören:

... unglaublicher Pharmaskandal ... kriminelle Täuschung der Öffentlichkeit ... Blamage der medizinischen Forschung ... Aufdeckung in letzter Minute ... conterganmäßige Konsequenzen ... Notwendigkeit harten Durchgreifens ... logistische Herausforderung der Behörden ... mafiöse Strukturen der Hintermänner ...

Stress für die Berufstätigen ... finanzielles Desaster ... und so weiter.

Nicht auszuhalten diese dreiste Bescheidwisserei. Ich fand einen Platz an der Straße, nicht gerade schön, aber ausreichend abseits, mit Blick auf den angrenzenden Parkplatz. Macht nichts, dachte ich, Hauptsache, ich muss den Blödsinn nicht mehr hören. Es reicht doch, alles im Auge zu behalten, dieses seltsame Treiben der jungen Leute. Alle schienen in Eile, aßen und redeten hektisch. Die Kleidung auffallend grellfarben, gelb, orange, lindgrün, auch die der Männer. Eine alberne Mode, ein lächerlicher Kontrast zu der freudlosen Hektik. Erholt euch doch in eurer Pause, hätte ich ihnen am liebsten zugerufen. Tat ich natürlich nicht, schaute den Vorübergehenden einfach stumm ohne Zurückhaltung ins Gesicht. Das kann ich inzwischen: schauen, ohne damit rechnen zu müssen, dass jemand zurückschaut.

Ich entspannte mich an diesem tarnkappenmäßigen Nischenplatz, fühlte mich sogar wohl – bis das Husten begann. Ein widerliches, sich der Erstickung abtrotzendes Husten, ein für ein Lokal vollkommen unmögliches Husten, zu unmöglich für Mitgefühl. Der Huster musste in meiner Nähe sitzen, sich vielleicht gerade dort hingesetzt haben, höchstens zwei, drei Tische entfernt, irgendwo hinter meinem Rücken. Ich wollte Geduld haben, darauf hoffen, dass es aufhörte, wurde leider hartnäckig enttäuscht. Wollte mich dann doch lieber umsetzen, passte auf, ob nicht ein Tisch frei wurde. Aber als ich mich umdrehte, um meine Sachen zusammenzusuchen, erkannte ich Veronika, wirklich nur zwei Tische weiter, und sie saß neben ihrem Mann, dem Huster – furchtbar. Er war aschfahl, missmutig und anscheinend grob zur Bedienung. Veronikas Gesicht war wie versteinert, sie hatte Mühe, die Fassung zu wahren, das war zu sehen, quälte sich zu einem verzerrten Lächeln. Wie hält sie das aus.

Ich winkte, und sie winkte zurück, hatte mich wohl schon bemerkt. Mir fiel gleich ein, dass wir kaum noch Kontakt hatten, ich schon ewig nicht mehr eingeladen worden war, dass sie unmöglich erwarten konnte, dass ich jetzt aufstand, sie zu begrüßen, sie und ihren Hustenmann. Es kann ihr gar nicht recht sein, wenn ich das jetzt tue, sie ist im Moment doch überfordert, die Situation gar nicht auszuhalten, ich muss erst mal abwägen, was wirklich freundlicher wäre. Und sie wird ohnehin bald gehen wollen, anderes ist nicht möglich, ich will sie auf keinen Fall aufhalten, werde ihr eine Mail schicken, heute Nachmittag ... Ich blieb sitzen, wartete, bis sie ging. War erleichtert – und winkte, winkte, winkte.

Behielt den Platz (wozu sollte ich ihn jetzt noch tauschen), freute mich, dass auch die Diskutierer verschwanden und es ruhig wurde – und das Gefühl zurückkam, Zeit zu haben. Ein unsinniger Gedanke, ich weiß, einer der Irrtümer, die mich überleben werden: dass mir die Zeit gehört, sobald ich allein bin. Und es am schönsten ist, wenn ich rein gar nichts mit dieser Zeit anfange. So wie jetzt. Früher habe ich so oft hier auf diese Weise gesessen, dachte ich, weiß eigentlich gar nicht mehr, wie lang es her ist. Und was aus den alten Freunden geworden ist. Ich wusste noch: Veronika saß zuletzt am linken hinteren Ecktisch und ich neben ihr, zehn Jahre werden es schon her sein, sie wird ein neues Kostüm angehabt haben, hat ja immer so ausgesehen, als hätte sie ein neues Kostüm an, war vermutlich vielbeschäftigt gewesen, wie es ihre Art war – und wie einflussreiche Leute eben vielbeschäftigt sind. Und verabredet waren wir nicht, haben uns zufällig getroffen, das wird so gewesen sein, Verabredungen mit ihr waren eine seltene Gunst gewesen. Keine besondere Freude, daran zu denken. Warum fällt mir nichts Besseres ein. Warum ausgerechnet Veronika, ich war doch gerade froh, dass sie verschwunden ist. Und wünschte sie wieder weg und ein paar andere gleich mit, die Platz nehmen wollten auf den leeren Stühlen. Auch Bodo, der so oft hier gewesen ist, immer mit Blick auf den Außenhof, immer irgendwie unzufrieden über irgendetwas. Auch

Mona, die vierundzwanzig geblieben ist. Dieses Wann-war-das hat seine Tücken, eine falsche Erinnerung, und es ist nur noch deprimierend. Ich sollte auf der Hut sein. Und aufpassen (ich sagte es mir nicht zum ersten Mal), dass ich mir nicht eines Tages vorkomme wie *Soundso* aus dem Film *Die eine Stunde*, der auf einer Parkbank das Leben »Revue passieren« lässt. Die Formulierung ist furchtbar, würde Carla sagen, aber sie passt: Das sogenannte Leben erscheint ihm vor dem inneren Auge in kleinstteiligen Rückblenden, zieht kaleidoskopartig vorbei, teils euphorisch bunt, teils feinsinnig schwarz/weiß, teils freundlich hell, teils düster verhangen, alles wunderbar komprimiert im filmischen Zuschnitt *in einer Stunde*. Unglaublich, wie viel Zeit in jeden Augenblick passt – nachträglich. Und wie tiefsinnig Musik das Ganze zusammenhält. Natürlich Brahms. Und zwitschernde Vögel im Hintergrund, damit niemand vergisst, dass *Soundso* noch nicht seinen Hintern von der Parkbank wegbekommen hat ... Eine Farce, das Ganze!

Allerdings – und der Gedanke tat nun gar nicht gut –, würde ich so eine hübsche, rührende Farce überhaupt hinbekommen? Carla natürlich ja, aber was würde mir denn einfallen, wenn ich bewusst zurückdenken wollte, was war denn zum Beispiel letztes Jahr, das Jahr davor und so weiter. Was weiß ich noch davon, wo sind die Bilder, die mir jetzt durch den Kopf rauschen müssten ... ich meine, die richtigen, nicht die lästigen falschen? Und passen sie überhaupt zusammen, irgendwie, gibt es einen roten Faden, habe ich die Chronologie auch nur einigermaßen im Kopf? Nein, alles aus der Zeit gefallen, zersprenkelt, würde vielleicht nicht mal reichen für die eine Stunde. Brahms würde ich auch brauchen, mehr als Soundso, es fehlt ja jeder Kitt zwischen den Bildern. Nein, ich muss mich nicht hüten vor dem Erinnern (oder aus ganz anderem Grund), Soundso bin ich nicht, Carla bin ich nicht, kann da ganz unbesorgt sein. Wovor ich mich hüten muss, ist hocken zu bleiben, wo auch immer, das ist es. Ich habe ja keinen Regisseur, der mich retten wird nach einer Stunde (so melodramatisch, Soundso sterben zu lassen, ist der Film nicht), mich belohnen mit Brahms, mit zwitschernden Vögeln. Niemand wird mir helfen bei der banalen Frage, wie lange, wann nicht mehr, was dann ..., ihr ist nicht zu entkommen, es bleibt *die* Entscheidung. Immer. *Jetzt* im Licis zum Beispiel. Mich muss mein Tagesplan retten (dazu ist er da) und der Blick der Bedienung (sitzt sie immer noch hier?).

Was hatte ich denn verpasst bisher? Park, Lesen im Grünen? Dank Soundso nun besser nicht nachzuholen. Besser anders durch den falsch angebrochenen Tag kommen. Für eine geübte Zeitschwimmerin sollte das kein Problem sein, zumal bereits Nachmittag war, fast schon Zeit für die Rückwärtsbahn, nur eine kleine Weile noch bis zum Abend. Klug wäre es, zu Hause den morgigen Kurs vorzubereiten – aber dazu war der Tag entschieden zu anstrengend gewesen. Heimwärts zu gehen allerdings das einzig Richtige, alles andere zu viel. Am besten einen Umweg wählen (eine gute Idee!), am besten langsam und schlendernd, mir dabei so viel Zeit lassen, dass ich zu spät ankomme, um noch etwas anfangen zu müssen. Zu Hause nur noch eine kleine Atempause Abstand zum Genug-für-heute zu haben wäre das Ideale. Genug-für-heute ist nun mal das Ziel.

Mit diesem schönen Ziel vor Augen stand ich schließlich auf, nahm den Weg über die Altstadt mit den kleinen Läden. Nicht um irgendwo hineinzugehen, wozu sollte ich das tun, verkauft wird doch nur unnützer Kram, der einem vorkommen will, als müsste man ihn haben. Besser nur vorbeigehen, mich wie immer wundern, dass es noch so viele Geschäfte gibt, dass sie sich halten können. Einige stehen dort seit Jahrzehnten, es kommt mir vor, als sähe ich immer die gleichen Leute hinter den gleichen Schaufenstern sitzen, womöglich noch mit dem immer gleichen Kram. Ob wenigstens ein kleiner Gewinn herausspringt? Auf den sie vielleicht angewiesen sind? Ich kann die vielen alten Gesichter in den Läden schlecht fragen – wie ich Carla fragen konnte –, ob sie hier sitzen »müssen« oder nur wollen. Egal, alle mühen sich offenbar langweiligerweise, wie sie es schon immer gemacht haben, alles ist irgendwie auf dieselbe Weise vergeblich.

Allerdings, eine Veränderung gab es doch, ein *Neugesichtung*Laden hatte aufgemacht. So weit ist es ja gekommen, dass die Retuscheure sich nicht damit begnügen zu kaschieren, sondern gleich anbieten, neue Gesichter und Figuren einzufügen. Im Laden waren sogar zwei junge Köpfe zu erkennen, neben den alten allerdings, wahrscheinlich wird in dieser Branche also wirklich Geld verdient. Die Jungen hatten sich in ihrer schrulligen Aufmachung den Alten angepasst, es sah aus, als hätten die drei einsamen Schützen aus den Akte-X-Filmen doch noch Kinder bekommen und ein Familienunternehmen gegründet. Hier könnte ich also für den Gegenwert dreier Monatsrenten mich oder irgendjemanden in alte Filme oder Serien einkopieren und die Partie eines Darstellers übernehmen lassen als ultimatives Karaoke.

Ich weiß, dass die Ergebnisse nicht das Geld wert sind, schon die Reklamesequenzen erinnern an die alten bemalten Stellwände mit Gucklöchern, in die fremde Gesichter passen, an die Millionen Postkarten, die früher mit diesen Scherzbildern unterwegs waren. Der Absender schaut aus dem Rumpf eines Schiffes oder dem Cockpit eines Flugzeugs, irgendwie einsam grüßend. Aber das war damals nicht teuer gewesen, glaube ich jedenfalls.

Es hing eine Liste der Filme aus, die im Angebot waren, lang war sie nicht, sogar ein ziemlich eingeschränktes Angebot. An erster Stelle die Ankündigung einer neuen Staffel der *MagischenFünf*. Ich erinnerte mich, ich hatte gelesen, es sei eine Art Fünf-Freunde-Fortsetzungsabenteuerei im Geiste Enid Blytons, nur dass der Hund ein jüngerer Darsteller ist und die Freunde so aussehen müssen, als seien sie über neunzig. Das soll der Witz sein, dass die Gesichter der Schauspieler so alt wie möglich und die Körper rundum jugendlich brauchbar erscheinen zum ganz besonderen Vergnügen eines alt gewordenen Publikums. Natürlich sind die Darsteller von Anfang an austauschbar oder einretuschiert. Auf dem Plakat erkannte ich ehemalige Sportler, die früher sehr populär waren und noch lange in den Reklamepausen herumgeisterten, auch über ihren Tod hinaus. Geradezu makaber, wie sie immer wieder auferstehen mussten und nun auch noch Platzhalter spielen sollten in diesem Serienklamauk.

Die *AllesPasst*Läden haben immerhin einen Anflug von Brauchbarkeit, es ist nicht vollkommen nutzlos, sich rundum *virtualisieren* zu lassen, um problemlos online kaufen zu können, jedenfalls mit dem Alles-passt-Versprechen. Dann könnte ich mit meinem abgemessenen Modell auf dem Bildschirm herumspielen, mir vorführen lassen, wie ich in der und der Klamotte aussähe, wenn ich eine Treppe hochhaste, auf einem Stuhl sitze, dieses: ganz-von-vorn, von-hinten, mal rot, mal blau. Oder irgendwann einmal die »landschaftsdurchfluteten« Entspannungsräume aufsuchen, das richtige Atmen einüben und Bewegungsgymnastik machen zum Meeresrauschen – bei Erkältungen in der Wüste, bei Verspannungen auf einem schaukelnden Boot im Ozean.

Aber es ist ja alles so unsäglich teuer. Unsäglich, weil ich das Geld nicht habe und es für einen solchen Spaß nicht aus dem Fenster werfen kann und weil es ja nur eine Vorgaukelei von etwas ist, das ich in Wirklichkeit nicht bekomme. Und weil ich mir vermutlich nicht einbilden will, auf einem Boot im Ozean zu treiben, weil ich nicht genug guten Willen habe, das ganze Theater vorübergehend für echt zu halten.

Ja, wenn die virtuellen Räume so perfekt wären wie die Holowelten in den alten Star Trek-Filmen, würde ich schon Lust haben, aber da ist ja ein himmelweiter Unterschied. Und was nicht gelungen ist, ist ohnehin überflüssig. Ich kann ja gar nicht anders als unwillig sein, es fällt mir immer wieder ein, spätestens auf halbem Wege.

Den weiteren ging ich also unwillig, von der Unbrauchbarkeit alles Angebotenen überzeugt – bis ich Mira sah, die im Stadtcafé saß und mich leider auch erkannte und hineinwinkte. Da konnte ich nicht nein sagen. Sie saß gebückt und pummlig an einem kleinen Tisch, hatte einen Spaziergang gemacht wie ich, schwärmte für die kleinen, runden Törtchen und lud mich zum wiederholten Mal eindringlich ein, sie zu besuchen. Ohne einen Anflug von Lächeln in ihrer Mimik redete sie unbehaglich ernsthaft von *diesen seltsamen Zeiten* und wie wichtig es sei, alles von meiner Tochter zu wissen. Allerdings seltsam, habe ich gedacht, meine Tochter und die gegenwärtige Zeit, das passt nicht zusammen, und wozu diese Hartnäckigkeit. Sie wollte Photos von ihr haben, möglichst viele aktuelle Bilder, und ich sollte alles über sie erzählen. Ich sah keine Möglichkeit, schon wieder abzulehnen oder es hinauszuschieben, versprach am Samstag zu kommen, *musste* versprechen, am Samstag zu kommen. Mira blickte prüfend, als ob sie an der Ernsthaftigkeit meiner Zusage zweifelte, sagte leise: »Das ist gut, dass du endlich kommst.«

Mira war zu viel gewesen, ich war erschöpft, war sie leid – alle: Carla, Veronika, Mira und die ganze unbrauchbare Kunterbuntheit der Stadt – ging dann geradewegs nach Hause, wollte niemandem mehr begegnen, ungestört bleiben, mich erholen, endlich zu meinem Abend kommen.

Enno rief an, tatsächlich, ein Sohnesanruf mitten in der Woche. Er hat auch gleich beruhigt, es sei nichts passiert, bei ihm alles in Ordnung, er wolle nicht einmal jammern, nicht über die Zeit, die fehle, nicht über die Arbeit, die zu viel sei, er rufe *meinetwegen* an (tatsächlich!), weil er Angst habe, ich würde gleich

MANE absetzen und mich dann schlecht fühlen. So weit hatte ich noch gar nicht gedacht.

»Mach dir erst mal keine Gedanken.« (Tue ich doch nie.)

»Nimm die MANE einfach weiter, die du noch hast.« (Das hatte ich ohnehin vor.)

»Erzähl es niemandem.«

»Nein?«

»Nein. Ich komm demnächst vorbei, sobald ich Zeit habe, erklär dir das dann persönlich. Im Moment ist nur wichtig: Kauf auf keinen Fall Zeug auf irgendwelchen Online-Kanälen oder sonst wo auf dem Schwarzmarkt, das funktioniert nicht, ist nutzlos und gefährlich, und du hast gleich die Polizei auf dem Hals. Wenn du Probleme hast, wende dich an mich, an sonst niemanden.«

»Schwarzmarkt, Probleme, Polizei? Aber Enno, das klingt ja verrückt, meinst du das ernst?«

»Ja, auch wenn es zugegeben verrückt klingt. Ich mach mir ernsthaft Sorgen, um *dich*, meine ich, deshalb rufe ich extra an. Dir ist vermutlich noch nicht klar, dass man im Moment sehr vorsichtig sein muss. Der Kampf um die letzten Reserven von MANE hat begonnen, ungeachtet der angeblichen Gefährlichkeit. Oder auch wegen der angeblichen Gefährlichkeit. Ein hektisches, unübersichtliches Gerangel ist im Gange, da muss man sich unbedingt raushalten, nicht auffällig werden. Das ist extrem wichtig. Stell dir vor, sogar die, die vor dem Verbot Packungen per Versand bestellt haben, bekommen jetzt unfreundlichen Besuch, die Tabletten werden einfach beschlagnahmt. Es hat reihenweise Hausdurchsuchungen und Verhaftungen gegeben, Apotheken und Praxen werden systematisch kontrolliert. In Ruhe gelassen werden nur die Privatpersonen, die kleine Mengen gekauft und bar bezahlt haben. Gut, dass du dazu gehörst.«

»Bist du sicher, dass du nicht übertreibst?«

»Bin ich.«

»Ist doch alles ein bisschen irreal? Ich meine, wenn du nicht angerufen hättest, würde ich mir überhaupt keine Gedanken machen, aber nun ...«

»Ich habe angerufen, damit du dir keine Hausdurchsuchung oder dergleichen einbrockst, alles andere soll dich nicht beunruhigen.«

»Nein? Die Resttabletten einfach aufbrauchen, aber auf keinen Fall versuchen, MANE irgendwo zu kaufen?«

»Genau. Gut, dass du noch welche hast. Das beruhigt mich sehr. «

»Okay, wenn du meinst, höre ich ja gerne und hatte es ohnehin vor, also eigentlich noch gar nicht darüber nachgedacht ... aber jetzt frage ich mich ...«

»Musst du nicht.«

»Ich würde aber schon ganz gerne verstehen, wieso jetzt so ein Wirbel um das Verbot gemacht wird, wieso die geballte Staatsmacht im Einsatz ist – bei all den Alkohol- und Nikotintoten hat es so was nicht mal ansatzweise gegeben.«

»*Mama*«, sagte er, nun deutlich genervt, ein ungeduldiges, nachsichtig-herablassendes *Mama*. »Lass dich doch nicht von dem aufgebauschten Aktionismus irritieren, warte, bis ich Zeit habe, darüber zu reden, bitte. Und Vergleichbares hat es durchaus schon gegeben. Das Theater um Haschisch zum Beispiel, Haschisch ist doch wirklich nicht zwangsläufig todbringend gewesen, nicht einmal Kokain oder Marihuana. Und die Prohibition im vorigen Jahrhundert in Amerika. Alles völlig bescheuert. Das weißt du doch. Und ich muss dir hoffentlich nicht die medizinischen Irrtümer der letzten Jahrzehnte aufzählen, dafür habe ich nun wirklich keine Zeit. Und eine Liste der Todesfälle ist noch immer nicht veröffentlicht, wäre ja auch einfach zu aufwändig. Und überhaupt: Wann haben Behörden schon mal angemessen reagiert, gewohnheitsmäßig vertuschen die doch und leugnen, solange es geht. Jetzt wird im Gegenteil mit Paukenschlag verboten, das ist genauso verdächtig. Also bitte, das müssen wir jetzt nicht diskutieren.«

Natürlich nicht, als Mutter soll man sich hüten, auf die Nerven zu fallen, und eigentlich liegt mir Nachfragen ohnehin nicht. Die Situation ist eben verwirrend, der Anruf meines Sohnes deshalb seltsam und unverständlich. Hat er wirklich Angst gehabt, ich könnte mich in den Schwarzhandel stürzen und Ärger mit der Polizei bekommen? Das würde zu seiner Ängstlichkeit passen – dass er mir rät, MANE weiterhin zu nehmen, obwohl so massiv die Gefährlichkeit behauptet wird, allerdings nicht. Ich muss das jetzt nicht wichtig nehmen. Irgendwann fangen die Kinder eben an zu sagen, »Mach dir keine Sorgen«, und erklären nicht, warum, und behalten die Erklärungen für sich oder vertrösten auf später. Das war jetzt vielleicht soweit und ich nicht geistesgegenwärtig genug. Ich wechselte lieber das Thema, fragte nach Mäxchen und den üblichen Schwierigkeiten. Und das heißt: nach der Zeit, die man nicht hat, für nichts und gar nichts, vor allem nicht für sein Kind.

»Alles okay, Mama, Mäxchen macht überhaupt keine Probleme, wir sind das Problem, wie immer, mit unserer verdammten Überlastung. Wir kommen zu nichts, schaffen so gerade die Arbeit, und wenn nicht irgendetwas passiert, wird es immer so weitergehen. Und im Moment ist kein Land in Sicht, nicht abzusehen, dass sich da etwas ändert. Vielleicht müssen wir sogar froh sein, wenn es so bleibt, wie es ist, könnte ja sein, dass wieder ein Kollege ausfällt und es irgendwann überhaupt keinen Urlaub mehr geben wird und der allerletzte Rest an Freiraum verschwindet. Wir sitzen abends todmüde auf dem Sofa, wirklich, sind vollkommen ausgelaugt und träumen von Arbeitszeitreduzierung, vom ewigen Nächste-Woche-wird-es-vielleicht-besser und Einmal-kriegen-wir-es-hin ...«

»Na hoffentlich, das ganze Leben rauscht doch sonst vorbei ...«

»Ja, das tut es, bis wir dann wirklich nur noch auf dem Sofa sitzen können.«

»Und dann rauscht es noch schneller, glaub mir, ihr könnt nur endlich in aller Ruhe zuschauen, wie es rauscht.«

»Eine wunderbare Vorstellung, so nichtstuend zuzuschauen, eine gar nicht so schlechte Aussicht auf die Zukunft ... Aber gut, um ehrlich zu sein, ich habe noch nicht aufgegeben, vielleicht krieg ich wirklich noch etwas hin, dass ... nur jetzt bin ich sogar zu müde, darüber zu sprechen, wir reden demnächst in aller Ruhe, wenn Zeit ist.«

»Natürlich, ich will dich nicht aufhalten.«

»Im Kinderhaus gibt's auch Stress, die kriegen nichts auf die Reihe, planen nicht mehr, probieren nur Chaosminderung, sind froh, wenn der Tag rum ist. Die haben einfach zu wenig Leute, überall das gleiche Problem, und im Moment sind fast keine regulär Bezahlten da, nur Ältere, die kategorieplusmäßig assistieren sollen, das kann ja nicht funktionieren.«

Aha, dachte ich, warum sagt er das nicht gleich, auch deshalb hat er mitten in der Woche Zeit für einen Anruf. »Ich kann doch Mäxchen schon am Donnerstagnachmittag holen und ihn auch Freitag früh ins Kinderhaus bringen.«

Er freute sich. »Mama, das würde uns tatsächlich helfen, und Freitag brauchst du ihn gar nicht hinzubringen, bei dem Chaos da, und am Donnerstag kannst du ihn auch so früh abholen, wie du willst.« Er nahm eine Sohnesrücksicht, weiß ja, dass ich morgens gern viel Zeit habe und den Kleinen am liebsten Freitag nehme, wenn der folgende Tag frei ist. Also jetzt schon Donnerstag, Zeitplan nach Belieben. Und dann fiel mir noch ein: »Weißt du, dass heute Abend der Münsteraner Krimi noch mal gesendet wird, in dem die kesse kleine Assistentin den mafiösen Handel mit Anti-Age-Pharmaka aufdeckt, die unterirdisch, natürlich unter dem Rhein, gelagert werden, und die humorigen Besserwisser blamiert?«

Enno lachte. »So? Den würde ich auch gerne mal wieder sehen, heute geht leider nicht, demnächst vielleicht. Dank dir und bis bald, Mama.«

Sind jetzt 15 Jahre oder mehr vergangen, seit wir den Film zusammen gesehen haben? Ich weiß nicht mehr, ob Bodo noch dabei war, warum soll ich mir das Jahr merken, in dem er mich verlassen hat, jedenfalls hätte er es früher tun sollen, Ehemänner machen nichts leichter. Bodo war nicht besonders glücklich über meinen Sinn für alberne Filme, das weiß ich leider noch, aber nicht mehr, wann es mir zum letzten Mal vor ihm peinlich gewesen war, einen von diesen Filmen zu gucken. Einen wie diesen Krimi, der allein durch die Kauzigkeit der Figuren zusammengehalten wird, in dem sogenannte Anti-Aging-Ärzte so schön als skurrile Psychopathen vorgeführt werden, die einen hochwirksamen Jungbrunnen verkaufen, der leider ein Fünftel der Patienten umbringt. *Was macht das schon, die, die übrig bleiben, sind vitaler, schöner, jünger. Wer will schon die hässlichen Alten. Das kann man uns doch nicht vorwerfen. Wir schenken eine Chance, ein phantastisches Entweder-Oder, das doch total freiwillig ist ... Kann doch senil bleiben, wer will.* Und ich finde es immer noch komisch, wenn die findigen Kriminalisten entdecken, dass genau genommen drei Fünftel der Patienten umkommen, längerfristig gesehen, also etwa im Fünf-Jahreszeitraum betrachtet. Und ich lache immer noch über den Betrug, den Verdeckungsmord, den Verrat aus Eifersucht, den ganzen nicht ernst zu nehmenden Mischmasch. Kann mich ganz auf die Komik konzentrieren, weil ich den Film längst kenne, was das Vergnügen noch steigert. Dass er ausgerechnet heute ins Programm genommen wurde, hatte allerdings etwas vordergründig Ideologisches. Er passte zu gut. Aber was soll's, dachte ich, ich vergesse doch nicht, dass es nur ein Film ist. Ein Film, der die kleine Wartezeit vertreibt, die ich brauche, um schlafmüde zu werden, um mühelos weggleiten zu können. Den MANEschen Morgen erwartend, an dem ich dann glücklich schon das Ausgleiten des Abends vorausdenke, alles in gerader Linie der Zeit, die sich schwergängig vor mir her schieben soll, als gehöre sie mir, als baue sie sich gleichförmig vor mir auf, wenn ich sie plane. Natürlich in der phantastischen Sicherheit des körperlichen Wohlfühlens. Dazu musste ich MANE einnehmen, keine Frage. MANE war die Zauberformel für die Wägbarkeit des neuen Tages. Und Enno hatte ja auch dazu geraten, und was können so unwirkliche Warnungen gegen den Wunsch ausrichten, eine schöne Nacht zu haben und einen guten Tag.

Eine richtige Entscheidung, eine, die mir uneingeschränkt guttat (diese Art Richtigkeit habe ich immer geliebt). Ich verdankte ihr einen unbeschwerten MANEschen Morgen. Nichts war passiert, alles ungetrübt wie immer. Ich war wach, als hätte mein Körper sich über Nacht regeneriert, wäre plötzlich jung und unverbraucht. Auf ideale Weise jung, wie ich es nie gewesen bin. Erinnern kann ich mich an dieses Gefühl jedenfalls nicht. *Was hätte aus meinem Leben werden können, wenn ich immer schon am Morgen* ... Aber ich sollte diesen schönen Morgen nicht durch Lamentieren verderben. Und auch nicht durch Nachrichten. Es gibt ja Musik. Auch eine richtige Entscheidung. Musik kann so wunderbar beiläufig im Hintergrund bleiben. Schade nur, dass sie nicht zu mir spricht. Die Radiostimme fehlte mir doch. Warum ist noch keinem Sender eingefallen, Alternativ-Nachrichten anzubieten. »Damit Ihnen nicht gleich der Anfang des Tages vermiest wird ...« Dass da noch nie jemand ausreichend Phantasie gehabt hat. Oder einfach Archiv-Nachrichten. Heute vor zwanzig Jahren, vor hundert Jahren ... Irgendeinen Tag aus den Jahrhunderten muss es doch jeweils gegeben haben, der taugt. Literatur ist schwierig wegen des Zuhörenmüssens, tut sich schwer mit Beiläufigkeit. Ich habe Carla einmal vorgeschlagen, sie solle Tagesanfänge aus der Literatur zusammenstellen, das wäre doch vielleicht was, eine erhellende Montage *Wie es morgens anfäng*t – wenn es morgens anfängt, natürlich. Es gibt doch diese wunderbare Beschreibung bei Saramago, ich weiß nicht mehr, wo, wie der Protagonist bei der ersten Morgenröte die Gewissheit bekommt, dass an diesem Tag die Welt nicht untergehen wird, weil es eine unverzeihliche Verschwendung wäre, die Sonne umsonst aufgehen zu lassen. Das wäre ein Anfang, habe ich Carla gesagt. Aber sie hat ja keine Zeit – jetzt weiß ich, dass ihre Zeit für Alles-was-ich-über-Katharina-weiß draufgeht –, und sie hat tatsächlich noch weniger gelesen als ich und hatte ihr nettes Lachen parat: Du nimmst mich ja auf den Arm.

Ich könnte mich auf den Kurs einstimmen, eine naheliegende Idee, den französischen Text abspulen zu lassen. Zeit war genug, ich würde sogar etwas Nützliches tun (auch wenn der Kurs natürlich vollkommen nutzlos ist) – aber die Pest hören, ausgerechnet die Pest? *Le matin du 16 avril, le docteur Bernard Rieux sortit de son cabinet et buta sur un rat mort ...* Auch ein Tagesbeginn, aber zu einer *angekündigten Katastrophe*, und an mögliche Katastrophen wollte ich lieber nicht denken, mich von lästigen Befürchtungen ja gerade beiläufig ablenken – von dem unguten Gefühl, dass mir wohl wieder einmal der Durchblick fehlt, um mich angemessen zu beunruhigen, von der lebensbegleitenden Unsicherheit, nicht das Richtige zu tun und zu denken, wie vor einer Wand zu stehen. (Und rückblickend fehlte eigentlich immer nur wenig, und ich hätte verstanden.)

In der Pest gibt es diese Unsicherheit natürlich nicht, nur für die Romanpersonen zu Beginn. Der Leser durchschaut es von vornherein, es steht ja im Titel, das hat der Autor so entschieden. Und die Figuren, die aus den geringsten Anfängen das drohende Unheil erraten, haben entschiedenermaßen recht, sind die Klügeren, das ist im Roman wie in unzähligen Weltuntergangsgeschichten. Die anderen sind eben dumm. Und der Leser glaubt sich noch eine Spur klüger, er ist ja gewarnt, den Protagonisten einen Schritt voraus, denkt, er würde sofort begreifen, wenn er dabei wäre. Mir ist es lesend passiert, dass ich mir klüger vorgekommen bin, ich muss es zugeben, und was noch erschreckender ist, ich bin im Grunde noch immer überzeugt, ich würde sofort an die Pest denken, wenn ich plötzlich über sterbende Ratten stolpern würde – auch ohne den Titel vor Augen zu haben. Ich krieg diese Selbstgewissheit nicht aus dem Kopf, denke dabei, ich *weiß*, dass sie falsch ist. Und weiß auch noch, dass ich gedacht habe, wie *dumm*, dass die Menschen von den Kriegen und der Pest immer überrascht werden, obwohl es fortwährend in der Welt Pest und Kriege gibt und die Menschen trotzdem immer unvorbereitet sind, und wie klug Camus die Dummheit offenlegt. Jetzt verstehe ich nur noch, dass ich mich in jugendlicher Überheblichkeit von den Dummen abgehoben gefühlt habe und der Autor vielleicht gemeint hat, der Dummheit sei gar nicht zu entkommen – und ich fange an zu denken: Das ist auch gut so.

Ich habe doch allen Grund der Welt, nicht vorbereitet zu sein: Mir ist doch nie etwas passiert, obwohl ich mir ständig grundlos Sorgen über alles mögliche Furchtbare gemacht habe, das nicht eingetroffen ist, ich dauernd bereit für unsinnige Panik gewesen bin und in aller Regel nichts geschieht, mir jedenfalls nicht, und in Wirklichkeit so viele Dinge passieren können, dass man ja verrückt würde, wenn man immer vorbereitet wäre. Und sollte ich jemals in eine Geschichte dieser Art geraten, werde ich nicht wissen, in welche. Ich weiß nicht, ob das MANE-Verbot begründet ist, und also nicht, ob ich dumm bin, wenn ich meine MANE weiternehme, oder dumm, wenn ich dem Verbot glaube. Offiziellen Verlautbarungen zu glauben ist in diesen Geschichten sowieso der Holzweg – gut, dass mir das jetzt einfiel, ein befreiender Gedanke.

Ich habe darauf verzichtet, mich auf den Kurs einzustimmen. Vorbereitet war ich ohnehin nicht. Die *eine Stunde*, die der junge Kursleiter so gerne zumutet, ist immer zu viel. Sie verschlingt nun mal den ganzen Tag – die richtige Konzentration finden, Muße zur Einarbeitung, weitere Zeit für die Sicherheit, das Gelesene erinnern zu können, es nach vier Tagen etwa noch im Kopf zu haben. Ich weiß ja, dass der erste Zusammenhalt des Gelesenen trügerisch ist und das Gefühl des Verstandenhabens rein gar nichts taugen wird, ich noch mal von vorn anfangen muss. Einmal ist nie genug und zweimal ist zu viel.

Französisch Stufe sechs, für Literaturbegeisterte, denen noch ein Feinschliff an Sprachkenntnis fehlt, um französische Literatur im Original zu lesen ist sowieso sehr ambitioniert für mich. Ich sagte mir, wie immer, *es macht nichts*, dass ich nicht vorbereitet bin, immerhin sagte ich es mir noch einmal. Ich gehe in den Kurs um des Kurses willen, nicht um irgendetwas zu lernen, habe mich überreden lassen, und mittlerweile freue ich mich, dass ich mich auf den Kurs freue. Der Kurs ist der Höhepunkt in meiner Woche geworden, die Insel im Zeitsee, es überrascht mich nicht mehr, dass es so ist. Drei Tage bewege ich mich auf ihn zu, drei nehme ich Abstand, und auf dem Gipfel steht Hermann. Sein anerkennender Blick ist meine allwöchentliche Belohnung.

Mich auf diesen anerkennenden Blick vorzubereiten ist Vorbereitung genug. Mag sein, dass ich den Blick in jedem Fall bekomme (Hermann ist zu freundlich, um mich zu enttäuschen), aber ich will mir einbilden können, die Anerkennung sei ein bisschen verdient. Das verlangt einen gewissen Aufwand. Was ich anziehen wollte, hatte ich seit zwei Tagen beiseite gelegt, aber das Gesicht war auf die allmorgendlich schwierige Weise unfertig. Es war wie immer beunruhigend, wie mich der Blick auf das Unfertige überrascht hat – ist das wirklich dasselbe Gesicht von gestern, ich habe doch kein so breites Gesicht, woher kommt der viele Platz neben den Augen und so weiter. Vielleicht verliere ich die Fähigkeit, mein Spiegelbild wiederzuerkennen. Der Blick der älteren Frau ist so unfreundlich, es sieht aus, als möge sie mich nicht, lehne mich ab, wenn ich sie anschaue. Sie sagt: Mit dir muss ich auskommen. Ich weiß, ich darf es nicht übelnehmen, muss nachsichtig darüber hinwegsehen, die Unzufriedenheit mildern, indem ich sie schminke, ausdauernd schminke, ihr zurede: Wenn die Prozedur abgeschlossen ist, muss es okay sein.

Hermann stand wartend vor der geöffneten Tür zum Kursraum, sorgfältig gekleidet in abgestimmtem Grau, ein Tupfer dezentes Rot, glänzende Schuhe ohne jede Spur des Gebrauchs, der Körper leicht kompakt, »von beeindruckender Statur«, könnte man sagen, betont aufrecht, solange er allein stand. Kam jemand auf ihn zu, wandte er Kopf und Oberkörper nach vorn, gekonnt leicht, ohne peinliche Übertreibung. Er wird diese Geste tausendfach geübt haben in den zahllosen Konferenzen und Kongressen, die er geleitet hat. Wie oft habe ich ihn in den Nachrichten gesehen, seine Gelassenheit bewundert. Er ist als Einziger von uns gewohnt, in der Öffentlichkeit zu reden. Ist aber lieber in unserem Kurs, das sagt sein Lächeln vor der geöffneten Tür, es ist meisterhaft unangestrengt, vielleicht eine Spur zu huldvoll – die Höflichkeit eines Königs. Und ein König vergibt sich nichts, wichtigen Besuchern entgegenzugehen, sie durch Freundlichkeit aufzuwerten und stilvoll einzustimmen. Es ist eine Kunst. Wir wissen es alle und zeigen, dass wir es wissen. Es ist wunderbar, einfach wunderbar charmant, wie es ihm mühelos gelingt, unserem kleinen Treffen Glanz zu geben und jedem von uns das Gefühl, Gast einer besonderen Veranstaltung zu sein. Er ist der geborene Begrüßer. Undenkbar, nicht zuerst zu Hermann zu gehen.

Ich bekam den anerkennenden Blick, er drehte sich in aufmerksamer Freundlichkeit zu mir herum, während ich auf ihn zuging, wie um zu zeigen, dass er schon lange darauf warte, mir endlich etwas sagen zu können – zögerte aber plötzlich, als Bernd ebenfalls auf ihn zukam. Das war ungewöhnlich, nicht Hermanns Art – Bernd hatte als eintreffender Kursteilnehmer das gleiche Recht auf eine angemessene Begrüßung wie ich, sogar das Recht auf eine auf ihn, den Buchhändler, genau zugeschnittene Begrüßung etwa mit einem passenden Zitat – aber Hermann schien für einen Moment aus dem Konzept gebracht, als sei er über Bernds Anwesenheit enttäuscht, als könne er nun nicht mehr sagen, was er sagen wollte – nur einen Augenblick, dann fand er sein souveränes Lächeln wieder. Er berührte leicht meinen Rücken, zögerte noch einmal, jetzt so, als müsste er in Gedanken eine Buchseite umblättern, begann dann entspannt wie immer: »Weißt du, jetzt habe ich das Buch nicht dabei, aus dem ich dir eine Passage vorlesen wollte, das muss ich nachtragen. Es geht da um ein Verschwinden, ein ziemlich eigenwilliges Verschwinden, eine Geschichte mit einem guten Ende allerdings und trotzdem nicht uninteressant, auch wenn es eher alltäglich ist und keinerlei Ähnlichkeit hat etwa mit den wunderbaren Variationen über Verschwinden in den Erzählungen Cortázars ... Ach ja, das muss ich dir auch noch sagen, zu der Margaret-Atwood-Lesung in drei Wochen kann ich bedauerlicherweise nicht kommen, da werde ich leider nicht da sein, weißt du, du hast mich mit deinem Tipp letzte Woche erst wieder dazu gebracht, mich überhaupt an Atwood zu erinnern. Ich gestehe, ich habe nachschaun müssen, es ist so lange her, dass ich Atwood lesen wollte, und sie ist auch nie auf meiner Liste auf die vorderen Plätze gekommen. Hat so weiblich beim ersten Durchblättern gewirkt, also entschuldige, das müsste natürlich erst recht ein Grund sein zum Lesen. Aber ich hab das Buch jetzt eingepackt für meine nächste Reise, und das Zitat, das du letztens angebracht hast, hab ich natürlich noch nicht gefunden. Also das war ungefähr, dass man neben dem lebt, was passiert, buchstäblich zwischen den Zeilen oder so ähnlich, wie war das noch, nein, es ging um die Leute, über die nichts in den Zeitungen steht. Nicht wahr?«

»Ja, so etwa, ich behalte so was ja nie wörtlich, du bist doch der Zitierer, nicht ich. Ich glaube, ja, wie du gesagt hast, so ungefähr, es ging um das Leben neben dem ... also ein Leben, das in den Geschichten nicht vorkommt oder um das die Geschichten sich nicht kümmern, ein Leben in den Lücken ... An das Wort Lücken erinnere ich mich. Du hast es schöner ausgedrückt: 'Zwischen den Zeilen', obwohl das, glaube ich, nicht so formuliert war. Wirklich schade, dass ich das nicht auf die Reihe kriege. Ach ja, was mir noch einfällt, in dem Zitat ist wunderbar offen gelassen, ob man es sich aussuchen kann, am Rand der Geschichte zu bleiben, oder nicht. Von Ignorieren ist zuvor die Rede, von einem Ignorieren, das man tun müsse, um außen vor zu bleiben, und das Wort Freiheit kommt vor, das habe ich vergessen zu erwähnen: Dabei hat mir gerade so gefallen, dass von der *Freiheit*, auf den weißen Stellen zu sein, gesprochen wurde.«

Hermann lächelte, als würde er denken, ich hätte die Ironie des Zitates nicht verstanden (und tatsächlich: Ironie war mir an dieser Stelle nicht in den Sinn gekommen).

»Es ist bestimmt eine wunderbare Stelle, keine Frage, so aus dem Zusammenhang ist es natürlich schwierig ... Aber weißt du, eingepackt hab ich das Buch schon allein wegen des Vorabspruchs, also nicht des biblischen, versteht sich, sondern des dritten, also das will ich jetzt mal hinkriegen ... *In der Wüste gibt es kein Schild, das besagt, du sollst keine Steine essen.* Also das ist wirklich gut, es hat so eine Sinnigkeit, zu der man eigentlich gar nichts sagen kann, so aus dem Nichts heraus großartig, und man weiß nicht, warum.«

Bernd musste Hermanns Zögern bei unserem Ankommen bemerkt haben, er schien irritiert, vielleicht sogar eine Spur verstimmt. Er stand neben uns, ungewohnt reserviert, unschlüssig, ob er tatsächlich noch einen Moment höflich warten sollte oder lieber gleich hineingehen, als Hermann sich jovial zu ihm wandte, als sei nichts gewesen. »Sag mal, hast du diesen phantastischen Artikel im Hauptforum gelesen, leider nur online zu bekommen, dass die Energiesparbilanz bei den elektronischen Büchern eine willkürliche Auslegungssache ist? Dass die bösen gedruckten Bücher gar kein Raubbau an der Natur sind, wenn man wirklich alle Faktoren bedenkt? Nun, Ähnliches hat man ja schon verschiedentlich diskutiert, aber noch nie so pointiert herausgestellt, dass üblicherweise bei allen Untersuchungen von einer bestimmten Zeit ausgegangen ist, in der gelesen wird. Danach überliest man eine Seite, dann die nächste und so weiter, alles in einem zügigen Rutsch und nur einmal. Man brütet nicht zwei Stunden über einer bestimmten Passage, liest die Kapitel nicht mehrmals, gibt das Buch nicht weiter, sonst fällt die Energiebilanz ganz anders aus. So ein Buch, das zweihundert Jahre alt ist, natürlich hat es Bäume das Leben gekostet, aber wie oft und wie lange ist es lesbar, wie viel Energie kostet tatsächlich die vergleichbare elektronische Lesezeit, von den Datensicherungsproblemen einmal abgesehen.«

Bernd war zufrieden, hatte seine Buchhändlerfreude an diesen Bemerkungen, auch wenn sie mehr freundlich als neu waren. Ja, wenn man wirklich in Ruhe eine Seite lesen will, im eigentlichen Sinne des Wortes, mache man doch besser einen Druck, stimmte er zu, und obwohl er zwar eigentlich die Leute verabscheue, die mit Bleistift lesen, sei die Markierung und das lockere Zurückblättern noch immer unpraktisch auf den Displays. Ich liebe diese Verteidigung der Bücher und hielt als Zeichen meiner Zustimmung mein gedrucktes Übungsbuch in die Höhe.

Ich konnte jetzt gehen, Hermann den Nachzüglern überlassen. Patricia zum Beispiel, die gerade auf Hermann zuging. Bestimmt würde sie, die Rechtsanwältin, wie üblich kleine Bonmots über das Urteilen, die Erinnerungs- oder Wahrnehmungseinschränkungen gereicht bekommen, ein witziges Zitat vielleicht, das Hermann gestern zufällig noch einmal gelesen hatte, und Patricia würde gut gelaunt kommentieren, sich noch an das Gespräch vom letzten Mittwoch erinnern können, genügend antworten, um es in der Schwebe zu halten.

Frank Kerner wartete schon. Er hatte sein freundliches Kursleiter-Gesicht, wirkte aber angespannt. Er rechnete wohl damit, dass dieser Kurstag ihm entgleiten würde wie alle vorherigen auch. Seine Hände waren unruhig, er spielte mit seinen Fingern, kramte in der Tasche, massierte die Stirn. Vielleicht ging er in Gedanken seine Vorbereitungen durch, den immer wiederkehrenden Vortrag über Sinn und Systematik der Übungen, vielleicht hat er also eine kleine Hoffnung gehabt, wir so viel Älteren würden heute zuhören. Auf die Enttäuschung wird er trotzdem gefasst gewesen sein, er wird gewusst haben, dass uns die

Sprachübungen nur willkommen sind als Einstieg zu literari-schen Abschweifungen, zu verzettelten Diskussionen über alles, was je in französischer Sprache geschrieben wurde, zu einem fortwährend müßigen und unergiebigen Missbrauch der Literatur als Gesprächsstoff. Mein aufmunternder Blick änderte nichts, Frank Kerner blieb ernst, als er höflich zurücknickte. Mit seinem blassen Gesicht und den Sommersprossen wirkte er rührend jung, wie ein Student in der Qualifizierungsphase, aber Hermann hat herausgefunden, dass er sogar einen KategorieEins-Job in der Erwachsenenbildung hat.

Natürlich war nicht ein Bruchteil der Texte, die er mit aller Überredungskunst zur Vorbereitung empfohlen hatte, gelesen worden. Niemand hatte die Zeit gefunden, und jeder fand es selbstverständlich, dass diese Zeit nicht zu finden war. Und wo-zu sich überhaupt darüber Gedanken machen. Nichts ist anma-ßender, als von anderen Zeit einzufordern. Und dann lag auch die neue Proust-Übersetzung auf dem Tisch. Lange erwartet, ges-tern erschienen, von Clarissa schon erworben und mitgebracht. Bernd hatte Auszüge kopiert, die Originalausgabe und die ältere Übersetzung dazugelegt. Die Möglichkeiten, die verschiedenen Passagen einander gegenüberzustellen, und die sich daraus er-gebenden Abschweifungen waren uferlos.

Frank Kerner merkte sofort, da war nichts zu machen, er lächelte resigniert, wenn er von Zeit zu Zeit durch eine Frage einbezogen wurde, und hielt sich zurück, nahm die Überheblich-keit, mit der wir glaubten, die Qualität der neuen Übersetzung beurteilen zu können, nachsichtig hin. Er wirkte sogar leicht un-sicher – waren wir ihm zu viele Lesejahre voraus? Nur über un-sere unbefangene Fröhlichkeit schien er irritiert, über die plumpe Unbefangenheit, mit der wir die Ereignisse und Charaktere aus der Recherche erinnerten, als gehörten sie zu einer gemeinsamen Erfahrung. Orte, Namen, Vorkommnisse – *wisst ihr noch ..., war da nicht .., wie hieß noch mal ... –*, es ist ja ein so phantastisch ausuferndes Buch. Natürlich hielt die Übereinstimmung der Leserinnerungen nicht lange vor. Allein über die Beschreibungen der Protagonisten ist endlos zu debattieren, es gibt so viele schöne, schon an der Oberfläche unsinnige und auf so amüsante Weise vergebliche Fragen.

Warum bleibt etwa der doch in aller Ausführlichkeit und vielmals im Roman beschriebene Monsieur Charlus so schillernd undeutlich, wie sollen wir ihn uns vorstellen? Nicht wie Alain Delon, darüber musste erst mal gelacht werden. Charlus ist eine auffallende Erscheinung, keine Frage – aber würden uns seine verschrobene Eleganz und sein exaltiertes Auftreten eher anziehen oder abstoßen? Und ist nicht zu berücksichtigen, dass die Figur in sehr unterschiedlichen, oft skurrilen Situationen beschrieben wird und in dem Roman altert? Und gibt es nicht doch irgendwo einen Hinweis auf eine Ähnlichkeit mit einem Gemälde, wie bei anderen Figuren? Bloch zum Beispiel müsste ja aussehen wie das Porträt Mohammeds II von Gentile Bellini. Und das Bild hatten wir uns alle schon einmal ansehen wollen, aber irgendwie verpasst.

Es bleibt immer noch so viel zu tun. Und man müsste diesen ganzen Proust nun selbstverständlich noch einmal mit der erforderlichen Aufmerksamkeit fürs Detail lesen. Unbedingt.

Welchen Wert hat denn überhaupt eine Leseerfahrung, die zehn, zwanzig oder gar vierzig Jahre zurückliegt? Kann der junge Leser, der wir einmal gewesen sind, weit ausholende Lebensbeschreibungen und die literarische Rückbesinnung darauf wirklich erfasst haben? Was wird uns alles entgangen sein, was würden wir jetzt anders und aus unserer Perspektive heraus natürlich besser begreifen? Davon einmal abgesehen, dass man ja auch vieles einfach vergessen haben könnte. Unglaublich, was wir nach diesen Überlegungen alles neu lesen müssten. Unsere eingebildete Leseerfahrung nur ein wackliges Kartenhaus aus noch nicht einmal sehr zahlreichen Teilen.

Frank Kerner blieb bei unserer Plauderei schmallippig still, zog sich nach Ende der Kurszeit höflich zurück. Wir blieben noch eine Weile redend sitzen, standen dann im Flur, dann im kleinen Vorgarten. Clarissa, die sich vorgenommen hatte, zum dritten Mal die ganze Suche zu lesen – diesmal »systematisch« deutsch und französisch – , betonte, wie anders sie das Buch jetzt als Siebzigjährige lese. Auch wenn das eigentlich nicht überrasche, allein sich an das erste Lesen erinnern zu wollen, sei ja hypothetisch, müsse man doch endlich einmal Irrtümer, Flüchtigkeiten und die ganze Überheblichkeit der ersten Lektüren richtigstellen. »Erst jetzt komme ich auf die Idee, über Madame de Sévigné nachzulesen, diese Autorin wichtig zu nehmen. Im Ernst, ich war ja so dumm, für mich war sie nur die Lieblingsautorin der Großmutter, moralisierend und unbedeutend, grau und alt und altjüngferlich, natürlich altjüngferlich trotz Tochter«, Clarissa lachte, »eben irgendeine Alte mit überkandidelten Lebensweisheiten, längst nicht so real wie Bergotte oder Elstir, von vornherein unwichtig, eine moralisierende Alte, die mit der Großmutter sozusagen zu sterben hatte.«

Hermann lächelte, schien zu überlegen, ob er Clarissa erklären wolle, dass Elstir und Bergotte anders als de Sévigné fiktive Figuren darstellen. Aber er ging charmant darüber hinweg, sagte nur: »Erst mal möchte ich gestehen, Clarissa erinnert mich immer noch viel eher an Albertine als etwa an Madame de Villeparisies oder de Sévigné«. – Wir grinsten natürlich zustimmend. – »Und dann wird mir immer klarer: Ich selbst fühle mich beim Lesen ganz unterschiedlich alt. Es gibt Stellen, wenn der Erzähler etwa zum ersten Mal auf die Mädchenschar in Balbec trifft, da habe ich das Gefühl, ich empfinde sie genauso wie beim ersten Lesen, dieses Erlebnis kann man überhaupt nur nachfühlen, wenn man es wie ein junger Mensch liest. Vermutlich heißt das natürlich, dass man sich in eine eigene erinnerte Jugendlichkeit hineindenken muss, um die Aufregung bei diesem Erlebnis verstehen zu können, dieses jugendliche Überwältigtsein von etwas, das man natürlich nie verstehen kann und das man ja älterwerdend letztendlich zurücklässt – aber dann doch glaubt, in der Literatur wiederzubekommen. Also diese Szene am Strand zum Beispiel, die ist jedes Mal so neu. Ja und übrigens«, und dabei berührte er sachte Clarissas Arm, »diese phantastischen Seiten am Anfang über das Einschlafen und Aufwachen, dieses lebensabschnittsweise Aufwachen sozusagen, wie der Schlaf die Lebensalter und Erinnerungen durcheinanderwirbelt, eine unglaubliche Vorwegnahme im Grunde, wir müssen doch mal diskutieren, ob MANE nicht hilft, diese Seiten besser nachzuempfinden.«

Und er lachte laut und sympathisch, und Clarissa, die ihm bestimmt noch lange zugehört hätte, lachte auch. Hermann war es auf typisch hermannsche Art gelungen, eine womöglich ernsthaft werdende Erörterung witzelnd abgleiten zu lassen, jeder Ermüdung zuvorzukommen – und wir lachten mit, selbst die, die gar nicht hatten zuhören können, denen nur klar war, Hermann hatte eine amüsante Schlussformulierung gefunden.

Bernd versuchte noch einmal, auf Madame de Sévigné zurückzukommen, hatte seine übliche Lust auf seine übliche Besserwisserei. Aber Clarissa wollte nicht mehr zuhören, was soll das jetzt, sagte ihr Blick, kommen jetzt wieder deine uneleganten Rechthabereien, und außerdem müsse sie jetzt sowieso aufbrechen. Tatsächlich war es spät geworden, es entstand eine Unruhe, als wären alle in einem wichtigen Zeitplan aufgehalten worden. Wir trennten uns mit dem üblichen Hinweis: in einer Woche der nächste Kurs, in drei Wochen das jährliche Abendessen bei Licis.

Hermann schaute mich noch einmal an, als würde er eigentlich gern auf mich warten, ein irritierender Blick wie bei der Begrüßung, er zögerte aber, war offensichtlich in Eile, wollte vermutlich Hanno nicht verpassen, der jetzt gerade den Flaubert-Kurs beendete. Im Grunde seltsam, dass Hermann nicht den

Flaubert-Kurs belegt hat, ich hatte ihn das schon lange fragen wollen, wir würden alle sofort den Kurs mit ihm wechseln, keine Frage, und er wäre nie zu spät, um Hanno abzuholen. Jetzt ist Hermann nicht dazu gekommen, mir etwas zu sagen, dachte ich, aber er kann mich ja anrufen, wenn es wichtig ist.

Ich ging mit Bärbel zurück, den üblichen Umweg. Sie zierte sich, in die Cafeteria zu gehen, wie immer, vertraute darauf, dass ich sie überredete, alles wie immer. Sie hat ja niemals Zeit wegen der Eltern, die auf sie warten, und wegen ihrer Kinder, die sie für die Enkel brauchen. Sie müsse sich schon für die Stunden des Kurses entschuldigen, eine immer wieder in Frage stehende Einzelfreiheit. Ihr fällt dann ein, dass sie sich schon längst vorgenommen hat, sich nicht mehr so unter Druck setzen zu lassen, dass es hirnrissig sei, sich das gefallen zu lassen, überlegen zu müssen, ob noch die Zeit für einen Kaffee bleibe, vollkommen unmöglich.

Sie blieb, und ich ging zum Displaypad, um die Bestellungen einzugeben, obwohl ich da immer zu langsam bin, manchmal die Kombinationen verwechsle, ließ die Bürgerkarte einlesen, ohne dass sie mir aus der Hand glitt, wandte mich mit einem entschuldigenden Lächeln an die hinter mir Wartenden und hatte das Glück, nur in freundliche Gesichter zu blicken. Bärbel grinste, als ich zurückkam. »Na, soll ich dich jetzt loben?« Ich tat erleichtert, war froh, dass sie sich entspannt hatte, präsentierte Sandwichs und Kaffee wie eine Jagdbeute. Ich wusste, jetzt würde sie anfangen, über ihre Eltern zu reden und zu sagen, dass sie sie ja eigentlich gar nicht so unbedingt und andauernd brauchten, weil sie ja im Stift so wunderbar untergebracht seien, aber dass sie mit den Kleinigkeiten des Lebens nicht mehr zurechtkommen wollten und dass man sich ja gar nicht klarmache, wie andauernd das Leben sich in Kleinigkeiten dahinschleppe und dass Abhängigkeit aus vielen kleinen Einzelproblemen bestünde, die man vor Fremden nicht preisgeben wolle – und Bärbel wusste, ich würde jetzt zuhören, die übliche Weile.

»Wenn ich jetzt diesen Nachmittag zum Beispiel nicht käme, dann müssten sie eben den Pfleger mal außer der Reihe rufen, aber das ist ihnen furchtbar unangenehm, natürlich weil die Pfleger wahnsinnig zu tun haben, aber es ist auch ein Prestigeverlust. Sie wollen keine Alleingelassenen in der Warteschlange der Hilfesuchenden sein, das versteh ich ja auch, und sie versteifen sich darauf, dass ihnen die Tochter einfach lieber ist. Gestern hieß es natürlich: Morgen kommst du ja erst nach dem Kurs, und wann musst du die Kleinen abholen? Und da war mehr Hilflosigkeit im Blick als Vorwurf, sie versuchen ja freundlich zu sein und meine Zeitprobleme zu verstehen. Da ist es so schwer für mich zu sagen: morgen mal nicht, weil ich dann denke, dass sie ja doch warten und hoffen, dass ich vielleicht doch komme. Und es ist so anstrengend, immer daran denken zu müssen, dass die warten.

Tut mir ja leid, dass ich dir schon wieder vorjammere, jedenfalls werd ich jetzt nicht ausweiten, wie ermüdend es ist, sich dort zu langweilen. Die behaupten ja selbst gerne, das Leben im Stift sei ihnen zu eintönig, ohne meine Besuche jedenfalls. Aber wenn ich komme, haben sie immer tausend interessante Dinge erlebt, die sie mir unbedingt berichten müssen: dass der Kaffee verschüttet wurde, der Reinigungsservice ausfallen musste, was es zum Mittagessen gibt, was die Frau soundso gesagt hat und dem und dem passiert ist und dass sie morgen Pullover anziehen müssen und die gesundheitlichen Schwierigkeiten bis in den intimsten Bereich. Alles haarklein und meistens noch mehrmals, in aller Ausführlichkeit und ohne Auslassungen. Und ich denk, eigentlich geht es ihnen gut, die lieben ihr Einerlei, die brauchen mich nur zum Erzählen, sie brauchen die Rückversicherung, mir alles erzählen zu können. Am liebsten hätten die mich als Beschirmer ihres ganzen alltäglichen Lebens, am besten, ich stünde neben ihnen und sie könnten mir die ganze Zeit berichten, was sie gerade tun.«

Sie drehte den Kopf und drückte die Schultern nach hinten, als müsse sie den Nacken entspannen. »Na ja, das war das Thema für heute.«

»Klingt schon furchtbar.«

»Ja.«

»Ich meine, furchtbar anstrengend.«

»Genau.«

»Und mit den Enkeln wird es auch noch eine Weile so gehen.«

Ich bekam einen spöttischen Blick. »*Auch noch eine Weile*?«

»Oje. Was ist denn schlimmer, die *Weile* oder das *auch*?«

»Prognosen sind grundsätzlich schnell unerfreulich.«

»Weil sie zu viel mit Zukunft zu tun haben, nicht?«

»Schön, dass du da klar siehst. Aber um es mal zuzugeben, die Enkelei nimmt im Moment wirklich überhand, und natürlich finden die Alten, dass ich mich da zu viel ausnutzen lasse und mich auch mal ausruhen soll, am besten bei ihnen allerdings. Aber es steckt doch eine ganz andere Notwendigkeit dahinter. Du kümmerst dich doch auch um Mäxchen, und wie soll das auch anders funktionieren, wenn die Eltern Arbeitszeiten bis um acht Uhr abends haben, sollen denn die Kleinen nur noch in den Tagesstätten sein? Und dann die modische Unsitte der Betriebskonferenzen, die bis zehn dauern können. Klar, die dürfen neuerdings nur noch donnerstags stattfinden, wenn alle Horte Nachtdienste haben, aber wie soll man denn so ein kleines Wesen völlig übermüdet so spät abholen und am nächsten Tag in die Schule schicken! Und überleg mal, dass manche Eltern ihre Kleinen schon um sechs Uhr abliefern müssen, die schlafen doch dann im Unterricht ein. Und im Fall einer Krankheit den

47

Notdienst zu rufen, bedeutet doch, dass eine KategorieSmile-Achtzigjährige antanzt. Früher waren es wenigstens Ältere mit KategoriePlus-Jobs, reguläre Berufstätige mit KatEins- oder -Zwei-Bezahlung hat es ja nie gegeben, jetzt setzen sie KategorieSmile-Freiwillige ein, eine unsägliche Einrichtung, dieser KatSmile-Sektor, besser gesagt, eine *lächerliche* Einrichtung, der Lächel-Lohn soll aus Gutscheinen oder Anwartschaften auf medizinische Extraleistungen wie Punkte für Zahnersatz bestehen, alles in bescheidenem Umfang. So viel sind diese Notdienste wert. Was allerdings nicht bedeutet, dass es die jungen Eltern nichts kostet. Meinen Kindern ist es jedenfalls zu teuer. Sie sind über der Selbstzahlergrenze, natürlich auch gut, wären sie drunter, wäre es ja noch schlimmer. Trotzdem, Geld ist knapp, du weißt ja, wie die Jungen abgezockt werden. Die ganze Arbeiterei bringt ja nichts ein bei den vielen Abzügen und Steuern, eigentlich unglaublich, dass die jungen Leute sich das gefallen lassen und auch noch Kinder in die Welt setzen.

Das hätten wir früher doch gar nicht ausgehalten, diesen Zeitdruck, den engen finanziellen Spielraum, den fordernden und kontrollierenden Staat, die Angst, zu Arbeitseinsätzen verpflichtet zu werden, wenn man sich dem Druck verweigert. Da muss man doch wirklich dankbar sein für jedes Enkelkind und helfen, wenn man kann. Und ich hab die Kleinen ja auch gerne bei mir, na ja, so oft müsste es nicht sein – du verstehst schon, wie ich das meine.«

Ich verstand, und wir schwiegen einen Moment, ratlos, was soll man auch sagen angesichts der bedrückenden Situation der jungen Leute. Ein gar nicht unangenehmer Anflug von Müdigkeit machte uns träge, und Bärbel hatte alle Hektik und Zeitnot vergessen und meinte, es gehe nicht anders, sie brauche noch einen Kaffee, vielleicht sogar was Süßes, und diesmal stand sie auf, es zu holen. Und war dann erst recht zu träge, um gleich aufzubrechen. »Du, das braucht jetzt noch weitere zehn Minuten, mindestens. Ach, was red ich, ich kleb jetzt noch Wochen hier am Stuhl, bevor ich mich aufraffe. Weißt du, ein bisschen die Zeit aufhalten können, jeden Tag so ungefähr eine Woche, das versöhnt.«

»Gute Idee.«

»Nee ... überhaupt nicht, nein, ist echter Blödsinn, viel schlimmer als dein *noch eine Weile dauern* von vorhin.«

»Wie?«

»Jedenfalls nicht, wenn es darum geht, wie lange man etwas aushalten will. Man hat doch immer eine Zeitvorstellung im Kopf... «

»Vermutlich, aber was willst du ...«

»Und manches soll durchaus nicht länger dauern – also du bist schuld, dass ich jetzt wieder von meinen Eltern anfange.«

»Ist vollkommen okay, natürlich, aber wieso noch mal?«

»Weil dein *auch noch eine Weile* unfreundlich und bedrohlich war.«

Ich lachte, sie lachte mit. »Ist aber eigentlich ernst, also mir ist tatsächlich erst vor ein paar Tagen klar geworden, wie jung meine Eltern im Grunde noch sind. Mit einem Wahnsinnsschreck hab ich plötzlich kapiert, dass die im Stift zu den wesentlich Jüngeren gehören, unglaublich, dass ich das bis dahin verdrängt habe. Ich hab gerne geglaubt, die sind uralt, und ich helfe ihnen im letzten Lebensabschnitt, aber das scheint gar nicht das Wahrscheinliche zu sein, wenn man sich da umguckt, du, da haben meine Eltern noch unheimlich viel Lebenszeit vor sich, oje, oje. Stell dir vor, Hundertzehnjährige und Hundertfünfzehnjährige leben dort, das ist gar nichts Besonderes, man merkt es nicht mal auf den ersten Blick, wie alt diese Leute sind. Da übernimmt man sich vollkommen, wenn man schon bei Neunzigjährigen anfängt, sich zu kümmern, wenn da noch zwanzig Jahre folgen. Oder mehr.«

»Du meinst, wir beide noch vierzig, fünfundvierzig Jahre?«

»Daran zu denken, ist ja noch schlimmer.«

Wir waren beide ehrlich erschrocken, um allerdings gleich einzuschränken: Sich die nächsten zehn oder fünfzehn Jahre vorzustellen, sei natürlich nicht furchtbar, denn noch seien wir ja jung, das sollten wir nicht vergessen, und diese zehn oder fünfzehn Jahre wären also jugendliche, wünschenswerte Jahre. Eine Zumutung sei es erst, nach diesen nicht zu beanstandenden jugendlichen Jahren noch eine Phase des Altseins von dreißig oder mehr Jahren zu ertragen. Das Problem beginne immer mit dem Altsein, und irgendwann sei man eben alt, auch wenn wir es uns im Moment noch nicht vorstellen können, die *Alterserwartung* sei das Bedrohliche, erst recht, wenn sie entsetzlicherweise Jahrzehnte umfasse. Welch ein Glück, dass es medizinische Hilfe zum Aussteigen gebe, die einen vor einer solch trostlosen Aussicht retten könne. Die würden wir rechtzeitiger nehmen als so manche Methusalems, die lamentierend dahinwelken. »Wenn man sich in jungen Jahren so etwas vornimmt, so wie wir jetzt, kriegt man das auch hin.«

Das *wir nicht* stimmte uns zufrieden. Bärbel lächelte, ich dachte, jetzt wird sie bald aufbrechen, jetzt ist ein guter Moment – aber sie wollte noch über MANE reden, das »unfassbare« Verbot. Ich hatte es tatsächlich geschafft, ein paar Stunden nicht daran zu denken, wunderte mich jetzt, dass niemand in dem Kurs ein Wort darüber verloren hatte, als sei derlei Tagesgeschehen allzu nichtig angesichts dringlichen Plauderns über Literatur (und ohne den geringsten Verdacht, dass einige vielleicht guten Grund hatten, das Thema nicht anzuschneiden).

Bärbel hatte sich schon die ganze Zeit gewundert. »Dass keiner etwas gesagt hat, so als wäre das nicht passend, als wär der Kurs nur da, um sich von so was zu erholen. Es ist doch das Thema dieser Tage, betrifft uns alle, aber einen ganzen Kurs lang sind wir nicht davon belästigt worden.«

»Schon seltsam. Ist vermutlich Proust zu verdanken.«

»Oder ein Fall seltener Einigkeit.«

»Kommt wirklich nicht oft vor.«

»Und ich mach das jetzt kaputt. Da muss ich mich ja entschuldigen, dass ich doch noch davon anfange.«

»Quatsch, unter uns ist das doch was anderes.«

»Gut. Für mich ist das nämlich nicht einfach. Für die Alten erst recht nicht, für die Stiftbewohner meine ich, für die ist das Verbot schlagartig bedrohlich, die leiden wahrscheinlich schon, die haben doch seit Montag kein MANE mehr.«

»Wieso?«

»Die bekommen doch alle Medikamente direkt von der Betreuung, alles wird zugeteilt, kaum jemand hat noch eine Vorratshaltung für irgendetwas, und da haben die Montagabend, als die ersten Verbote aufkamen, einfach nichts mehr bekommen, übergangslos, die Ärzte hatten gar keine Zeit, das im Einzelnen zu prüfen, es war einfach Schluss. Wahnsinn. Und natürlich werden die Alten es fürchterlich vermissen, für die war es ein Rest an Wohligkeit, an Entspanntfühlen, dagegen ist Sahnekuchen am Nachmittag nichts, die fühlen sich richtig betrogen. Ich hab mir gestern schon die Empörung anhören müssen, und heute werden sie natürlich schon den Entzug spüren. Davor graut mir jetzt. Und es ist ja tatsächlich überhaupt nicht zu verstehen: MANE sollen die nicht mehr kriegen, weil es angeblich schadet, aber den medikamentösen Abschied können sie problemlos beantragen und bekommen ihn selbstverständlich. In ihrem Alter müssen sie höchstens zwei bis vier Tage warten.«

»Da kann man sie doch idealerweise mit MANE umkommen lassen, wär doch die Lösung.«

Bärbel nickte. »Tja. Die sagen, der legale Abgang soll sanft und kontrollierbar sein, und was mit MANE passiert, sei völlig unklar, komplizierte und schmerzhafte Krankheitsverläufe wahrscheinlich, die tun so, als müssten sie sich medizinische Problemfälle vom Hals halten.«

»Nicht wirklich logisch, die Problemfälle könnten doch dann ...«

Sie schaute einen Moment erstaunt. (Und ich frage mich jetzt, warum haben wir hier nicht begriffen, was los war, nicht wenigstens ein bisschen weiter nachgedacht.)

»Ja, natürlich, das ist alles mehr als absurd. Meine Eltern glauben nicht einmal, dass MANE schädlich ist, die sagen, wir kennen niemanden, dem es geschadet hat. Und wer kennt schon jemanden, du?«

»Nein, und ich kenne auch niemanden, der einen kennt, es ist schon rätselhaft, wie sich die Gefährlichkeit so lange hat verstecken können. Also ich habe jetzt nicht gleich Angst, dass es mich morgen hinwegrafft. Ich will jedenfalls keine Angst haben.«

»So schön und einfach war es noch nie, mutig zu sein.«

»Ein geradezu angenehmer Aspekt des Verbots.«

Sie griff sich in den Nacken, ihre Haare hatten noch nicht den gewohnten Grad des Zerzaustseins erreicht, sie half mit ein paar Handbewegungen nach, rückte näher zu mir, schaute sich prüfend um, sagte fast flüsternd: »Es wär alles viel leichter, wenn das mit meinem Nachbarn nicht passiert wäre. Durch den ist mein MANE-Vorrat gestern entsetzlich geschrumpft. Nein, das ist natürlich Quatsch, der kann ja nichts dafür, der hat regelmäßig Großpackungen im Interkauf bestellt, immer extrem günstig, und ich habe davon abbekommen – und stell dir vor, die haben ihm alles abgenommen, sind einfach bei ihm aufgetaucht. Das ist doch nicht zu glauben, dass jetzt systematisch nach Bestellungen im Internet gefahndet wird und die Lieferungen beschlagnahmt werden, so etwas hat es doch noch nie gegeben. Mein Nachbar hat jetzt Stress, weil so viel fehlte, mindestens die MANE, die er mir gegeben hat, vielleicht hatte er noch andere versorgt, hat jetzt selber nichts mehr und den Ärger. Ich habe meinen Rest natürlich geteilt mit ihm. Was blieb mir übrig.«

Ich erschrak, da hatte Enno ja recht gehabt, und ich habe das gestern noch nicht für möglich gehalten und Bärbel auch nicht, die so wunderbar einig war mit mir über alles. *Über alles* ist der richtige Ausdruck, wir haben uns auf wunderbar einige Weise empört über die *Wahnsinns*Maßnahmen, die anmaßende Hektik der Polizei, uns wunderbar übereinstimmend gefreut, dass das Geld gefehlt hat für Großeinkäufe, obwohl grundsätzlich natürlich mehr Geld besser wäre. Allerdings werden die kleinen Mengen, die wir nur kaufen konnten, bald aufgebraucht sein, und es wird so oder so schnell vorbei sein mit MANE. Die Zukunft ohne MANE drohte in erschreckend kurzer Zeit. Die Gefährlichkeit war unwichtig, wieder eine wunderbare Einigkeit: Wir können erst mal abwarten, es werden sich genug andere um das Risiko kümmern, wir werden es früh genug erfahren, uns wird nicht gleich etwas passieren. *Nicht so plötzlich nach so vielen Jahren.*

Ich hatte den ganzen leeren Nachmittag für mich, aber ich wusste schon, er war leer genug, um denken zu müssen: Ich sollte mich über den aktuellen Stand des Verbots informieren, ein bisschen wenigstens, sollte es hinter mich bringen. Ich würde es denken, auch wenn ich gar nicht dieser Meinung bin. Es half nichts, dass Bärbel eben noch gesagt hatte: *Das bringt doch nichts, es ist zu früh, alles noch chaotisch, provisorisch zusammengeschustert, man wird von medizinischen Behauptungen erschlagen, muss Kontroverses abwägen, ist mit der Wahrheitsfrage überfordert.* Das sowieso, dachte ich, und auch wenn es wahrscheinlich nichts bringt, alle Nachleserei bringt ja in aller Regel nichts, darf man sich klüger vorkommen, wenn man es trotzdem versucht – und mutiger.

Und es war nicht zu früh. Nichts war in Unordnung, alles erschreckend aufgeräumt, alles eindeutig. Sämtliche alten Artikel über MANE waren gelöscht, ich fand nur noch die Beschreibung des Notverbots, Warnungen über die neu entdeckte Gefährlichkeit, Hinweise auf Symptome der gefährlichen Nebenwirkungen, Strafandrohungen bei Kauf oder Verkauf, Erklärung der Abgabepflicht wegen der umweltgerechten Entsorgung, Erläuterungen zur eventuellen Möglichkeit der Krankschreibung bei Entwöhnungsschwierigkeiten, Nummern und Adressen für ärztliche Hilfe und tatsächlich die Warnung, bei weiterer Einnahme den Versicherungsschutz zu verlieren. Jetzt müsste ich es ja wissen, dass es entschieden ist, dachte ich, endgültig entschieden, dass MANE nie mehr zu haben sein wird. Gegen MANE war eine Wand hochgezogen worden und trotz der Eile systematisch zugemauert, mit unglaublicher Gründlichkeit zugemauert. Mir war flau, vermutlich wegen der medizinischen Beschreibungen, ich holte mir eine Scheibe Brot, die ich langsam kauend aß. Ich hätte auf Bärbel hören und die blödsinnige Nachguckerei sein lassen sollen. Jetzt konnte ich herausfinden, ob ich leicht zu beeinflussen bin: Schwindel, Taubheitsgefühle in den Armen und Beinen, Flimmern vor den Augen, Übelkeit? Das waren doch Beschwerden, die man sich ganz leicht einbilden kann, die ich gerade anfing mir einzubilden, dabei wusste ich doch, dass ich gestern und die ganze Zeit davor nichts davon gespürt hatte. Soll ich noch einmal Enno anrufen? Lieber nicht, er ist doch das Kind, nicht ich, das geht doch zu weit.

Und es gab keinen Widerspruch, wirklich nicht einen. Nirgends ein Alles-ist-gar-nicht-so-schlimm-wie-behauptet, nicht einmal nervende Senioren, die bloggen, wir wollen lieber mit MANE untergehen, als darauf zu verzichten. Vollkommen anders als bei dem letzten Reaktorunfall in Frankreich vor sieben Jahren, als jeder drei Tage zu Hause bleiben sollte, Kinder und Gefährdete fünf Tage oder länger, Fenster und Türen geschlossen bleiben mussten, als im Freien getragene Kleider sofort zu waschen waren, Sauerstofffrationen verteilt wurden für die, die vorschriftswidrig keine besaßen. Was war da ein Schimpfen in den

Medien gewesen. Gegen die Hysterie, die Lügen, öffentlich wurde vermutet, alles sei nur eine Farce der Ökologisten, eine Manipulation der Messsysteme, ein Computergau, und es wurde gewarnt, man solle bloß nicht darauf hereinfallen. Und wir hingen alle an den Telys, kann das sein, was ist wieso passiert, kommst du klar – und sind zu Hause geblieben. Das war wie in dem Film *Beschränkung der Tageszeit*, als das Verbot, während der Mittagszeit ungeschützt ins Freie zu gehen, mit extremem Aufwand durchgesetzt werden musste, bis endlich akzeptiert war, dass gefährliche Strahlungen drohten wegen irgendwelcher Sonneneruptionen oder Erdachsenschwingungen oder anderer atmosphärischer Zwischenfälle, und die Öffentlichkeit Abschied nahm vom Mittag in der Sonne und die Kinder nie mehr ohne Schutzkleidung ins Freie durften. Da gab es die Vernünftigen und die Bockigen, die Hilfsbereiten und die Niederträchtigen, die smarte Wissenschaftlerin und so weiter, ein typisch amerikanischer Film, und am Ende fügten sich alle, um die Kinder zu retten.

MANE, wie ich es gekannt habe, war verschwunden, und ich habe nicht einmal meine Drucke von den alten Internetanzeigen aufgehoben, nicht einen von den Drucken, die ich damals gemacht habe, als ich Angst hatte vor der noch unbekannten *Erfindung des Morgens*, Angst vor Nebenwirkungen, vor einer Verschlimmerung der Migräne, vor Magenreaktionen und noch nicht wusste, dass alle Kopfschmerzen in dieser gleichbleibend phantastischen Wohlgestimmtheit verschwinden und jeder Tag befreit und schwerelos jung beginnen würde. Anfangs war ja nicht klar, dass das Wunder jeden Morgen wiederkehren, die Werbung für ein Neues Medikament halten würde, was sie versprach. *Egal, wie alt Sie sind, die MANE-Jugend kommt erst noch – Morgen ist das Leben MANEsch leicht – Zukunft fühlt sich wieder gut an.*

Die Werbung war allgegenwärtig gewesen, überall wurde das neue Medikament plötzlich (tatsächlich »über Nacht«)

kritiklos gepriesen. MANE ist ein Muss, sagten Ärzte und Wissenschaftler in nie gekannter Übereinstimmung, rieten zur uneingeschränkten MANEsierung der Älteren. Geradezu aggressiv wurden die Alten gedrängt, es einzunehmen. Dass sich viele mit dürftiger Grundsicherung und Nebenjobs herumschlagen müssen, war ja nicht leicht zu ändern, aber MANE billig zu verordnen. Mit MANE würde sich das Leben besser anfühlen, das war doch schon etwas, darauf durfte nicht verzichtet werden. Es war geradezu Pflicht gewesen, durch die Einnahme zu seiner eigenen Zufriedenheit beizutragen. Eine angenehme Pflicht, wie sich herausstellte. Aber das war ja nun mit einem Schlag vorbei. Auf beängstigend plötzliche Weise vorbei. Soll nun alles ein Irrtum gewesen sein? Ich dachte noch einmal kurz daran, Enno anzurufen, ich bin ja so leicht zu verunsichern, überlegte, ob ich MANE nicht doch schon absetzen sollte. Dabei konnte ich die wenigen MANE-Tage schon aufzählen: morgen der Donnerstag, übermorgen der Freitag und so weiter, und ich wollte doch auf keinen davon verzichten, und es gibt immer einen Grund: heute noch nicht, und die wenigen Tage werden mich doch nicht umbringen. *Nicht so plötzlich nach so vielen Jahren.*

Es ist nicht wahr, dass man hinterher klüger ist, man traut sich nur nicht auszuschließen, dass man es wird. Dieses lästige Es-könnte-doch-sein verliert sich nicht, auch wenn es so viel Zeit kostet. Ich habe ja schon so viele Jahre des Hinterher, es hat sich an diesem Abend mal wieder gezeigt, hinterher ist man nur auf andere Weise ratlos, und nichts ist gewonnen. Ich habe einen halben Abend verplempert, nur um unzufrieden zu werden. Ich hätte besser Fernsehen schauen sollen, wie ich es sonst immer tue, wollte mich nicht länger davon abhalten lassen.

Dazu musste ich den Ort wechseln, vom Schreibtisch zum Fernsehsessel, auch wenn es in der kleinen Wohnung nur wenige Meter sind. Das Fernsehen wartet auf mich an diesem Ort und hat auch seine Zeit, wie in den Geschichten, in denen man durch einen Schrank, eine Geheimtür oder einen Zauberschlüssel in eine andere Welt kommen kann. Natürlich in ganz verschiedene Welten, die abrufbereit warten. Alte Filme, die ständig auf vielen Kanälen am Leben gehalten werden, leicht auszutauschen. Jedes Mal freue ich mich, wenn ich mich erinnern kann, auch wenn die Erinnerung reichlich lückenhaft ist. Dass ich einen Film schon gesehen habe, erkenne ich meist sofort, auch wenn jeder weitere Zusammenhang verlorengegangen ist. Die Gesichter, Gesten, Details der Hintergründe, das Atmosphärische, das den Bildfolgen anhaftet, bleibt im Gedächtnis, aber es ist wie atomisiert, es würde sich wieder zusammenfügen, wenn ich einen Film bis zum Ende sehen würde. Aber ich will mir vorstellen, ich könnte es gar nicht, keinen einzigen Film bruchlos verfolgen – und nicht ich würde diesen kaleidoskopartigen Wechsel auslösen, sondern Zeit, Ort, Alter, Geschichten wären unabhängig von mir durcheinandergeworfen, stünden nicht still, kreisten unentwegt umeinander. Die endlos sich ablösenden Bildsequenzen würden jeweils für einen Moment an die Oberfläche gebracht, ich komme nur hinzu, sitze vor den verschiedenen Zeitfenstern, werde nicht gesehen und kann unbehelligt verschwinden, die ideale Form der Teilhabe. Und wenn ich ein Bild zum Stehen bringe und mich erinnere, sind die Gesichter der Schauspieler, die inzwischen alt sein müssen, vielleicht schon tot sind, so jung und unverbraucht. Die Anzahl der Filme, in denen die agierenden Personen nicht mehr leben, wächst unaufhörlich, aber die Gesichter bleiben ja, und ich kann sie jeden Tag besuchen. Und kann mich dann nicht nur an die Szenen erinnern, sondern auch daran, wann und mit wem ich sie vielleicht angeschaut habe. Noch einmal wie damals, als ...

Ich merkte erst nach einigen Filmwechseln, dass ich nicht den Typ Film auf die Bildfläche bekam, den ich gewöhnlich aus-

suche, es waren amerikanische Filme mit amerikanischen Gesichtern, die ich natürlich auch kenne – habe ich die Nummern
verwechselt?

Den sympathischen, aber bemüht schnoddrigen Wissenschaftler, der den Bürgermeister nicht wird überzeugen können,
dass der Vulkan ausbricht, ließ ich bald verschwinden. Bei der
sehr ordentlichen jungen Frau (Wissenschaftlerinnen waren damals nicht alt und schnoddrig) wusste ich nicht mehr genau, ob
sie vor Meteoriten oder einem Erdbeben warnen würde, aber die
Liebelei gegen Ende hatte ich nicht vergessen. Ich versuchte
mich beim Umschalten zu konzentrieren, gab entschieden die
Ziffern für das Krimiarchiv ein, kam aber irritierenderweise in
einen Film, an den ich keine Erinnerung hatte. Habe ich schon
wieder einen Fehler gemacht? Wieder amerikanische Gesichter,
bekannte Schauspieler, die inzwischen älter geworden sind, ein
neuer Film konnte es also nicht sein. Rätselhaft, dachte ich, vielleicht erinnere ich mich ja noch.

Ich sah in einen riesengroßen langgestreckten Büroraum,
der hell war, obwohl das Licht von meterlangen Jalousien zurückgehalten wurde. Es war sehr still, dabei saßen dort viele
Menschen an ihren Rechnern, nur ein leichtes Summen und ein
leises Hintergrundmurmeln waren zu hören. Der Film ließ sich
Zeit, eine schöne junge Frau im Profil zu zeigen, die nachdachte.
Die Ruhe dieser Szene gefiel mir, sie hatte etwas von angehalte-
nem Leben. Die junge Frau schien Angst zu haben, etwas war
passiert auf dem Monitor, ihre Augen flackerten wie die merkwürdigen Linien auf dem Bildschirm, Schweiß brach ihr aus, sie
versuchte wohl noch etwas in Ordnung zu bringen, verließ dann
panikartig den Raum, lief durch die halbe Stadt zu einem For-
schungszentrum, riss dort einen jungen Mann aus seiner Arbeit,
drängte ihn in ein Hinterzimmer. Du bist der einzige Mensch, der
mir helfen kann, es ist etwas Furchtbares passiert, ich habe heute
Daten verloren, extrem wichtige Daten hingeschickt, wo sie nicht

hingehören, habe Angst, dass ich schuld bin an einem fürchterlichen, womöglich millionenteuren Fehlvorgang.

Der junge Mann hielt sie für überdreht, was sie sage, gehe doch gar nicht, die Sicherheitsvorkehrungen und so weiter, sie solle mal ein paar Tage Urlaub nehmen, mal da rauskommen, ja, diese andauernden Vorgänge in virtuellen Prozeduren könnten einen schon fix und fertig machen. Dann Filmschnitt. Man sah, wie der junge Mann am nächsten Tag wie versprochen in das riesige Büro mit dem schönen Jalousienlicht ging, das sich als wichtige Behörde herausstellte. Jetzt waren nur noch zehn Sachbearbeiter anwesend, fünf davon waren am Vortag nicht dagewesen, drei waren intensiv mit Versuchen der Schadenbehebung beschäftigt, zwei ein Häufchen Elend. Sie hätten durch Unaufmerksamkeit grundlegende Systeme zerstört und die Daten preisgegeben.

Dass das überhaupt nicht möglich sei, sagten auch die anderen herbeigerufenen Fachleute. Aber plötzlich waren Patientendaten in den Kliniken nicht mehr lesbar, elektronische Ablesesysteme versagten in den Geschäften, Automaten waren blockiert, der Verkehr brach streckenweise zusammen, man wusste nicht genau, wo es noch funktionierte und wo nicht. Strom fiel teilweise aus, telephonieren ging nur noch mit Einschränkungen. Ein Weltuntergang mit Aussparungen. Das ist wie in dem Film *Haben Sie noch Drucke von Ihren wichtigen Unterlagen*, dachte ich, oder *Alles ausgehäckt*, eigentlich kein Weltuntergangs-, nur ein Datenuntergangsfilm, schlimm genug, irgendwann wird also *nichts mehr funktionieren*. Vermutlich wird es auf das übliche Chaos hinauslaufen: Stau und monströse Unfälle, Feststecken in U-Bahnen und Aufzügen, Panik, ein bisschen Verbrechen nebenbei, nicht das eigene Kind finden können oder den Mann, irgendwann werden die Protagonisten verdreckt und barfuß durch eine Ruinenlandschaft laufen und so weiter.

Ich schaltete endlich in die Auskunftsübersicht, um herauszufinden, wo meine Kriminalserien untergetaucht waren, und begriff, dass tatsächlich ein Großteil der Kanäle umgestellt worden war: aus *technischen Gründen. Eine Retrospektive herausragender Katastrophenfilme, eine erstmals vollständige Werkschau von Klassikern des Genres wird Sie hoffentlich über den Ausfall, den wir sehr bedauern, trösten.* Ich war erschrocken, die technischen Schwierigkeiten, die behauptet wurden, waren unbegreiflich. Was sollte das. Der nette Krimi, der gestern zusätzlich ins Programm gekommen war, war wunderbar, die heutige Umstellung eine Zumutung, dabei liebe ich Katastrophenfilme, keine Frage. Und im Überblick waren genug Filme, die ich mochte, auch keine Frage. Alles, was es gibt, dachte ich, Lebensmittelvergiftungen, Sturmfluten, mutierte Insekten, Grippeepidemien, fast alles utopisch oder dystopisch, nur die Kernkraftdesaster waren historisch inspiriert, da war die Wirklichkeit den Filmen ja leider voraus gewesen. Warum, dachte ich, es muss doch einen Grund geben für diese Lust am Desaster, einen Hintergrund (und lag ich heute morgen vielleicht genau in der Linie der Zeit mit meinem Grübeln über die *Pest*?).

Die Gigantomanie der tausend Spektakel war erschlagend – ich zappte also zurück in den Film, den ich unterbrochen hatte. Die junge Frau war jetzt in einer vollkommen einsamen Vorortstraße – ich wusste natürlich nicht, was sie da wollte –, und sie hatte wieder Angst, diesmal schien sie verfolgt zu werden, rannte sogar ein Stück in ihren unmöglichen Schuhen, dabei war es eine Kollegin, die sie einholen wollte und hinter ihr herrief, sie solle endlich stehen bleiben, sie wolle doch mit ihr reden. Und die dann erklärte, sie habe auch diese Panik gehabt, aber da seien alle reingefallen. Dass sie einen Datencrash verursacht hätten, sei ihnen nur suggeriert worden, das gehe wirklich nicht so einfach. Ganz großer Schabernack, ganz mieser Trick. Wahrscheinlich wäre es das Beste gewesen, wenn alle gleich abgebrochen und ausgeschaltet hätten, was mit Unterstützung des Notalarms ja vielleicht geklappt hätte – aber sie hätten ja leider geglaubt, sie müssten einen persönlichen Fehler vertuschen. Vermutlich sei das Desaster schon drei Tage vorher programmiert worden, als dieser Störungsdienst aufgetaucht sei: Du weißt doch, am Tage der Stromschwankungen, als wir Sekt getrunken hatten wegen des Jubiläums. Da sei eine Sicherheitslücke aufgetreten und irgendetwas passiert, das den Absturz der Systeme einleitete, ob Pfusch oder Sabotage sei noch nicht klar.

Die beiden jungen Frauen blieben an einem Abhang stehen, setzten sich auf etwas Mauerähnliches, sahen in der Ferne die abendrote Sonne über den glitzernden Hochhaustürmen, ein wahnsinniges Dickicht an Lichtern, da hätte die Regie aber reduzieren müssen – immerhin ist Stromausfall. Die Frauen machten sich Mut, den Kindern wird es schon gutgehen und so weiter, und statt des Blutrots der untergehenden erschien die Morgenröte der aufgehenden Sonne. Einfacher ist ein bisschen Optimismus am Schluss nicht zu haben.

Wenn ich geahnt hätte, dass es auf ein so unoriginelles open-end hinausläuft, hätte ich mir das Ende des Films erspart, ich habe schon bei so viel besseren Filmen mittendrin abgebrochen. Das ist das Ärgerliche beim Fernsehen, dass man sich täuschen lässt und erwartet, es käme noch etwas, irgendeine Andeutung einer Auflösung. Ich ärgerte mich also, und trotzdem standen mir die ganzen Szenen noch glasklar vor Augen – und ich habe ja auch nichts davon vergessen, den ganzen Kram jetzt umständlich hingeschrieben, behaupte dabei, ich hätte mich beim Anschauen geärgert –, und ich hatte noch nicht einmal aufgehört, weiter Filme zu sehen. Eben die Katastrophenfilme, die ich kenne und jetzt gezielt aussuchte, und hatte nicht vergessen, zur rechten Zeit umzuschalten. Und morgen würde ich das auch wieder tun. Das wird so sein.

Ich wollte den Inselberg-Vortag rekapitulieren, fing an, Notizen zu machen: Was ist passiert, was könnte ich an Wichtigem vergessen haben. Ich vergesse so leicht, ich will doch die Verbindung halten von Woche zu Woche, weil sich die Gespräche fortsetzen, in gewisser Weise, *Ich weiß noch, was du letzte Woche gesagt hast* anbringen können und nachgeschlagen haben, was in der Schwebe war – überlegen, was überhaupt aufzuschreiben ist und wie. Einfach der Reihe nach, nach der Reihe, in der es mir einfällt oder in der es passiert ist – wer ist mir begegnet, wer hat was gesagt, was habe ich gesagt. Und ich merkte, heute wie immer, ich war nicht aufmerksam genug gewesen. Ich weiß alles nicht mehr so genau, »alles« muss ich stehen lassen, was ich weiß, ist so unvollständig, dass ich anfange, es sofort zu ergänzen, *so muss es gewesen sein*. Das war mein Problem, dachte ich, immer schon mein Problem, dass ich nicht die richtigen Worte im Kopf habe, nicht die Verbindungen, Zahlen, Hintergründe. Irgendwie bin ich nur ungefähr dabei gewesen, was habe ich nur gemacht, als ich zuhören sollte, die Chance hatte, alles zu sehen. Es ist wie mit dem Atwood-Zitat, das ich nicht zusammenbekommen habe, obwohl ich so sehr überzeugt war, es wirklich gelesen zu haben. Die Leichtmerker sind ja so im Vorteil, zu ihnen spricht alles in vollständigen Sätzen, deshalb ist ihnen wohl so vieles geglückt, was ich nicht hingekriegt habe, aber ich will nicht mit selbstmitleidigen Rechtfertigungen ablenken. Ich kann ja jetzt anfangen, mich zu konzentrieren, anfangen, aufmerksamer zu sein.

Vielleicht ginge es besser, wenn ich jeden Tag Buch führen würde, aber was wäre das für ein Aufwand, wie soll ich das, was ich jeden Donnerstagmorgen abbreche, jeden Tag schaffen. *Und wozu überhaupt, das lohnt doch gar nicht,* lasse ich Bärbel sagen. Ich brauche doch nur ein paar Notizen zum Kurstag. Es hilft, dass die meisten so oft etwas Ähnliches sagen, sie variieren sich in gewisser Weise, sogar Hermann, auf jeden Fall Clarissa, bei

Bärbel ist es eine Marotte. Und es ist nicht wahr, dass ich nur das Ähnliche behalte, das Neue, das hinzukommt, merke ich mir sogar besser, das Ähnliche lässt sich nur leichter ergänzen.

Aber ich kann ja auch einfach fragen: Worum ging es. Da bin ich schon bei Proust, das ist jetzt ein besserer Einstieg, ich fange damit an, wie sich alle wohlgefühlt haben bei Proust – obwohl *bei* ist vielleicht unsinnig, besser *mit* oder *in*, da bin ich jetzt durcheinander. Da kann ich mir erst mal von dem LitPad helfen lassen, das Enno mir geschenkt hat und dessen Benutzung ich gestern abgelehnt hatte – nach Hermanns Bemerkungen – und das ich nie mitnahm, obwohl sogar Hermann manchmal eines dabei hatte und Clarissa eigentlich immer.

Auf dieser wabernden Bildfläche ist alles so phantastisch zubereitet: Ich kann die Namen der Hauptfiguren in verschiedenen Farben hervorheben, die Übersetzungen und Sprachen austauschen und nach Laune Photos von Proust einblenden oder Bilder von den vielen Verfilmungen des Romans oder Interpretationen zu den aktivierten Stellen oder zu dem ganzen Roman. Und warum nicht gleich ganze Filmsequenzen hochladen, mir die schöne Odette anschauen, die alle Regisseure als umwerfend attraktive Frau darstellten, obwohl doch Swann zunächst gar nicht von ihrem Äußeren beeindruckt war. Aber da sollte ich besser noch einmal nachlesen – oder lieber in den Gesichtern von Charlus stöbern?

Allerdings blieb meine Liste ziemlich leer im Verhältnis zu den magisch austauschbaren Bildern und Texten, geradezu armselig, unbeholfen und unzusammenhängend. So einfach kommt man nicht dazu, etwas zu sagen zu haben. Ich muss in kleinen Schritten nachschlagen, in einzelnen Sätzen sozusagen und kleinen Passagen, die flimmernde Austauschbarkeit hat keine Bodenhaftung, sie ist gegen meine Ordnung von Ort und Zeit: Filme warten doch auf mich am Ende des Tagen auf der anderen Seite des Zimmers. Morgen ist Morgen, und Abend ist Abend.

Und wie ich versuchte, meiner Liste noch einen klaren Gedanken hinzuzufügen, wenigstens einen, musste ich daran denken, wie ich als Zwanzigjährige geglaubt hatte, ich wisse jetzt,
wie das ist, wenn man einen Menschen verliert (weil ich von Al-
bertines Tod gelesen hatte), verstehe die Phasen des Trauerns und
Vergessens und könne mir vorstellen, auf ein ganzes Leben zu-
rückzublicken, hätte eine Ahnung davon, wie die Jahre wegsi-
ckern. Und musste mir eingestehen, dass Clarissa recht hatte –
ausgerechnet Clarissa – und ich alles in jugendlicher Dummheit
gelesen habe, mir großartig vorgekommen bin mit zwanzig Jahren, weil ich Proust las und albernerweise dachte, das bedeute
schon etwas. Und nun behaupte ich munter in einem Kurs: Ich-
erinnere-mich, und habe ungefähr so viel dazugelernt, wie jetzt
auf meiner Seite steht, die ich schon wieder armselig finde. Und
vielleicht ist jetzt auch nicht der richtige Augenblick für meine
Liste, und ich sollte weitermachen, wenn mir etwas einfällt.

Ich wollte das Geschreibsel gerade wegräumen, als Carla
anrief. Schon wieder, dachte ich. Sie wollte nicht glauben, dass
ich meinen Vormittag damit verbringe, über Proust nachzudenken, über mein Lesen, was übrig geblieben war, was überhaupt
gelten könne. Sie lachte auf die übliche nette Weise, na so was,
das sei ja bewundernswert, sowieso der ganze Kurs, und natürlich Leute, die Zeit für so was hätten, nein, das würde sie auch
mal gerne machen können, würde sie ganz bestimmt machen,
vielleicht nicht Proust ... aber im Moment? Da müsse man sich
doch um Probleme kümmern. Deshalb rufe sie doch an, wegen
der anbrechenden Verdunkelung *sozusagen*, weil nämlich einer
ihrer Kunden, einer von den Zeitfressenden, *du verstehst*, ihr gesagt habe, in strengster Vertraulichkeit versteht sich, dass einige
aus diesem zeitvertilgenden Umkreis sich nicht mehr trauten,
ihre MANE aufzubrauchen. Aus Angst. Da könne ja was dran
sein an diesen medizinischen Schreckensnachrichten. Und die
würden ihre MANE jetzt verkaufen, für horrendes Geld natür-

lich. Carla verschwieg nicht die Zahlen, lachte wie entschuldigend, fand die Preise unglaublich.

Ich verstand. Carla würde gern kaufen, dachte vermutlich, ich hätte Geld, dafür Geld übrig. Ich überschlug, dass ich vermutlich meine ganzen Rücklagen hergeben müsste für zwölf MANE (vierundzwanzig natürlich, zwölf davon für Carla). Enno würde ich nicht anpumpen für so was, der hatte doch ausdrücklich vorm Schwarzmarktkaufen gewarnt, nein, überhaupt eine unmögliche Idee, sein Kind anzubetteln – und welche Gewähr hätte ich denn, dass ich nicht betrogen würde bei solchen Geschäften. Vielleicht Vitamintabletten bekomme oder Schlimmeres.

Ich enttäuschte Carla, sagte, die Preise seien doch hirnrissig. »Wer hat denn schon so viel Geld?«

Sie lachte gequält.

»Du hast recht. Darauf kann man sich nicht einlassen. Erstens das unfassbar viele Geld und dann, was sind das denn für Leute, die Tabletten, die sie für zu gefährlich halten, für sich selber zumindest, zu Mondpreisen verkaufen wollen. Vollkommen klar. Die müssen doch denken, dass sie den Käufern schaden. Dreifach schaden. Erst stehlen sie dir deine Zeit, und dann wollen sie dich finanziell und gesundheitlich ruinieren. Unmöglich. Dass ich dich damit überhaupt behellige und am schönen Morgen anrufe ...«

»Hör auf, klar musst du mich anrufen, dann weiß ich wenigstens ein bisschen Bescheid, was so läuft, nein, ist wirklich interessant, also da gibt es jetzt Verrückte, die kratzen ihr gesamtes Geld zusammen für ein paar MANE-Tage mehr.«

»Na, das Ganze ist ja auch zum Verzweifeln, also für mich schon. Ich muss ununterbrochen daran denken, also wirklich die ganze Zeit, wie es werden wird ohne MANE, was für eine Trostlosigkeit, ich überlege natürlich, ob noch irgendeine Hoffnung besteht, dass alles rückgängig gemacht wird, ein Fehler eingesehen wird, bin da im Laufrad, ob ich nicht noch irgendwas tun kann. Geht dir das nicht so?«

»Ich weiß nicht, ich denke einfach noch nicht so ernsthaft nach.«

»Verstehe, du bist noch bei Proust.«

Jetzt war mir die Prousterei auf neue Weise peinlich, beinahe mehr als die Armseligkeit meiner Notizen. »Na ja«, sagte ich nur, »die ganze Überlegerei bringt doch nichts« – als würden die anderen Überlegungen »etwas bringen«.

»Das ist doch die Frage. Woher willst du das wissen. Warum es nicht versuchen und alle Möglichkeiten durchgehen.«

»Und sich die letzten MANE-Tage verderben?«

»Ach so.«

»Da ist mir jede Ablenkung lieber, jetzt erst recht, du kennst mich ja. Gestern bin ich über einem wirren gigantomanischen Kulturuntergangsfilm eingeschlafen, der war auf verzettelte Weise undurchschaubar, *In Tausend Schritten ins Nirgends*, ich bin eigentlich nur hängengeblieben, weil ich den Film nicht kannte.«

»Ach den. Den hab ich noch mit Kollegen im Kino gesehen. Der lief wohl mehr in Special Channels, stimmt schon, der ist etwas artifiziell, war damals in allen Feuilletons, aber kaum im Programm. Es ging doch darum, dass ein Trojaner in das öffentliche Netz eingeschmuggelt worden war, der durch tausende dieser aktivierenden Computeranwendungen oder was auch immer zum Laufen gebracht wurde, tausend kleine Unaufmerksamkeiten, und dann gab's kein Zurück mehr. Oder? Ich meine, das sollte zeigen, wie ein Desaster durch viele Einzelschritte zustande kommt, war irgendwie ein Zeigefingerfilm, nicht?«

»Ah, das hat mich, glaub ich, an dem Film gestört, und dann war ich auch so müde ...«

Carla musste husten, brauchte eine Weile, bis sie wieder sprechen konnte, und ich war froh über die Unterbrechung, sagte

ein albernes Du-musst-dich-aber-schonen-und-auf-dich-aufpas-
sen-so-wie-du-hustest, erzählte übergangslos, dass ich gleich
Mäxchen abholen würde und auch mal was Nützliches täte, so
gelegentlich.

Sie lachte, schon fast wieder auf die gewohnte Weise.
»Zieh dich bloß warm an, das hab ich in der Hektik gestern nämlich falsch gemacht und mich ordentlich unterkühlt. Wo doch
jeder weiß, dass MANE nicht wirklich gegen die Kälte schützt
und man trotzdem zur Vorsorge soll.«

»Bleib doch einfach mal einen Tag zu Hause und kurier
dich.«

»Nein, so schlimm ist es nicht.«

»Melde dich, wenn doch.«

»Klar.«

»Bis bald.«

Sie klang nicht beleidigt, nur enttäuscht – aber ich war verstimmt, weil ich etwas abgelehnt hatte. Ich lenkte mich ab durch
Aufräumen, die nützlichste Tätigkeit, die mir einfiel, holte mir
noch einen wärmeren Pullover aus dem Schrank, entschied,
Mäxchen schon am Nachmittag abzuholen, früh aufzubrechen
und zu Fuß zu gehen. War wie immer froh, dass die Tagesstätte
nicht so weit entfernt ist, eine gute Entscheidung der Kinder.
Vielleicht ist es sogar die letzte, die noch im Innenstadtbereich
liegt, ich muss doch mal nachgucken, ob es so ist, nächste Woche
auf demselben Weg wird mir wieder einfallen, dass ich nachgucken wollte. Auch: ob wirklich aus Lärmschutzgründen diese riesige Mauer um das Haus gebaut wurde, diese unglaubliche
Mauer, zwei Stockwerke hoch, fast wie ein Haus um das Haus,
so dass der winzige Gartenstreifen vollkommen im Schatten
liegt, der Blick in die Außenwelt nur zum Himmel hin möglich
ist, am besten auf dem immerhin passablen Dachgarten. Das hat
auch sein Gutes, es ist gut, immer an das Gute zu denken (warum

ist *gut* ein so hässlich klingendes Wort). *Gut* sind die vielen Wolkenbilder, die ich bekommen habe von einem kenntnisreichen Enkel, der von Cumulus und Cirrus erzählt und von den Geschwindigkeiten der Wolkenbewegungen, dem Wind und wie schnell die Sonne aus dem kleinen Himmelsausschnitt verschwindet. Von den verschiedenen Arten des Regens und von Vögeln, natürlich. Die meist sehr hoch am Himmel fliegen, was sehr praktisch ist, weil man sie dann nur mit wenigen Strichen andeuten muss. »Das Graue da, das sind die Vögel ganz weit weg.« Und Flugzeuge, Hubschrauber und Drachenvögel, aber die sind so schwer zu malen, die müssen erst mal gesammelt werden als kleine Spielzeuge, die leider zu teuer sind für mich, um sie jede Woche zu kaufen.

Am Eingang stand ich vor blankem Metall, turmhoch nach außen gewölbt, ohne Fenster, Türgriff, Display, man muss wissen, dass die Klingel durch Berühren mit der Handfläche ausgelöst wird. Ich blieb vorschriftsmäßig stehen, bis mich die Kamera erfasst hatte, die in großer Höhe installiert ist, und die Außentür zurückgeschoben wurde, wurde freundlich gegrüßt, musste aber die Daumen scannen lassen, da heute nur Leute Dienst hatten, die mich nicht kannten. Schon nach dem ersten Blick in den Gruppenraum kam Mäxchen angestürmt. Kein Abschiedstheater, das fing gut an. Das Zusammensuchen der Sachen, das Verabschieden, Abmelden per Daumendruck auf dem Display, alles problemlos. Er nahm sogar meine Hand, begann ausgelassen hüpfend mir alles, was er heute gesehen hatte, ausführlichst zu erzählen, zerrte von Zeit zu Zeit an meinem Arm, um sich mehr Aufmerksamkeit zu sichern, die Aufmerksamkeit von Erwachsenen muss ja immer erkämpft werden, schaute mich prüfend an, ob er mit meiner Reaktion auch zufrieden sein konnte. Und ich musste kommentieren, am besten in der Art: Toll, das ist ja unglaublich, wie du das geschafft hast, du nimmst mich doch nicht auf den Arm? Ich wartete eine Weile, bis ich wirklich in sein Gesicht schaute, das sich von Woche zu Woche veränderte, da halte ich mich behutsam zurück. Ich muss mich noch daran gewöhnen, dass auch dieses kleine Gesicht mir zunächst fremd erscheinen kann wie alle anderen Gesichter auch. Heute war es auf entgegenkommende Weise wach und fröhlich, war ein kleines stupsnasiges Munterkind zum Gernhaben. Am liebsten hätte ich ihn auf den Arm genommen und eine Zeitlang getragen, aber das ist ja vorbei.

Der Weg zur Stadtbahnstation lag schnurgerade vor uns, breit, mit eingeteilten Spuren für Radfahrer und Fußgänger, mit fünf kränkelnden Bäumen, die mich immer noch an die üppig grüne Allee vor vielen Jahren erinnern, und ich war in Gedanken schon über die Distanz hinweg, sah mich mit Mäxchen in der Bahn sitzen und »geschafft« sagen, als er mich überraschend in eine Seitenstraße zog. Ihm waren der Pulk von Menschen und die Unmenge Blinklichter aufgefallen, er hoffte sofort, es seien Einsatzwagen in Alarmbereitschaft, und ich fürchtete, er könnte recht haben. Entsetzlich, so ein Menschenauflauf bei einem Polizeieinsatz. Aber Mäxchen wollte da hin, alles aus der Nähe sehen, ihn störten weder die Herumstehenden noch die Polizisten. Er hatte bald erfasst, dass es vier Einsatzfahrzeuge waren, die lautlos blinkten, Achtpersonen-Einsatzfahrzeuge mit variablen Alarmlichtanlagen und Scheinwerfern. Er wusste das von den Spielzeugen, vielleicht auch von Kinderserien und erklärte mir, wie der Alarm klingen würde, der war ja leider abgestellt.

Die vielen Passanten waren ein Hindernis, das nur unwillig nachgab. Mäxchen quengelte, verlangte, dass ich mich mit ihm nach vorne durchdrängelte, und ich musste mir bei jedem Weiterkommen anhören: »Na gut, wenn der Kleine die Wagen sehen will ...« Dabei wurde auch erklärt, dass es um die Paracelsus-Apotheke gehe, um MANE. Dass *so was* schon in mehreren Apotheken passiert sei. *Haben Sie das nicht gehört? Es hat ja geheißen*, die Pharmabetriebe hätten freiwillig ihre Bestände rausgerückt, freiwillig nach der Androhung von Schadenersatz. Man werde ja sehen, ob das kontrolliert wird und was dann dabei herauskommt. Der Einsatz sei unverhältnismäßig und bescheuert, die Polizei unverschämt unfreundlich. Die Leute waren erstaunlich redselig, mehrfach musste ich mir anhören, es sei eigentlich blödsinnig, hier weiter rumzustehen. Aber ich sah niemanden gehen. Ein erschreckend dünner alter Mann nuschelte mir zu, wie fein es sei, dass er dank des Verbots jetzt wieder die wahren Freuden des Alters ungeschmälert auskosten könne, erst sei er alle seine Zähne losgeworden ohne Chance auf neue, was solle er da noch mit MANE.

Ich gab mir Mühe, nicht auf den zahnlosen Mund zu starren, war irritiert von dem zustimmenden Gelächter und froh, dass Mäxchen die anderen Wagen sehen wollte und ich wegkam zu anderen Kommentaren. Dass es doch prima sei, zum Beispiel, dass sich die Polizei mit so großem Einsatz darum kümmere, dass die Alten nicht durch MANE vorzeitig wegstürben, wenn man doch schon in Brokdorf geahnt hätte, wie sehr sich die Staatsdiener dereinst um einen bemühen würden. Wieder schadenfrohes Gelächter. Warum die Polizei so abweisend sei und auf keine Frage antworte, wo sie doch gerade dabei sei, der Republik die Alten zu erhalten, könne man allerdings nicht verstehen. Warum für eine Apotheke mit zwei Angestellten so viele Polizisten unterwegs seien, genauso wenig, oder gehe es vielleicht doch darum, die Apotheke vor ihnen, den jetzt ratlos Herumstehenden, zu schützen?

Ein paar Meter von uns entfernt waren Gruppen aneinandergeraten, begannen sich zu beschimpfen, ich weiß nicht genau, worum es ging, ich glaube um die Gefährlichkeit von MANE oder die Rechtmäßigkeit des Verbots oder etwas Ähnliches. Es war zu laut, um etwas zu verstehen. Die Streitenden schienen Handgreiflichkeiten nicht abgeneigt, und Polizisten erschienen, um die Gruppe zurückzudrängen – und in diesem Augenblick musste ich sehen, wie Apotheker Stein, der Vorname wollte mir nicht einfallen, von zwei Beamten abgeführt und in ein Auto gesetzt wurde. Er hielt sich sehr gerade und war, glaube ich, sehr blass, der Mantel saß ein bisschen schief, und der Schal drohte von den Schultern zu fallen, hölzern ließ er sich zu einem Fahrzeug führen, und tatsächlich hielt ein Polizist ihm beim Einsteigen die Hand über den Kopf, wie ich es in tausend Kriminalfilmen gesehen habe und dabei immer denke, dass es eine demütigende Handbewegung ist, auch wenn sie vielleicht nur das Anstoßen des Kopfes verhindern soll. Ich war starr vor Schreck und Scham. Wie unmöglich, in einem solchen Moment bei den Gaffern zu stehen, wie entsetzlich, wenn er mich etwa bemerkt hätte. Der sympathische Herr Stein, der mich immer so nett bei den Kammerkonzerten begrüßte. »Schön, dass Sie wieder dabei sind«, würde er heute nicht sagen, mich nur entgeistert anstarren. Ich zog Mäxchen hinter einen Bus, erleichtert, dass Stein offensichtlich keinen Blick auf die Umstehenden warf, wartete herzklopfend, bis der Wagen mit dem Apotheker wegfuhr und ich mich wieder unsichtbar fühlte. Hoffentlich hat er mich wirklich nicht gesehen, dachte ich die gesamte Zeit, wäre am liebsten sofort nach Hause gegangen, aber Mäxchen war erst bereit aufzubrechen, als auch die anderen Wagen wegfuhren.

Und dann lag noch der ganze Rückweg vor uns, auch Mäxchen war müde, trottete wie geistesabwesend neben mir her, brabbelte etwas von den Autos, ich glaube technische Details, und es war ihm vollkommen egal, ob ich zuhörte oder nicht. In der Wohnung begann er sofort zu spielen, ruhig und vollkommen für sich, als hätte er vergessen, dass ich neben ihm stand, Polizeieinsatz und Fang-die-Terroristen, ließ mich ungestört Tee trinken, schlief später schon nach einer kleinen Runde Vorlesen ein. Ungewöhnlich, ich dachte, so früh muss es wirklich nicht sein, überlegte sogar, ob ich für mich allein ein bisschen in den Drachengeschichten lesen sollte, hatte dann aber ein unsinniges

Bedürfnis nach Regionalnachrichten. Natürlich unsinnig, die Verhaftung eines Apothekers, den ich gerne in den Kammerkonzerten getroffen hatte, kann überhaupt keinen Sinn haben, darüber kann es keine vernünftigen und irgendwie brauchbaren Nachrichten geben.

Trotzdem zappte ich in den Kanälen, überall ermüdende Berichte über die Gefährlichkeit von MANE und den großartigen Einsatz der Behörden. Dann kam Mäxchen angehüpft, hatte offenbar nur kurz geschlafen, natürlich, so früh schläft er doch sonst auch nicht. Ich schaltete erschrocken auf einen Tiersender – ein Fehler, es wurde mir augenblicklich klar, den Opernkanal hätte ich aussuchen sollen. »Eisbären!« Die wollte er natürlich sehen, und was sollte ich machen. Hoffentlich passiert nichts kreatürlich Grausames in der Sendung, dachte ich, war zum Glück in einem passabel zensierten Kinderkanal. Was auch bedeutete, die Tiergeschichten würden kein Ende nehmen, nur wechseln, von kleinen verspielten Katzen zu aufmüpfigen Schweinen, von redenden Pinguinen zu fürsorglichen Kängurus und so weiter (wie soll ich das nur den Eltern erklären: den ganzen Abend Fernsehen geguckt!). Er war nicht zu überreden, wieder ins Bett zu gehen, schlief schließlich vor laufenden Bildern ein. Ich konnte ihn nicht ins Bett tragen, natürlich nicht, dafür war es zwanzig Jahre zu spät, baute einen Kissenberg um ihn herum, deckte ihn zu, den kleinen atmenden Berg in der Kissenlandschaft.

Was sollte ich jetzt tun? Fernsehen war ja unmöglich, mich mit dem kleinen Television-Pad in die Küche setzen wollte ich nicht, da war nicht der richtige Ort – und zum Lesen nicht die richtige Zeit. Im Zimmer war es dunkel und still, bis auf ein kleines Schnaufen. Ich wartete einfach, ging dann wie unwillkürlich zum Fenster (oder hatte ich die Lichter schon bemerkt?). Zog die Jalousien leise nach oben, erinnerte mich sofort: Das hatte ich heute schon einmal gesehen. Die Wagen standen nur vier Häuser weiter, wieder geräuschlos blinkend. Im dritten Haus, noch gut aus der Schräge einzusehen, war eine Wohnung grell erleuchtet, alle Lampen wohl eingeschaltet, kein Vorhang oder Rollladen in Gebrauch, alles war preisgegeben (war das Absicht?): eine kleine, in Unordnung gebrachte Wohnung, Billigmöbel, angeschmuddelte Wände, ein unabgeräumter Esstisch, das Gesicht der Frau verschmiert, vielleicht war es dick aufgetragene Nachtcreme, sie trug eine Art Hausmantel, es war ja schon nach zehn. Der Mann hatte eine schlabbrige Hose an, das Hemd war herausgerutscht, die Wölbung des Bauches erschreckend, er stand wie verprügelt in der Ecke (er ist bestimmt nicht geprügelt worden), vielleicht war es ihm auch nur peinlich, so vor den Ordnungsleuten zu stehen. Die waren wohl für einen Teil der Unordnung verantwortlich – warum haben die beiden erbarmungswürdigen Leute nicht gleich gesagt, wo die Tabletten lagen? Gefunden haben sie sie wohl, es wurde etwas weggetragen. Die Frau weinte – und schimpfte, glaube ich, es war ja nichts zu hören, hatte ein wütendes, beleidigtes Gesicht – ob ihr klar war, dass alle Nachbarn es sehen konnten?

Ich schaute auf die gegenüberliegenden Häuser, fast überall war es dunkel wie bei mir, alles wie ausgestorben. Ich dachte plötzlich, es ist spannend. Ja, die Frau tat mir leid, der Einsatz war unmöglich, keine Frage, aber irgendwie war es das Richtige für diesen Abend, und ich hatte so einen wunderbaren Einblick. Als die Ordnungsleute gingen, schienen die beiden zu streiten, so sah es jedenfalls aus, erst dann fiel ihnen ein, das Licht auszumachen und die Rollläden hinabrauschen zu lassen. Vorbei mit dem Schauspiel. Die Wagen waren auch weg. Aber das war noch nicht das Ende, jetzt begann das Nachspiel auf der eben noch dunklen Straßenseite, jetzt konnte ich sehen, wie die Lichter wieder angingen, mit einer kleinen Verzögerung, eins nach dem anderen. Einigen Fenstern konnte ich Gesichter zuordnen, auch Namen, in manchen Wohnungen war ich kurz gewesen, habe einen flüchtigen Einblick gehabt und Nachbarliches besprochen: eine Postsendung abholen, die letzte Abrechnung Betrug nennen, einmal: Himbeeren mitbringen, unbezahlbare Himbeeren. Dies hier war auch eine Art Einblick. *Ich weiß, was du in den letzten dreißig Minuten gemacht hast.* Es dauerte erstaunliche fünf Minuten, bis alles so hell war wie sonst, ein paar dunkle Aussparungen blieben, auch das war wie sonst. Ich konnte natürlich kein Licht machen wegen Mäxchen und freute mich: Ich bin nicht dabei gewesen.

Der Wächter sah uns von Weitem kommen, zufällig wie immer. Ich will mir einbilden, er wartet auf uns, sagt ja auch: Endlich ist die Woche rum und Sie sind wieder da. Ich habe mich schon auf dem Weg gefragt, wird er auch wieder schauen (das muss ich zugeben), freute mich, als die Schleuse zum Spieleparadies sich angemessen rechtzeitig von selbst öffnete – und begann zu loben. Ich sehe immer, was der Wächter in der vergangenen Woche geleistet hat: Das hintere Spielgerät gereinigt, den kleinen Rasen ausgebessert, einen winzigen Baum gepflanzt, der mit den Kindern wachsen soll ... natürlich liegt kein Abfall herum, alles gefegt, der Sand geharkt. Hoffentlich ist mein Respekt nicht das Einzige, was er bekommt, denke ich, sage es aber nicht, natürlich nicht. Ich traue mich nicht zu fragen, ob er nur katsmile- oder wenigstens katplusmäßig angestellt ist. Ich bin mir einfach noch nicht sicher, ob ich das fragen kann.

Den Jungen sei seine Arbeit nicht der Rede wert, klagt er gerne. Ich muss sagen, die Jungen verstehen es nicht, haben keine Ahnung, wie früher die Spielplätze ausgesehen haben, kennen nicht den Schmutz und die phantasielosen rostigen Spielgeräte, würden es nicht für möglich halten, dass Toiletten gefehlt haben und Hunde und Streuner sich breitmachen konnten. Ihnen würde nur auffallen, sagt er, dass zu wenig Platz zum Toben da ist, als ob er etwas dafür könne, und das sei früher ja auch nicht besser gewesen, ganz im Gegenteil, aber wie das den Jungen klarmachen.

Mäxchen spielte schon im Sand, als ich mich auf eine Bank setzte. Bärbel war noch nicht zu sehen. Ich saß nur da, hielt das Gesicht in die Sonne, wartete, überlegte, wo ich stehengeblieben war in meiner Lektüre, warum es mir so schwerfiel weiterzulesen, schlug das Buch auf. Ein Schatten fiel auf die Seiten, und als ich aufblickte, stand Hanno vor mir, eine schlaksige Gestalt vor der Sonne, er grüßte verlegen, setzte sich erst nach Aufforderung.

»Das war wirklich schwer, hier hereingelassen zu werden, ich habe mich richtig unwillkommen gefühlt« – und wirklich, der Wächter schaute noch angespannt zu uns herüber, wandte sich erst ab, als ich ihm zunickte.

»Ich bin hier, um Ihnen eine Nachricht zu übermitteln, und hoffe, ich störe Sie jetzt nicht beim Lesen.« – »Aber nein.« – »Hermann bat mich darum, denn Telephon und Internet sind zu riskant im Moment.« Er nickte höflich zu meinem überraschten Blick – ich weiß nicht, ob aus Verständnis für mein Erstaunen oder einfach als Bestätigung.

»Hermann ist vorsichtig, er möchte Sie noch einmal treffen vor seiner Abreise, ach ja, das können Sie natürlich noch nicht wissen, dass er abreisen möchte, das wollte ich auch eigentlich gar nicht sagen, das möchte er Ihnen doch selbst erzählen, und wann und wohin ist im Moment sowieso unklar. Also er bittet um ein Treffen, schlägt den Sonntagmorgen vor, es wäre schön, wenn Sie Zeit und Lust hätten. Ich habe hier ein Veranstaltungsprogramm des Instituts für Sie, darin sind auf den Seiten 2, 4, 6 und 8 Hinweise zu Zeit und Ort markiert, hinten ist noch der Stadtplan mit einem kleinen Hinweis, alles ganz einfach zu kombinieren. Das finden Sie bestimmt. Hermann würde sich sehr freuen, wenn Sie kämen, aber bitte sprechen Sie mit niemandem darüber, nehmen Sie niemanden mit und vernichten Sie dieses Programm.«

»Im Ernst, eine geheime Verabredung? Oder nein, das ist ein Spiel, nicht wahr, und es stammt aus irgendeinem Roman, der mir jetzt gerade nicht einfällt und von dem Hermann gemeint hat, ich müsste gleich durchblicken, und jetzt bin ich nicht geistesgegenwärtig genug?«

Hanno lächelte unsicher, schüttelte den Kopf. »Ihre Verwirrung ist verständlich, bitte entschuldigen Sie, dass ich eine so seltsame Einladung übermittle, glauben Sie mir, ich kann nichts dafür. Ich denke, es ist eher ein Spiel im Ernst. Jedenfalls ist Ihre

Verschwiegenheit unbedingt erforderlich, Hermann bittet sehr darum, genauso wie um Ihr Kommen. Und dann habe ich unhöflicherweise nicht einmal Zeit für Erklärungen, und das Wenige, das ich weiß, soll ich auf Hermanns ausdrücklichen Wunsch auch nicht andeuten. Ich bitte nochmals sehr um Entschuldigung, ich muss leider gleich weiter, es ist so viel zu erledigen im Moment. Ich kann Ihnen nur noch einen schönen Tag wünschen, und den wünsche ich Ihnen wirklich, einen wirklich schönen Tag.«

Er verließ das Spieleparadies, ohne sich umzuschauen, ich sah ihm nach, ratlos, hatte so viele Fragen. Wieso Abreise und wohin, und wie kommt es, dass die Beziehung von Hanno und Hermann plötzlich so eng ist, ich habe doch immer gedacht, da sei eine Distanz und Hermann wolle sie nicht aufgeben, nicht einmal in Hannos Kurs wechseln, aber vielleicht war es auch umgekehrt: Hannos Abwehr und Hermanns Behutsamkeit. Wozu diese Geheimnistuerei?

Ich hätte gern schon mal einen Blick in die Seiten geworfen, aber Bärbel war am Eingang zu sehen, und so schob ich den kleinen Katalog in meine Tasche. Macht nichts, morgen, wenn Mäxchen abgeholt wird, habe ich noch genug Zeit, mir das anzugucken.

Sie machte wie immer den Eindruck, als hätte sie schon tausend Dinge erledigt, scheuchte die Kleinen mit einem Jetzt-brauch-ich-erst-mal-Ruhe in die Spielanlagen. »Du, ich hab diesen Hanno vorhin auf der Straße getroffen, der war ja wieder mal so was von verlegen, dabei so höflich, ein ewig schüchterner Jüngling, was der wohl hier wollte?« Sie gab mir gar keine Gelegenheit, etwas zu sagen. »Und damit das gleich klar ist, heute rede ich nicht über meine Eltern, was zu furchtbar ist, ist zu furchtbar, ich will im Moment nicht einmal daran denken, auch wenn dir jetzt was fehlen sollte.«

Ich hatte zu lächeln und mit einer nicht zu übertriebenen Prise Mitgefühl das Übliche zu sagen: Sie müsse es ja auch mal gut haben und ohne Eltern sein, erst wenn die Eltern tot und Mann und Kinder aus dem Haus sind, fängt es ja an mit den freien Tagen.

Darauf haben wir uns längst geeinigt. Das gehört zu den Standard-Einvernehmlichkeiten, die unsere Nachmittagsgespräche ausmachen. Ich dachte, wir sind schon wieder mittendrin, in *unserem* Gespräch (von diesem Gespräch kann man nie genug haben), ich habe es begonnen mit den *Vorzügen des Alleinlebens*, muss weitermachen mit der *Fürchterlichkeit des Altseins* – obwohl, das kann Bärbel besser –, lamentieren über die *Lebenszeit-Ungerechtigkeit*, diese wirklich unfassbare, empörende, einfach beschissene Ungleichheit, die noch nie zu begreifen war und in der man jegliche sprachliche Zurückhaltung verliert, wenn man an die Kinder denkt – und hinauslaufen soll es auf *Lebenszeit-nutzungen*, das Thema schlechthin, obwohl wir da schlecht wegkommen: Was haben wir schon gemacht und warum nicht mehr, warum so früh mit dem Zeitschwimmen angefangen, warum so wenig Phantasie und Mut gehabt und so weiter und so weiter. Dann an Schubert denken oder Purcell oder Büchner und es nicht begreifen können, was alles in ein kurzes Leben passen kann ...

Aber Bärbel wollte nicht in der Spur bleiben. Erst hatte sie die Einleitung mit den Eltern ausgelassen, jetzt fing sie an mit *Personenbeschreibung*, und ich verstand nicht sofort – Personenbeschreibung? –, dass sie über das vielgepriesene Kulturquiz-Kontaktspiel redete, das so kompliziert tut mit seinen *Finden-Sie-das-richtige-Wort*-Portalen und verqueren Labyrinth-Abzweigungen *Hier-werden-Sie-getroffen*. Von Personenbeschreibung wusste ich aus der Werbung: Es ist ein intellektuell aufgemotzter Kontaktfindungs-Marathon mit Fallgruben. Ich fragte stichelnd: »Willst du etwa einen Mann finden?«

Bärbel lachte. »Gleich durchschaut, was? Und nachgefragt mit *etwa*, also hör mal. Machst du dir gleich Sorgen um mich, ich würde die schwer erkämpften Stunden der Altersmuße, so sie denn irgendwann kommen, hinwerfen in geistiger Umneblung? Nee, alles mit Bedacht, ist doch nur ein Spiel, ein Nur-mal-so. Ich gebe zu, ich bin neugierig, ich weiß gar nicht, wie ich das beschreiben soll. Na gut, ich will mal zugeben, da ist ein Anflug von Man-weiß-ja-nie, also lach nicht, das wächst aus diesen schwachen Momenten, die so gelegentlich vorbeihuschen.«

»Aha.«

»Wieso *Aha*, gibt überhaupt keinen Anlass für aha. Kein Anlass für irgendein Aha. Ich hab doch keine Lust auf Beziehungstheater und den ganzen Anhang: Rücksichtnehmen, Anpassen, dieses ausufernde Alltägliche, das haben wir doch tausendmal zerredet.«

»Genau! Zuhören, Verständnis zeigen, Wehleidigkeit und rechthaberische Gereiztheit ertragen – weil ja so vieles nicht passt im Leben. Die tausend Handreichungen ...«

Ich bekam einen unwilligen Blick. Aber ich konnte nicht aufhören. »Du, ich hab letztens einen Film gesehen, über ein Unglück, über ein ganz schlimmes Wetter, mit der fabelhaften Sigourney, du weißt schon, wen ich meine ...« Sie machte ihr Du-immer-mit-deinen-Filmen-Gesicht, aber ich hörte nicht auf. »Und sie war mit einem ganz sympathischen Schauspieler im Bett, leider fällt mir grad kein Name ein, und zwar danach, er war der Liebhaber und fing an zu reden, danach. Er machte den typisch männlichen Anlauf zum langatmigen Reden und sie: Hör auf, du langweilst mich, ich habe schon einen Ehemann ... oder so ähnlich.«

Bärbel lachte. Sie hat ja Geduld mit mir. »Aber die Situation ist da doch keineswegs abschreckend.«

Daran hatte ich seltsamerweise nicht einen Moment gedacht. Dass das *Vorher* doch auch einen verlockenden Aspekt gehabt haben kann. Dass ich gerade ein passendes Beispiel für Einerseits-Andrerseits gegeben habe. Ich war irritiert, wollte doch unbedingt die »Vorzüge des Alleinlebens« verteidigen. »Ich meine, weißt du, wie soll ich das sagen ..., für mich ist das unheimlich wichtig, dass ich die Zeit nicht teilen muss, ich wache jeden Morgen auf und bin erleichtert, dass ich den Tag für mich habe und den Abend auch, diese konturlose Breitflächigkeit des Tages, die hast du nur allein.«

»Hm, soso, was soll ich dazu sagen, wunderbar für dich, natürlich, aber ich muss da doch anmerken, *du* hast die konturlose Breitflächigkeit, wenn du das so ausdrücken willst, ich merke davon wenig.«

Wie habe ich das vergessen können. Was sollte überhaupt meine Pass-auf-du-holst-dir-kalte-Füße-Attitüde, warum wollte ich so phantasielos, so zurechtweisend abblocken. Ich will gar nicht wissen, wieso ich dann sogar fragte: »Entschuldige, entschuldige, aber ... wann hättest du denn Zeit für einen Mann?«

Sie nickte ganz ruhig. »Tja. Die Zeit. Soll man nicht unterschätzen, die Abhaltungen, die sogenannte Pflicht, das ganze verdammte Praktische. Von wegen Organisation ist alles, und Zeit hat man immer und so'n Quatsch. Ganze Lebensentwürfe gelingen ja bekanntlich, weil man im entscheidenden Moment die richtigen Schuhe anhatte und den Termin auf die Reihe gekriegt hat ... Nee, in diesen Momenten, also die, die ich vorhin genannt hab, ist plötzlich jemand da, der sagt: Eigentlich gehört die Zeit dir, deine Sklaverei ist freiwillig, du *könntest* das sein lassen. Alles. Nächste Woche könnte alles anders sein. Niemand kann mich daran hindern, nächste Woche alles anders zu machen. Und sag doch mal im Ernst, wirklich im Ernst, hast du niemals dieses Gefühl, wenn du von einem Tag, den du anstrengend verplempert hast, nach Hause gehst, dass es schön wär, wenn jemand auf dich warten würde?«

Ich hatte dieses Gefühl unauffindbar verlegt.

Sie war auf nachdenkliche Weise erstaunt, nicht gekränkt, das sah ich jetzt, war sogar so nett zu sagen: »Vielleicht eine kluge Art, Ordnung zu halten.«

Ich begriff endlich, dass ich zu antworten hatte: »Wenn man vergisst, dass es eine phantasielose, träge und öde Abschottung ist.«

»Trotzdem vielleicht klüger. Das wirkliche Problem ist ja nicht die Zeit, vielleicht noch nicht mal das Ungestörtsein, das du so entschieden behalten willst, sondern dass einem die Menschen nicht mehr gefallen, schon gar nicht die, die sich ins Spiel bringen und in Frage kommen wollen, das ist eine unglaubliche Hürde.«

»Ja.«

»Die Leute haben überhaupt keine Chance, unbemerkt in deinem Leben aufzutauchen, werden sofort begutachtet.«

»Ja.«

»Man müsste das hinkriegen, diesen sortierenden kritischen Blick aufzugeben.«

»Ja.«

Sie schien für einen Moment konzentriert die Kinder zu beobachten. »Weißt du, was ich am meisten vermisse?«

»Nein, natürlich nicht.«

»Die Geräusche in der Wohnung, diese Zeichen von selbstverständlicher Anwesenheit, ein feiner lebendiger Geruch von Unordnung. Ich muss gar nicht hören Geht-es-dir-gut oder Wollen-wir-mal-ins-Kino oder so.«

Jetzt waren wir da, wo ich von Anfang an nicht hinwollte, was meine blödsinnige Spielverderberei nicht hat verhindern können, und jetzt fiel mir als Ausweg ein: »Personenbeschreibung, also wie geht das überhaupt?«

»Der Haken ist, dass die Details erst klar werden, wenn du mitspielst, und dann bist du drin, und es ist nur verdeckt anonym, das soll für die Seriosität sprechen, hält mich aber noch ein bisschen ab.

Außerdem die Angst, die Aufgaben und Ratespiele, das ominös Geistreiche nicht zu verstehen. Ich weiß noch nicht mal, was ich da über mich sagen soll, man kann es drehen, wie man will, es ist immer zu wenig.«

»Also du musst dich irgendwie vorstellen?«

»Ja, und man sollte vorarbeiten, ein paar Dinge parat haben, die man sagen kann, können auch bloß Andeutungen sein, man kann literarische Zitate benutzen, mit Gegenfragen kommen, mit seiner Bildung kokettieren, muss aber auf Fragen vorbereitet sein.«

»Die geschickteren Lebenszeitnutzer haben es da leichter.«

»Immer. Die wählen aus, und ich habe das Gefühl, ich muss erfinden, mir fällt auf Anhieb nichts Interessantes ein über mich.«

»Also komm!«

»Da hilft keine freundliche Beschwichtigung, sag was Interessantes oder Originelles über dich in mindestens zwanzig Worten oder besser noch über mich, das kann ich dann gleich verwenden ... siehst du!«

»Oje, das ist hart.«

»Na ja, ist aber auch nur ein Aspekt, du wirst ja gespielt, in virtuelle Orte und Aufgaben geschickt, wirst verkleidet, also du darfst auch mal jemand anders sein, kannst dir das aber nicht so leicht aussuchen, triffst andere, von denen du im Moment nicht weißt, wie echt die sind, wirst wieder getrennt, es wird ein Buch über dich angelegt, in das du nur Einsicht bekommst, wenn du bestimmte Lösungen findest, also wahrscheinlich nie, und wenn du jemanden wiedertriffst und ihn erkennst, gewinnst du ein Stück einer fiktiven Insel.

Wenn sie dir ganz gehört, darfst du einladen, aber wie das genau geht, weiß ich ja noch nicht.«

»Klingt verworren.«

»Klar, ist natürlich Abrakadabra und bösartige Willkür dabei. Erinnerst du dich noch an die albernen Singletreffen, die es früher gab: Jeder wird mit irgendwem an einen Tisch gesetzt, und nach fünf Minuten klingelt es, und der Mann muss den Platz wechseln?«

»O Gott.«

»Also solche Peinlichkeiten entfallen, aber in Personenbeschreibung werden die Leute auch nach bestimmten Mustern zusammengebracht und getrennt, neu gruppiert, auf Spielebene natürlich, ständig werden Entsprechungen geprüft und getestet und die Personen durcheinandergeworfen, angeblich so, dass es amüsant bleibt.«

»Aber ein bisschen muss man über sich verraten, damit es Sinn hat?«

»Genau.«

»Ich käme da bestimmt nie auf eine Insel, wenn ich schreibe, dass ich am liebsten abends allein Fernsehen schaue, keine Lust zu nichts habe außer zum Lesen und meine Ruhe haben will, oder vielleicht werde ich gleich auf ein fernes Eiland verbannt, von dem es kein Zurück gibt. Über dich lässt sich da viel mehr sagen, über deine Energie, deine Sportlichkeit, deinen Witz, wie du auf so befreiende Weise lästern kannst, auch jammern, ja, aber auf befreiende Weise eben, die Dinge so wunderbar schnoddrig auf den Punkt bringst, dich für deine Eltern einsetzt ...«

»Moment, also erst mal vielen Dank für die Blumen, aber Eltern werde ich in dem Spiel nicht haben.«

»Ach.«

»Es soll ja Spaß machen, und man darf sich ja ein bisschen neu definieren. Also was du gesagt hast, ist wunderbar, aber zu langweilig, entschuldige. Ich hab mir gedacht, du könntest mir helfen, wenn du ein paar Stichpunkte gibst, es können auch Zitate aus der Literatur sein, sozusagen als Muster, daran musst du dann arbeiten, so finden wir schon heraus, wer wir sind.«

»Okay, also du meinst, wir haben irgendwo schon mal was darüber gelesen, wer wir sind?«

Wieder ein unwilliger Blick. »Nein, nur über alle anderen. Es geht um Sätze, einfach um Sätze.«

»Ich verstehe.« Ich sage das immer gerne, wenn ich grad nichts verstehe, und in diesem Moment war ich wirklich überfordert, mir fiel keine einzige Personenbeschreibung aus der Literatur ein, ich hatte das Gefühl, nie etwas gelesen zu haben, alle Titel leere Seiten, nicht einmal das Spiel war mir wirklich klar geworden, ich dachte nur, hoffentlich muss ich niemals mindestens zwanzig Worte über mich selber finden. Zögernd versuchte ich: »Also mal ganz grob, zum späteren Wegstreichen: Du ziehst gern einen roten Rock an, die Haare dürfen dir buschig ins Gesicht fallen, du hast einen leichten und schnellen Gang, siehst den Dingen unerschrocken in ihr lästiges Gesicht, deine rätselhafte Energie hält viele Zumutungen aus, du hast eine umgängliche Freundlichkeit, du würdest sogar mit einem Menschen einen Kaffee trinken gehen, der Schubert nicht liebt, weil du die Höflichkeit ausreichend gelernt hast.«

Sie lachte. »Na warte. Du hast einen zögernden Gang, weil du am liebsten im Halbschatten auf einer Parkbank sitzen bleibst und die Welt an dir vorbeiziehen soll. Du findest es erholsam, wenn der Welt nicht einfällt, dich zu überraschen. Du hast eine Jacke dabei, weil man sitzend leicht friert. Du nimmst lieber noch eine Decke mit, als auf Wärme oder Sonne zu hoffen. Und du denkst, Schubert kann man nur allein hören.«

Das war wirklich zum Lachen. »Deine Beschreibung ist viel besser, du hast ein richtiges Talent dafür, und jetzt ist klar: Eine gute Beschreibung muss böswillig sein.«

»Gutwillig böswillig, Biss muss sie haben, und das Literarische fehlt noch, du hast zum Beispiel ein Buch dabei, in dem du liest, während du die Welt vorbeirauschen lässt, keine Widerrede, das Böswillige muss man noch auf den Punkt bringen. Ich steh in meiner Beschreibung viel zu gutwillig da, und du merkst ja, wie bösartig ich sein kann, du darfst mir also keine Nettigkeiten unterschieben, am besten noch die Eltern zur Hintertür hereinschaun lassen. Nee. Nicht der Elan, der Überdruss muss in den Mittelpunkt. Du willst doch gerade nicht, dass ich mich unterschwellig als umsorgende Hausfrau anpreise, oder habe ich das vorhin missverstanden?«

Wie dumm von mir, ich musste es zugeben, Bärbel ist tatsächlich gewitzt und wundert sich nicht, wenn ich das zugeben muss.

»Die Bodenhaftung kommt vom vielen Laufen.«

Jetzt wollte ich anfangen, mich für Personenbeschreibung zu begeistern, aber das war ihr auch nicht recht. »Also da gibt es dann noch diese Fragen und Aufgaben, da muss man durch, was ich zum Beispiel gehört habe: Als welches Tier würden Sie als Gregor Samsa aufwachen?«

Das war nun allerdings furchtbar, und Bärbel seufzte resigniert. »Hinter der Pseudo-Klugtuerei steckt ja nie etwas, alles Eitelkeiten, dumme Sprüche, unglaubliche Arroganz, die stolzieren mit Stöckelschuhen über Abgründe, und du musst dann trotzdem reagieren und zeigen, dass du weißt, wer Gregor Samsa ist, und eben antworten.«

»Du meinst, da soll man dann gebildet tun und wissen, dass Ungeziefer ziemlich unspezifisch ist, und über Käfer oder Wanzen oder Ameisen räsonieren?«

»Wenn man sich damit gefällt.«

»Oder eingeben: als Schlange, als Krokodil, als Axolotl, du weißt, die Erzählung von Cortázar, oder als der Hund, den ich mal gehabt habe, als eine Raupe, die sich zum Schmetterling verwandelt, und was nicht noch.«

»Dann bist du eben, sagen wir mal, origineller.«

»Aha, und wenn ich nun bockig bin und sage, einfach als das Menschtier Gregor Samsa, unverwandelt, oder als sein eigener Vater, mit dem Problem der Duplizität, oder alle anderen sind Käfer, vielleicht so kleine, dass sie glatt zertreten werden, als

Gregor Samsa seine Familie sucht, oder es sind überhaupt alle Menschen Käferwesen, und er begreift es wieder nicht, oder alle anderen sind verschwunden, und er ist der letzte Mensch. Davon mal abgesehen, dass es eine bildungsferne Antwort wäre, ist es peinlich, furchtbar peinlich.«

»Es verrät, dass du gerne Science-Fiction-Filme guckst.«

»Ach ja, man muss ja immer auf der Hut bleiben.«

»Du hinterlässt Spuren, wirst anders kombiniert.«

»Ist Feindesland.«

Sie nickte nur angespannt, irgendwie besorgt, und ich wollte schon abmildern: »Das muss man aber nicht so wichtig nehmen«, als ich merkte, dass wir die Kinder nicht mehr sehen konnten – und sie darüber besorgt war. Es waren überraschend viele Menschen im Paradies, die uns die Sicht nahmen, schon um diese Zeit. Wir mussten aufstehen und zu den Spielgeräten gehen, und da war es erst recht überfüllt. Überall Leute, die redeten und redeten, so wie wir geredet hatten, die in Gruppen zusammenstanden und diskutierten, laut und enerviert, offenbar ging es um so Dringendes, dass alle durcheinanderreden mussten. So war es früher auch bei all den Schulskandalen gewesen, wenn ein Kind angefasst oder entführt worden war, Ausbildungszeiten wieder verkürzt wurden, jemand Amok gelaufen war und so weiter.

Aber hier ging es um MANE, schon wieder MANE. Bloß nicht, dachte ich, bloß nicht wieder in einem Pulk von Menschen stecken und Meinungen aushalten müssen. Bärbel war schneller als ich, zog mich mit sich fort. Flüchtend kamen wir an einer Gruppe Älterer vorbei, die sich empörten, dass sie mit MANE womöglich ihre Gesundheit ruiniert und sich bösartige Krankheiten eingefangen hätten und irgendjemand dann doch für den Schaden geradestehen müsse.

Bärbel schüttelte den Kopf. »Tüchtig!«

»Wieso?«

»Wir sind gerade Leuten entkommen, die es geschafft haben, gleich MANE abzusetzen, das ist schon erstaunlich genug, und dann fangen die auch sofort an, sich krank zu fühlen, das muss man doch tüchtig nennen, wahnsinnig tüchtig.« Allerdings erstaunlich, dass es Leute in unserem Alter gibt, die das Verbot sofort ernst nahmen und sofort MANE verteufelten. Es waren die ersten, die ich sah – obwohl natürlich in den Medien mit viel Aufwand behauptet wurde, dass selbstverständlich die Mehrheit so reagierte. Sie können unbesorgt in Grüppchen stehen, sich laut empören und albern gestikulieren – brauchen sich genauso wenig zu verstecken wie die schnöseligen Mittagspäusler im Licis, sie sind ja auf der Position, die keine Löschtaste wegdrückt. Wir machten, dass wir ausreichend Abstand bekamen.

»Rechthaberei ist einfach anstrengend.«

»Und sieht nicht gut aus.«

»Und verunsichert einen womöglich doch.«

»Ach nee, ich glaube, die schaffen das nicht, dazu fehlt mir diese Art von Tüchtigkeit zu sehr. Spontanes und entschlossenes Reagieren war noch nie meine Sache, niemand weiß das besser als du.«

»Das fehlt noch in deiner Personenbeschreibung.«

»Ja? Du meinst, das gehört dazu, man soll angeben, wie man dazu steht, etwa: Ich lass mir meine restlichen MANE nicht ausreden?«

»Bloß nicht, da kommt doch die Polizei und nimmt sie dir ab, ist doch, wie hast du vorhin gesagt: Feindesland.«

Mit *Feindesland* war sie also einverstanden, dabei hatte ich es nur so dahergesagt. Und noch gar nicht begriffen, dass das Wort gut gewählt war, etwas Ungeheuerliches auszudrücken (das mir gerade klar wurde): dass ja auch alle persönlichen Briefe im Netz auf Hinweise zu eventuellem MANE-Besitz analysiert werden würden, nicht nur die eigentlichen Kaufbestellungen, dass man auf der Hut sein musste, weil sonst die Staatsmacht anrauschte. Dass die Mails gelöscht werden, nicht durchkommen sozusagen, na ja, auch das wäre im Grunde schon schlimm genug – aber dass man riskiert, die letzten MANE zu verlieren, war nicht zu fassen. Bärbel nickte noch einmal.

»Ich habe doch nur noch vier MANE, die sie mir nehmen können.«

»Mehr habe ich auch nicht.«

»Die behalte ich doch lieber.«

»Die vier Tage wird das schon klappen.«

Das war also der Stand der Dinge, ein trauriger Stand. Wie schön wäre es gewesen, wenn wir gerade die richtige Menge Geld gehabt hätten für einen hübschen kleinen Zeitraum mehr. Aber das hatten wir ja schon einmal gesagt, und alles Weitere wollten wir nicht auch noch wiederholen, obwohl es ein gutes Thema für einiges Daherreden wäre. Und wir mussten ja auch entscheiden, wohin mit den Kindern. Für den Heimweg war es zu früh, es kann ausgesprochen anstrengend werden, unausgelastete Kinder zu früh nach Hause zu bringen. Der Weg zum Park war zu weit, da blieb nur die Stadt mit den üblichen Etappen Sandwichcafé, Tierladen und Botanik-Museum. Keinen eigenen Garten zu haben, vermissen wir nicht mehr, dazu ist dieses Privileg zu selten geworden, wir haben ja schon für unsere eigenen Kinder keinen gehabt. Aber wir empören uns noch, wie wenig Platz zum Spielen für Kinder übrig geblieben ist, wo es doch angeblich viel zu wenig Kinder gibt, aber man weiß nicht, wohin mit den wenigen. Da haben wir viele Jahre geglaubt, das würde sich ändern, gedacht, für die Enkelgeneration, soweit man da überhaupt noch von Generation sprechen kann, würden sie lieber Häuser abreißen, als sie in enge Paradiese zu sperren.

Im Botanik-Haus wucherte ein Urwald hinter Glas, erklärt von Hunderten von Schildern, die Mäxchen nicht lesen konnte.

Die Kinder tapsten mit Händen und Näschen auf die Fenster (Spuren hinterlässt nur, wer ausreichend schmutzig ist) und stürmten zu den abgedunkelten Räumen, in denen Vegetationen projiziert werden. Hier war es echter, weil man hineinlaufen konnte und es aussah wie in den elektronischen Spielen, nur größer und besser und unheimlicher. Niemand störte sich an dem Laufen, manchmal hat man Glück. Wir warteten *noch eine Stunde*, mussten Sandwichs spendieren und Eis, trotteten schließlich müde zur Stadtbahnstation, an der Bärbel einsteigen musste, trennten uns mit der üblichen Erleichterung, *genug für heute, der Tag ist zerredet, zerbröselt, nichts ist gewesen, aber auf passable Weise, nächste Woche darf es wieder so sein.*

Der Rückweg war ohne weitere Ablenkung, schnurgerade quer durch die Stadt, auf den Himmel zu, der sich zum wegtauchenden Licht hin verfärbte. Mäxchen staunte, zählte die Farben: Hellblau, Grau, Spuren von Weiß, Schlieren von Rosa, das Hellfarbene, das Dunkelfarbene, das Leuchtfarbene. »Warum ist denn der Himmel so buntfarben?« Ich war unsicher. »Weil das Licht von der untergehenden Sonne länger braucht und sich in der Atmosphäre bricht«, sagte ich und hatte das Gefühl, Unsinn zu reden. »Natürlich dreht sich die Erde um die Sonne, das weißt du doch von dem Kugelspiel, das Enno dir geschenkt hat, und das Licht und die Himmelsfarben hängen irgendwie von dem Abstand und den Neigungswinkeln ab, also da müssen wir Enno noch mal fragen.« Mäxchen schaute unzufrieden, dabei wusste er doch, dass ich in Himmelsfragen nicht Bescheid weiß. Dass ich den Mond nicht herunterholen kann, hatte ich nicht so recht erklären können, und wo der Morgen bleibt, auch nicht. (Am Abend ist der Morgen anderswo?)

»Der Himmel ist so bunt, weil der Tag am Abend schneller ist, nicht? Da hat er ja keine Zeit mehr.«

»Na ja ...«

»Weil der Tag dann untergeht.«

»Die Tage gehen nicht unter, das sagt man nicht so. Die Sonne ja, die geht aber doch wieder auf.« Die Welt ja – in Geschichten, dachte ich nur, die Tage nicht, wie kann die Welt untergehen, wenn es nicht mal die Tage tun.

Er war immer noch unzufrieden.

»Du kennst doch die Geschichte *Die Zeit wohnt in den Tagen*. Wir müssen einfach nur schlafen, dann bekommen wir sie wieder.«

Er nickte, immerhin. »Aber wir lesen noch von Dudu.«

»Natürlich.«

Ich musste gleich mit dem Lesen anfangen. Die Geschichte muss doch unbedingt noch in den Tag passen, die lange Geschichte von dem kleinen, fabelhaften Drachen Dudu, der sich auf einem kurzen Weg von seinem Zuhause in die Welt des kleinen Daniel verirrt hat, die so spannend ist, einerseits, aber so weit weg von Zuhause, andrerseits, und nach ein paar Abenteuern, die noch sein sollen, bitteschön, will er doch wieder zurück, auf jeden Fall schon mal wissen, wie er zurückkommen kann. Er muss doch wieder zu seiner Mama – irgendwann. Nicht wahr?

»Erzähl doch noch mal, wie der kleine Dudu Drache zu Daniel gekommen ist.«

»Von Anfang?«

»Ja.«

»Also das lag an den Bäumen, so fing das an, der kleine Drache hatte von dem schönen Baum geträumt, den die vierzehn frechen Drachenkinder den Tag zuvor entblättert und mit ihrem Feueratem kahlgeblasen hatten ...«

»Nee.«

»Wie? Wirklich noch mal den Anfang?«

»Ja.«

»Na gut. *In einer fabelhaften Zeit im Fabel-Drachenland wachte der kleine Drache Dudu, der ein besonders kleiner Dra-*

che war, spät am Morgen auf, drückte das etwas lang geratene Schnäuzchen an den Rand des erdigen Kraters, der sein Bett war, und sah, dass die anderen kleinen Drachenkinder schon längst im Dreck wühlten, kreischend in der Luft balgten und ihren Feueratem an einen Strauch warfen – und dass sein Vater ihn sorgenvoll anschaute. »Papa, mein Traum war nicht schneller fertig.«– »So?« – »Es hat so lange gedauert, bis die Bäume wieder nachgewachsen sind, die wir gestern kaputt gemacht haben, vorher war alles ganz kahl, ganz furchtbar.« – »Aber Kind, so was sollst du nicht träumen, die Bäume kommen immer wieder, siehst du, da vorne stehen sie, nicht immer am gleichen Fleck, aber das macht ja nichts, immer kommt alles wieder, und die Drachen sind dazu da, zu essen und kaputt zu machen, ihre Flügel zu pflegen und ordentlich Atemfeuer brennen zu lassen.« Tatsächlich sah der kleine Dudu, dass über Nacht neue Bäume, Gras, Früchte gewachsen waren und die Sonne wieder am Himmel stand, die gestern untergegangen war, und dass nichts fehlte. »Kann es nicht sein, dass einmal keine Bäume mehr da sind und die Sonne unter der Erde bleibt?« – »Nein.« – »Auch nicht, wenn wir mal ganz, ganz viele kaputt machen?« – »Nein. Das ist so fabelhaft eingerichtet, dass immer genug da ist und die Fabelzeit gar nicht aufhören kann, solange es Drachen gibt. Frag nicht so komische Sachen und lern lieber, ordentlich Feuer zu speien.« Aber genau das war nicht so einfach, denn der kleine Drache verschluckte sich so leicht an dem heißen Atem, und dann tat es weh. Und seine kleinen Flügelchen waren auch etwas kürzer geraten als bei den anderen Drachenkindern ...«

»Und dann geht der kleine Dudu nachts weg, weil er sehen will, wie die Bäume wachsen, und dann weiß er nicht mehr, wo er ist.«

»Tja, und was macht er, als er ganz verzweifelt ist?«

Mäxchen zog das Näschen kraus und überlegte: »Der macht so'n komischen Weg zurück.«

»Er geht Schritt für Schritt rückwärts zurück in den eigenen Fußspuren und wünscht sich sehnlichst, die Sonne würde schnell aufgehen.«

»Is komisch.«

»Genau. Und dann ist er in der merkwürdigen Daniel-Welt, und alles ist da aufregend, und wenn man in dieser Welt etwas aufisst, dann ist es auch weg und verschwunden.«

Mäxchen kicherte. »Und die Kinder müssen immer aufpassen, damit die Sachen nicht kaputt gehn, und dürfen nicht einfach über die Straße laufen und müssen immer sparen lernen.«

»So ist das. Und soll ich jetzt weiterlesen, ich meine, da, wo die neuen Abenteuer passieren?«

»Ja.«

Samstagmittag muss sein: Ich stehe am Fenster und sehe, wie Mäxchen ins Auto steigt, und winke, bis er nicht mehr zu sehen ist, und freue mich: Nun ist nichts mehr zu tun, planlos liegen Tage vor mir, ich bin allein in meinem Zeitsee, jetzt beginnt der wirklich wahre Luxus der freien Tage. Ein wunderbarer Moment. (Soll Bärbel ruhig von Decken reden und von Büchern, in die ich schaue, während die Welt vorüberrauscht – und wie kommt sie überhaupt darauf, dass ich auf einer Parkbank sitze?) Ich stehe so gerne an diesem Fenster, aber es war klar: dieses Wochenende nicht, ich habe etwas vor (es ist mir zugestoßen), die Zeit wird mir fehlen, die ich nun nicht mehr habe für gar nichts, wirklich fehlen. Aber ich kann nicht absagen, kann Mira unmöglich absagen, nicht schon wieder, und das Treffen mit Hermann ist zu spannend, natürlich.

Dazu noch Carla, diesmal eine Mail. Sie war krank, ernstlich sogar, hat in der Klinik bleiben müssen, obwohl man doch praktisch immer zurückgeschickt wird. Aber wirklich schlimm sei es nicht, das solle ich bitte nicht denken. Am meisten störe das Chaos in der Klinik, das sei unvorstellbar. Ihre Nichte, die bei ihr sei, könne es kaum fassen. Das klang konfus, aber nett, ich verstand: »Du musst mich nicht besuchen, ich bin nicht allein, und die Zustände für Besucher sind unzumutbar.« Ich war erleichtert. Wenn sie mich nicht sofort braucht, kann ich doch den Besuch auf Montag verschieben – und hoffen, dass sie nicht so lange dort bleiben muss. Sie hatte noch aufgelistet, wer alles im Moment krank ist, als sei es wichtig, dass sie nicht die Einzige ist, behauptete, es gebe einen extremen Ansturm auf die Klinik, deshalb eben das Chaos. Das könne mit dem MANE-Desaster zusammenhängen, womöglich Panikreaktionen oder Entzugserscheinungen oder vielleicht tatsächlich eine rätselhafte Epidemie oder Vergiftungswelle. Alles sei möglich. Sie übertreibt, dachte ich, bauscht es auf, es geht ihr nicht gut, also entgleiten die Maßstäbe.

Mira besuchen zu müssen war wesentlich angenehmer, als in die Klinik zu gehen. Also das kleinere Übel (und ein passabler Grund, kein schlechtes Gewissen zu haben). Ich hatte meine Unwilligkeit längst überwunden, als ich am frühen Nachmittag aufbrach – zu Fuß, wegen der üblichen Sparsamkeit und weil der Regen aufgehört hatte. Es war noch bewölkt, aber mild, die Straßen eintönig und staubig-schmutzig wie gewohnt. Wenn es überhaupt Farben gab, waren sie wie weggewischt von dem trüben Licht, eingeebnet grau in grau, verschluckt von den Müllcontainern, die an den Gehwegen standen, auch an diesem Samstag, die Überwachungskameras werden sie mitten im Bild gehabt haben, wie immer. Furchtbar, dass die vielen Bäume, die früher die Blicke ablenkten, weichen mussten, nur damit diese trostlos hässlichen Behälter samt allen Vorkommnissen um sie herum ständig aufgezeichnet werden können. Ich werde auch gesehen werden – vor den Containern, neben ihnen, und es wird jemanden geben, der wissen kann, wie ich von hinten aussehe, wenn ich mich von der Schmuddeligkeit nicht abhalten lasse, weiterzugehen. Vielleicht wird nicht aufgenommen, dass in diesem Moment der Summton der Stadtbahn eine helle Schneise in das Grau bringt, diese Farbe ist vermutlich egal. Und natürlich wird es niemanden wundern, wenn ich zurückkomme, so einfach kommt man ja nicht davon.

Dabei brauchte ich nur weiterzugehen, und die Container verschwanden, die schmuddelige Unruhe auch, Häuser rückten voneinander ab, grüne Einsprengsel tauchten auf und Fahrradwege, die mit Grasstreifen abgetrennt waren, die Hauseingänge hielten Abstand mit kleinen Vorgärten, Bäume hatten stehen bleiben dürfen. Nach nur einer halben Stunde Weg fragte ich mich, ob ich vielleicht in einer anderen Stadt oder einer anderen Zeit angekommen war, überrascht von der großzügigen Übersichtlichkeit des Straßenbildes, das von der Vermüllung so vollständig verschont geblieben war. Dass Mira in einer so teuren Gegend wohnt, hatte ich mir nicht klargemacht, irgendwie gedacht, diese Straßen gebe es nicht mehr, jedenfalls nicht in dieser Nähe. In den zwanzig Jahren, die ich nicht mehr in diesem Stadtteil gewesen bin, müsste sich doch diese Ruhe verbraucht haben, die Verramschung fortgeschritten sein bis in die Randbezirke.

Aber ich stand staunend vor Miras Haus, das von zwei Bäumen abgeschirmt war und einer kleinen Mauer, die den Rasen verdeckte. An der Fassade wölbten sich Erker, Balkone, sogar ein kleiner Turm. Solche Häuser sehe ich andauernd abends im Fernsehen, denke dann gerne, warum können die Geschichten denn nicht in normalen Behausungen passieren, warum muss man da jedes Mal denken, dass man selber nie so wohnen wird. Und da kriege ich natürlich nicht mit, wie ruhig es ist vor so einem Haus, das leichte Rauschen von Blättern verstärkt ja nur den Eindruck, dass es hier still ist.

Ich will noch so lange hier warten, bis ich einen Vogel höre, dachte ich. Aber es öffnete sich wie automatisch das Tor zum Garten, also stand Mira schon wartend am Fenster, obwohl ich eigentlich zu früh war. Im Treppenhaus kam sie mir lächelnd ein paar Schritte entgegen, offenbar sehr froh, dass ich da war. Der Empfang war so herzlich, dass mir peinlich war, dass sie mich so oft hatte bitten müssen. Ich hätte wenigstens Blumen mitbringen können. Aber sie dankte überschwänglich für die Bilder von meiner Tochter, die ich immerhin dabei hatte. In der Wohnung begriff ich, dass sie viel wohlhabender war, als ich geglaubt hatte, und dass ich offensichtlich keine Ahnung gehabt habe, wie sie lebte. Ich habe mir nicht vorstellen wollen, dass sich da etwas Unerwartetes auftun könnte, und war nun überrascht von dem Ausmaß an Fremdheit. Der schwarzgestrichene Raum, in den ich hineinging, war überladen mit archaisch wirkenden Figuren, Masken, schweren Vorhängen, Teppichen und Büchern bis hin zur Zimmerdecke. Von einer Reihe von kleinen Lichtern wurden gezielt die Gesichter und Augen der Figuren bestrahlt, grinsend und fratzenhaft wurde ich angestarrt, wusste nicht, sollte ich erschrecken oder kunstverständig tun. Ich stellte mich, weil ich mich ja nun entscheiden musste, zunächst staunend vor die Gesichter-Masken, die hinter Glas aufgereiht waren wie in einem Museum.

Mira überging meine Überraschung leutselig plaudernd. »Die hat mein Mann, ich meine natürlich, mein geschiedener Mann aus Seidarap mitgebracht, und die hölzerne Figur, die du da siehst, habe ich noch von einer gemeinsamen Reise ... Sieh mal, dieses Photo zeigt uns vier vor der Ausgrabungsstätte. Mein Mann wollte ja immer Archäologe werden, hat aber doch Medizin und Pharmazie studiert, wegen des Unternehmens der Eltern, war aber nie so glücklich damit, mit dem Klinikalltag hier, dem ständigen Notfall-Einsatz, der Bürokratie und auch mit mir nicht, und die Eltern wurden demenzkrank. Dann hat er diese Forschungsarbeit im Osten bekommen, an einem buchstäblich sagenhaften Ort. Dort war alles schöner, wirklich alles, die Arbeit spannend, die zermürbende Hektik und das ganze unglückliche Leben vergessen. Dass ausgerechnet in diesem Paradies Mona verunglückt ist ... aber dafür kann mein Mann ja nichts.« Mira erzählte das ganz sachlich, fast entschuldigend: »Damit du mich besser verstehst.«

Sie hatte einen kleinen Tisch im Wintergarten gedeckt, dem einzigen hellen Platz in dieser Wohnung. Ich sollte von meiner Tochter erzählen, alles erzählen, was mir so in den Sinn komme, wie Eka ihre Tage verbringe, was sie gerne tue, was sie erlebt habe, was ich von ihren Freunden oder besonderen Plänen wisse, wann ich sie das letzte Mal gesehen hätte – Mira wollte alles wissen. Ich lachte verlegen, wusste nicht, ob ich sie richtig verstanden hatte, und begann weiträumig aufzuzählen: die Praktika, Auslandsaufenthalte und Jobs, die wichtigsten Daten, die man in Lebensläufen nicht weglässt. Mira hörte aufmerksam zu, nickte zu allem, unterbrach dann. »Erzähl doch mal, wie sie dich das letzte Mal besucht hat, wie das für dich war, weißt du, dieses ganz Alltägliche würde ich gerne hören.«

»Ach so«, sagte ich, obwohl ich mir nicht sicher war, ob ich sie verstanden hatte, und versuchte mich an unser letztes Treffen zu erinnern: Wie Eka am Abend auf der Couch gelümmelt hatte, ein Bein hochgezogen, ungeschminkt, in der Schlabberhose, die ihre leichte Rundlichkeit zeigte, die Haare zu einem winzigen Dutt zusammengedreht, der in meine Hand passte, wie ihre Stirn und Wangen noch samtweich und glatt waren, wie sie mich mit ihrer Nase angestupst hatte, als ich vor dem Fernseher eingenickt war, *Hallo, Mama*, wie sie laut telephonierend durch die Wohnung gestampft war und ich dachte, sie würde jemanden ausschimpfen, *Aber wieso denn*, wie sie albern durch den Flur tanzte, wie sie genervt auf eine Frage von mir reagierte und ich nicht verstand, wieso, wie das Bad unter Wasser stand, dass tausend Sachen von ihr in der Wohnung verstreut lagen und sie sich einen Pullover von mir nahm *zum Unterziehen*, dass sie nie mehr als drei zusammenhängende Sätze von sich selbst erzählte, dass sie am nächsten Morgen unfreundlich hektisch war wegen der Abreise und ich ihr helfen musste, ihre Sachen zu finden, dass ihr ihr Leben und der ganze Stress und die lange Zugfahrt und alles in diesem Moment zum Hals heraushing und sie trotzdem noch auf die Party wollte abends um zehn, und dass sie nur eine Mutter habe zum Sachen finden und nicht zum Verstehen, dass man einfach nicht aufhören kann, nach vierzehn Stunden Arbeit noch irgendwohin zu gehen und so weiter.

Mira unterbrach mich nicht mehr, saß ruhig wie in sich versunken da, den Kopf auf die rechte Hand gestützt. Ich hatte für einen Moment vergessen, dass Miras Tochter Mona schon so lange tot war und Miras Interesse für Eka damit zusammenhängen musste, und war erleichtert, dass Mira mich nur sanft, aber nicht traurig anschaute. Dass ich Eka nicht zum Zug gebracht hatte, verstand sie nicht – meine Bequemlichkeit hatte sie noch nicht durchschaut – und fragte, was sie anhatte, als sie ging, lachte, als ich beschrieb, dass sie wirklich einen von diesen fürchterlichen gelben Hosenanzügen getragen hatte.

»Sie ist immer noch dauernd unterwegs, nicht wahr?«

Da konnte ich sagen, dass sie vielleicht wieder nach Berlin gehen wird. »Verrückterweise könnte sie eine besonders gute Stelle für viele Jahre bekommen, wenn sie sich entscheiden würde, schwanger zu werden, jedenfalls hat sie es so dargestellt, verrückt und eigentlich gar nicht zu glauben, eine völlig verdrehte Welt, man muss sich nur mal vorstellen, das hätte es zu unserer Zeit gegeben.«

Mira fand es auch verrückt, hatte aber schon von ähnlichen Fällen gehört. »Heutzutage muss man sich eben etwas einfallen lassen, um die Jungen zur Elternschaft zu überreden, da ist Phantasie gefragt, Geld allein reicht nicht. Finanzielle Zuwendungen waren ja noch nie ausreichend, um die Nachteile auszugleichen, und Zeit für Kinder ist sowieso unbezahlbar.

Hast du schon von dem neuen Bestseller *Keine Zukunft. Nirgends* gehört? Da wird ironischerweise vorgeschlagen, allen jungen Leuten unter fünfzig Auslandsreisen zu verbieten, um zu verhindern, dass die sich auf und davon machen können. Reisen sollten nur noch Eltern gestattet werden, ohne ihre Kinder natürlich, weil die ja der Kinder wegen höchstwahrscheinlich zurückkämen.«

Ich lachte, Mira lächelte nur. »Ich denke oft darüber nach, ob Mona Kinder bekommen hätte, und kann es mir im Grunde nicht vorstellen. Mona war so freiheitsliebend gewesen, hat sich gegen jede einengende Verpflichtung gewehrt und hätte natürlich recht damit gehabt, keines zu bekommen. Aber ich finde es furchtbar schade, dass es dieses Enkelkind jetzt gar nicht geben kann. – Was rede ich für einen Blödsinn, du musst mich für gaga halten, entschuldige, ich wollte eigentlich sagen: Kinder sind großartig, trotz allem, und wenn du noch einmal Oma wirst, freue ich mich für dich, und bitte, schick mir dann doch gleich neue Photos, ja ?«

Die Bilder seien wichtig, um ihre *Sammlung* aktuell zu halten. Die Sammlung habe sie mir doch gleich zeigen wollen, sie müsse sie jetzt unbedingt holen gehen, »du wirst dich wundern, was ich alles aufgehoben habe«. Und ich wunderte mich. Alles, was sie von meiner Tochter Eka in Monas Zimmer gefunden hatte, war sorgfältig eingeheftet: Briefe an Mona, Photos, eine Hausarbeit, von Mona abgeschrieben, Eintrittskarten, Tagebuchseiten. Was wollte sie mit dem ganzen Kram?

»Ich bin ganz aus dem vorigen Jahrhundert, alles Papier, nichts digital, ich möchte die Sachen einfach herausnehmen und in die Hand nehmen können. Willst du vielleicht auch die Sammlungen von den anderen Freundinnen sehen oder die von Mona selbst?«

Was sollte ich sagen? Sie holte *erst mal* fünf weitere Ordner, obwohl sie schwer an ihnen zu tragen hatte, wehrte ab, als ich helfen wollte, legte sie, weil kaum Platz in dem kleinen Wintergarten war, auf den Sessel, erklärte, das seien die Sammlungen der engsten Freundinnen, legte mir Monas Album auf den Schoß, sagte nichts zu meiner offensichtlichen Überraschung und meinem zögerlichen Herumblättern. Ich fühlte mich beobachtet, dachte, was erwartet sie von mir. Die Sammlung war banal, alltäglich und ungeordnet, belanglos (wenn man davon absieht, dass es die letzten Erinnerungsschnipsel einer viel zu früh gestorbenen geliebten Tochter waren), hier könnte Carla mal einen dramaturgischen Zusammenhang stiften, fiel mir sogar ein. Es waren Allerweltsbilder, sie hatten nur einen Trauerrand, jedes sagte, wie furchtbar, dass sie tot ist, und jede Gruppenaufnahme: Nur Mona ist es passiert, allen anderen nicht. *Mein Gott, wenn Eka auch gestorben wäre.*

Ich wusste nicht, was ich sagen sollte. Mira sagte auch nichts, saß da abwesend, klein und gebückt, ein bisschen zu dick, ein bisschen komisch bemüht. Ich sah sie am Strand stehen, in diesem alten Horrorfilm, den ich zu oft gesehen habe (längst hat sich das Fernsehen in meinen Kopf gefressen). Heiß und sonnig war es, viele Kinder im Meer, obwohl genug Leute wussten, dass das Untier auftauchen könnte. Und als es tatsächlich nahte, liefen alle Eltern in Panik ans Meer, um ihre Kinder aus dem Wasser zu holen. Und dann stand nur noch diese Frau mit diesem komischen Schlapphut am Ufer, wie Mira jetzt, alle hatten ihre Kinder gerettet, nur ihr Sohn blieb verschwunden, seine blutig zerfetzte Luftmatratze wurde angespült, das war grauenhaft, und auch, dass sie eine so unbeholfene ältliche Mutter sein musste mit diesem seltsamen Schlapphut, eine klägliche Figur, wie sie da stand. Das hab ich schon beim ersten Mal, als ich den Film sah, nicht verstanden, warum mir diese Mutter irgendwie lächerlich vorkam, wie sie da stand, bei aller Entsetzlichkeit.

»Du nimmst mir doch nicht übel, dass ich dir die Sachen gezeigt habe?«, fragte Mira schließlich.

»Aber nein, natürlich nicht.«

»Ich wollte dich nicht verschrecken, nein, nein, du brauchst gar nichts zu sagen, ich will dir auch nicht die ganze Geschichte erzählen.« (Und ich fürchtete in diesem Moment, dass sie genau das vorhaben könnte.) »Mona ist ja jetzt schon so lange tot. Zunächst konnte ich nicht einmal glauben, dass sie gestorben sein sollte, das ginge allen so, hat man mir erzählt. Inzwischen bin ich soweit, dass ich sage: Ich kann es nur nicht begreifen. Dieser Zustand scheint dauerhaft zu sein. Ich weiß, das sagt sich leicht dahin: Ich kann es nicht begreifen, mir fehlen buchstäblich die Worte, um es besser auszudrücken, ich kann dir nicht beschreiben, wie das in deinem Kopf ist, wenn dein Kind stirbt. Es ist in Seidarap passiert, ein Busunglück, die Verkehrssicherheit war dort nicht paradiesisch. Sie wollte nur einen kleinen Ausflug machen, du weißt vielleicht noch, wie unternehmungslustig sie war. Das Verrückte ist, ich hatte nie Angst um sie gehabt, so ein

Strahlemädchen, wie sie war. Im Ernst, ich hab geglaubt, wer so glücklich durchs Leben stolpert, dem passiert schon nichts. Richtig bescheuert war ich. Das kann doch gar nicht sein, hab ich gedacht, als sie dann ...« Sie schloss für einen Moment die Augen, und ich dachte, sie würde anfangen zu weinen, aber sie fasste sich und fuhr ganz leise, aber bestimmt fort: »Um Michael habe ich mir ständig Sorgen gemacht, er war immer so sensibel und grüblerisch, ich musste ihn so oft trösten über alles Mögliche, und seine Ängstlichkeit hat mich selber ängstlich gemacht. Er hat mich regelmäßig angerufen, nur um mir mitzuteilen: 'Ich bin heil angekommen, und mir ist auch nicht schlecht geworden, was für ein Wunder, jetzt muss ich nur noch den nächsten Tag schaffen.'« Mira lachte tatsächlich ein bisschen. »Wenn ich von einem Unglück irgendwo erfahren habe, bei dem junge Leute umgekommen waren, habe ich an Michael gedacht und dass ihm hoffentlich nichts passiert, und sogar wenn ich ein Bild von einem Soldatenfriedhof mit den vielen Kreuzen gesehen habe: Alles Michaels, wie entsetzlich, irgendwie so, als wäre er schon tausendfach gestorben, das Fürchterliche längst eingetroffen, und ich habe um meinen Michael geweint. Und er ist ja, wie du weißt, inzwischen 45 Jahre alt, hat zwei Kinder und kommt erstaunlich gut zurecht mit allem.«

Sie zeigte auf ein Bild, das an der Wand hing. »Das ist er.«

»Ich hätte ihn gar nicht mehr erkannt.«

»Siehst du, das ist es, was mich quält: Ich weiß auch nicht, ob ich Mona überhaupt erkennen könnte, wenn sie jetzt vor mir stünde.«

Ich muss Mira ratlos angeschaut haben, sie nickte verständnisvoll. »Klingt seltsam, ich weiß. Alle reagieren betreten, wenn ich so etwas sage. Für die anderen ist Mona tot, als junge Frau gestorben und seitdem nicht mehr da. Ich wundere mich allmorgendlich neu darüber. Es bleibt so fremd, und sofort muss ich denken: Und wenn sie nun nicht ... was wäre dann ... Sie hat doch ein ganzes Leben verloren, ein wirkliches Leben, und da steigen die anderen schon aus, sie sagen, was sie verloren hat, gibt es nicht, und haben die Logik auf ihrer Seite. Das Verlorene ist irreal, real ist der Verlust, was ist das für eine Logik. Verstehst du, ich will wissen, *was* verloren ist, ganz real und konkret. Also denke ich jeden Tag für sie mit, was sie jetzt vielleicht machen würde, was ihr möglicherweise wichtig wäre, welche Probleme sie haben könnte. Dafür brauche ich Informationen von den anderen, deshalb höre ich so gerne zu, wenn andere von ihren Kindern erzählen. Ich brauche doch Anhaltspunkte, hoffe, mein Kind in irgendeiner Weise in den anderen wiederzufinden. Ist dir nicht auch mal passiert, dass du dein Kind aus der Schule abholen wolltest und wusstest erst gar nicht, welches aus der Gruppe es denn war? Wenn Mona noch leben würde, hätte sie ja längst ihre Persönlichkeit verändert, so wie die anderen, wäre ihnen nun vielleicht ähnlicher als die Mona in meinen Erinnerungen. Ich denke dann, ich könnte über die anderen noch etwas über sie erfahren, als lebten die ihr Leben irgendwie mit.

Und jetzt, wo wir hier reden, versuche ich mir vorzustellen, es ginge mir wie dir: Du sitzt ja auch hier, ohne deine Tochter wirklich zu 'haben', und was weißt du denn wirklich von ihr. Okay, du weißt, dass sie lebt, und das ist natürlich ein irrsinniger Unterschied. Aber ich will denken: Auch wenn Mona jetzt leben würde, säße ich genauso ohne Tochter hier wie du, was wäre wirklich anders, für mich ist das schön, dass es für einen Moment nicht anders ist. Das ist verrückt, ich weiß. Wenn ich über Seelenwanderung oder Wiedergeburt reden würde oder dass sie mich im Himmel sieht, würden mich alle wenigstens mitleidig anlächeln, aber so ist meine Marotte den andern zu fremd. Ich bin ziemlich unbeliebt, weißt du.«

Ich hätte sie wortlos in den Arm nehmen sollen, eine wie ich sagt doch in solchen Fällen nicht das Richtige, ich hätte meinen Arm um sie legen oder wenigstens ihre Hand nehmen sollen, aber ich habe gezögert, wie ich so oft unpassend zögere, und überlegt, was ich sagen sollte. Mir ist nur eingefallen, was ich unmöglich sagen konnte, dass diese Trauer schlecht auszuhalten ist, nicht in dieser Hartnäckigkeit, dass die Wenigsten die Toten so nahe bei sich haben und mit ihnen leben wollen. Dass ich verstehen kann, dass niemand sich andauernd vorstellen will, was Mona jetzt tun würde, wie sie aussähe, ob sie die neuen Filme mögen würde, ob sie Kinder hätte, dass niemand sich Tag für Tag in aller Gründlichkeit ausmalen will, was verloren ist. Und selbst wenn es nicht unsinniger sein sollte, eine Zukunft zu beschreiben, die es nicht geben kann, als eine Vergangenheit zu erinnern, die es ja auch nicht mehr gibt, so bleibt es doch ein Vorrecht der Toten, nicht älter zu werden, es ist eine unglaubliche Zumutung, mit Toten leben zu sollen, die altern.

Ich stammelte schließlich etwas Unbeholfenes in der Art, wie schwer es ist, sich so ein Unglück wirklich vorzustellen und so weiter, und dass der Gedanke daran leicht verlegen macht, weil man Angst hat, etwas Falsches zu sagen oder zu tun, und die Leute einfach nicht wissen, wie sie sich verhalten sollen. Und mir würde ja auch nichts einfallen, und ich wisse noch nicht einmal, ob ich sie wirklich verstanden hätte. Um dann einzuschränken, dass das alles in keiner Weise unsinnig sei und ich zu Hause noch mal kramen würde, ob ich nicht noch Photos oder Briefe oder irgendwas finde, und das würde ich ihr dann bald bringen.

»Also willst du wiederkommen?«

Ich tat überrascht, dass es denkbar sei, ich würde es nicht tun, und war froh, über das Wiederkommen reden zu können, weil das ja auch eine Einleitung dazu war, gehen zu können – dieser Besuch zog sich schon so lange hin, ich hatte ja schon angefangen, mir Gedanken zu machen, wie ich den Aufbruch einleiten könnte. So traurig, wie sie eben schien, konnte ich sie doch nicht allein lassen, da musste ich sie doch erst in eine Stimmung zurückholen, in der ich mich selbstverständlich verabschieden konnte, in der sie vielleicht selbst erleichtert war, dass ich endlich ging. Also erzählte ich von der vielen Zeit, die ich normalerweise habe, und meinen müßigen Beschäftigungen, aber auch von Carla und dem, was ich von der Klinik gehört hatte. Mira kannte Carla nur flüchtig, aber über die Zustände in der Klinik wusste sie überraschend gut Bescheid, sie wusste auch, dass Veronikas Mann seit zwei Tagen auf der Intensivstation war in wahrscheinlich hoffnungsloser Lage – und in diesem Moment fiel mir ein, dass ich Veronika ja hatte eine E-Mail schreiben wollen, es mir vorgenommen habe, als ich im Licis nicht aufgestanden bin und so blödsinnig gewunken habe, und dass ich es tatsächlich dann vergessen habe.

Mira wollte ihn auf jeden Fall am nächsten Tag besuchen. »Wenn ich keinen Zutritt zur Intensiv bekomme und ihn nicht sehen kann, treffe ich eben nur Veronika, vielleicht kann sie mich da brauchen.« Woran Hans-Georg denn nun stürbe, konnte sie nicht genau erklären, mit MANE habe es nichts zu tun, das glaube sie nicht, obwohl sie dem »Zeugs« nie getraut habe, MANE mache doch nur leer im Kopf, nein, Hans-Georg habe zunächst nur an Lungenkrebs gelitten, dann sei noch irgendetwas hinzugekommen, was eine Transplantation unmöglich gemacht habe. »Weißt du überhaupt, dass Hans-Georg ein bedeutender Kunstsammler ist?« Es hatte mich nie interessiert, aber jetzt wollte ich es mir gern erzählen lassen, es war ein wirklich gutes Thema zum entspannten Reden, bei dem wir schrittweise der Wohnungstür näher kommen konnten: Hans-Georgs bedeutende Sammlung, seine vielen Reisen zu Ausgrabungsstätten, sein vermutlich großes Vermögen oder seine unerschöpfliche Bereitschaft, Geld für Kunst zu investieren.

Schließlich standen wir im Eingangsbereich neben dem Regal mit den fratzenhaften Masken. »Irgendwie unheimlich«, sagte ich, »beim nächsten Besuch musst du mir die Bedeutungen der einzelnen Figuren erklären.« – »Vorsicht«, sagte Mira jetzt tatsächlich lächelnd, »es heißt, wenn man sie wissend anschaut, schauen sie wirklich zurück.« – Ich nahm das Lächeln dankbar auf. »Oh, dann weiß ich noch nicht, ob ich's wissen will, das heißt, ich will damit sagen, dass ich's lieber nicht wissen will, so mutig will ich nicht sein.« – »Verschieben wir doch die Entscheidung auf das nächste Mal.« Das war ein wunderbares Stichwort für den Abschied, Mira wünschte mir vollkommen gleichmütig einen guten Heimweg, und ich konnte sagen: »Einen schönen Abend noch«, als bestünde eine vollkommen normale und selbstverständliche Chance für sie, einen schönen Abend zu haben.

Ich erinnere mich, Mona und Eka haben auf dem Boden gelegen, die Tür stand einladend offen, als sollte ich hineingehen. Sie lagen bäuchlings, auf die Ellbogen gestützt, ich habe tatsächlich nicht gleich erkannt, wer Eka und wer Mona war. Sie malten mit Faserstiften auf Papier, ungewöhnlicherweise, ich hatte wohl erschrocken auf die Striche auf dem Boden geschaut, das wurde ungerührt bemerkt. *Eine* der beiden fragte grinsend, was denn der Boden gekostet habe. Ja, was hat denn noch mal der speziell thermisch und dynamisch ausgleichende Boden gekostet? Die Bilder wurden bereitwilligst gezeigt: Alles, was gemalt war, hatte ein Preisschild, alles. Nichts war umsonst, die ganze Welt zusammengekauft. Soll ich gleich fragen, wer kann das bezahlen? In der Schule hätten sie angefangen, auf den Pads *ordentliche* Abbildungen mit Strichcodes zu machen, erzählten sie, das fänden sie nicht so gut, zu ordentlich, und die Codes sähen zu sehr nach Klaviertastatur aus. (Eka hatte mich streng dabei angeschaut, ich habe gewusst: erst mal nicht vom Klavierspielen reden.) Man müsse auch mal was *aus dem Handgelenk* machen. Die hingekritzelten Zahlen machten die Bilder unübersichtlich, was etwas kostet, war schwer zu lesen. Sachverstand war bei der Preisauszeichnung auch nicht zu erkennen. Die Mädchen kicherten, weil ich so langsam war. »Du hast es wettgemacht, weil du das Kichern so gut ausgehalten hast«, hat Eka einmal gesagt. Warum ist denn die Wolke so billig, fiel mir schließlich auf. *Überangebot.* Und der Himmel? *Luft*, Mama, *Luft*, da gibt's ein Problem mit der Portionierbarkeit. Ach so. Anschwellendes Kichern. Dass man sich das alles überhaupt leisten kann: den Baum, die Tasse, den Schrank, die Wand, sich selber, dass man nicht überhaupt nackt herumläuft ... Kichernde Zustimmung. Ob ich eins haben dürfte? Beide Mädchen ein flüsterndes Knäuel. *Eine* der beiden fing an, die Zahlen einzutippen. Oje, das wird zu teuer, ich habe verstanden ...

Habe ich das Bild noch, das sie mir dann geschenkt haben? Wenn ich mich richtig erinnere, waren darauf zwei Mädchenfiguren dürftig skizziert, jede mit einem Hund an der Seite (Mona hat, glaube ich, später wirklich einen bekommen), alles an den Mädchen, von den Schuhen bis zum Haarband, hatte genau den gleichen Preis und war unglaublich teuer, nur die Hunde waren praktisch umsonst. Sie waren umgeben von unbezahlbaren Dingen, die in der Luft hingen in unbeholfener Symmetrie, den Mond immerhin haben sie sich geteilt.

Es gibt tatsächlich kein Gefühl dafür, dass Mona nicht mehr lebt. Ich habe das Gefühl nicht, es wundert mich nicht mehr, dass Mira es nicht hat, wenn auch natürlich auf unvergleichbar andere Weise nicht. Auf welche Weise hat es Eka nicht, denke ich. Ich würde es gerne wissen (nur das, nicht dass sie anfängt mit: alles-was-ich-über-Mona-weiß), hätte gern ihre Stimme gehört, aber ich rufe nicht an. *Mama, jetzt nicht*, würde ich mir einhandeln, falls sie überhaupt abnahm. *Ist jemand gestorben?*, hatte ich auch schon gehört. »Ja« zu sagen, wäre jetzt nicht schlecht. Als Mutter muss man sich etwas einfallen lassen. Zum Beispiel einen Brief schreiben (demnächst werde ich das tun, bestimmt): Du, ich habe anonym ein Photo zugeschickt bekommen, ein altes Bild aus deiner Schulzeit, erkennst du es? Überall sind merkwürdigerweise Preise einkopiert, alles ziemlich teuer, deine Haare unbezahlbar, aber wo hast du nur so billig deine wunderschöne Nase herbekommen? Und fragen: Kannst du damit etwas anfangen?

Oder gleich: Ich soll diese Sendung an dich weiterleiten, deine Adresse war nicht bekannt, und unter das Zahlenbild schreiben: Mona.

Es gibt noch nicht einmal ein Gefühl dafür, tatsächlich als derselbe aufzuwachen. Ich bin froh darüber, jeden Morgen. Es ist gut, wenn erst mal alles MANEsch in der Schwebe ist, weggerückt, weichgezeichnet. Alles wie alles Elend der Welt. Eine unsinnige Formulierung, ich weiß, eine dumme Koketterie. Das MANEsche Aufwachen hat aber diesen dummen Effekt, ich muss es zugeben, dass *alles Elend der Welt* einen eine glückliche Weile lang nicht anficht. Dass es leer macht im Kopf, wie Mira gesagt hat, trifft es trotzdem nicht, eher macht es *voll*, auf eine kreatürlich überschäumende und beschützende Weise voll. Auf eine Weise, für die ich uneingeschränkt dankbar war. Zumal im Laufe der entspannten Morgentrödeligkeit der Gedanke zurückkam, dass in unwirklicher Ferne von zwei weiteren Tagen mein MANE-Vorrat aufgebraucht sein wird. Es wird nichts nützen, dass ich mir dies nicht vorstellen kann, versuchte ich zu begreifen. Vielleicht muss ich dann das *pflanzenhafte Dasein eines Rekonvaleszenten führen*, wie ich bei Proust gelesen habe, als ich mir Notizen machen wollte. Eine gute Übersetzung, habe ich sofort gedacht. Pflanzenhaft ist ein wunderbarer Ausdruck. Pflanzenhaft wie eine ausufernde Schlingpflanze, die ich sein werde, mit farbenprächtigen Blüten, die auf dem Sofa Wurzeln schlägt, wuchernde Zweige durch die Fenster schiebt bis auf die Straße und an den Nachbarhäusern hinauf. Oder ich werde als moosartig amorpher Organismus langsam die Umgebung verschlingen, wie in einer dieser Mysteryserien, mich modernd ausbreiten, allem ein diffuses Grün überstülpen. Dann müsste ich nicht die Welt vorbeirauschen lassen, wie Bärbel gespottet hat, dann wüchse ich in die Welt hinein, mich verlierend. Wer immer ich dann wäre, ich müsste (und könnte) nichts mehr tun, könnte endlich zu Hause bleiben, morgens-mittags-abends – alles wäre eine Zeit. Das wäre doch eine Zukunft, die zu mir passt.

Das hätte mir gestern auf der Bank neben Bärbel einfallen sollen, dass ich viel eher als schlingernde, konturlos wuchernde

Pflanze aufwachen würde denn als monströses Ungeziefer und nicht *einfach* verwandelt wäre (einfach verwandelt ist natürlich auf falsche Weise unsinnig), sondern meine Verwandlung sich endlos fortsetzen würde. Und allmählich. Ich würde dabei verschwinden. So wie in der Erzählung von Cortázar ein Mensch nach und nach in den Boden versinkt, jeden Morgen ein Stück weniger getragen wird vom Untergrund, unbemerkt von den anderen zunächst – aber wenn er schließlich vollständig untergetaucht ist, sieht ihn niemand mehr.

In der Literatur gibt es so viele Variationen des Verschwindens. Und in den Science-Fiction-Filmen, von denen ich wirklich zu viele gesehen habe, erst recht. Schreckensgeschichten, die ich in aller Gleichmütigkeit ausbreiten kann mit meinem schmerzfrei wachen Kopf (den ich so gerne mit einem klaren Kopf verwechsle), weil sie den Charme des für mich eigentlich Unmöglichen nicht verlieren. Was in drei Tagen vermutlich sein wird, hat diesen Charme nicht, auch nicht das Spektakuläre, Aufwühlende, spannend Phantastische, es wird allein die Niedertracht haben, mir wirklich zuzustoßen, und es ist doch zu viel verlangt, diese Niedertracht mit ernsthaften Gedanken vorwegzunehmen. Also ließ ich es. Am Morgen wache ich nicht auf als jemand, der etwas ernst nehmen will. Diesen Morgen auch nicht.

Ich war mir auch nicht sicher, ob diese seltsame Verabredung mit Hermann, notiert auf Seite 2, 4, 6 und 8 des Veranstaltungsprogramms, geheimnistuerisch vermittelt über Hanno, ernst zu nehmen war. Es könnte doch ein Scherz sein in der Art: Hermann lädt alle im Kurs auf diese Weise ein zu einem verschwiegenen Treffen, alle kommen nacheinander (sich verstohlen umsehend, ob ihnen auch niemand folgt) dort zusammen in allgemeinem Gelächter, zu Sekt und Frühstück, alle applaudieren: eine wunderbare Idee und wunderbar gelungen. Aber Hannos Blick hatte dazu nicht gepasst. Er war so unruhig, besorgt und seltsam hektisch gewesen. Also studierte ich die Seiten 2, 4, 6 und 8 in ernster Gründlichkeit, ebenso den Stadtplan und die Haltestellen der Bahn, zerriss alle Seiten mit Hinweisen, wie es verlangt war, ging in Gedanken alles mehrmals durch.

Ich wollte einen kleinen Umweg machen, um möglichst niemandem zu begegnen, erst Richtung Park gehen, wie immer, an den Bäumen in die entgegengesetzte Richtung wechseln, eine ungünstige Verbindung nehmen, an einer Haltestelle umsteigen, wo es Toiletten gibt. Man weiß ja nie. Vorsicht und Umständlichkeit bin ich gewohnt, das ist meine Welt, keine Frage. Mit allem rechnen, auf alles gefasst sein. Immer denken, ich verdanke es nur meiner Vorsicht, dass mir nichts passiert, tausendmal habe ich mir das eingebildet, jedes Mal, wenn ich unbehelligt irgendwo angekommen bin, auch wenn mir in meinem ganzen Leben nie etwas zugestoßen ist. Die Kameras waren heute lästig, natürlich, leider durch keine Umständlichkeit zu vermeiden, aber ich wusste noch, wie froh ich gestern gewesen bin, nach dem einsamen unheimlichen Rückweg endlich die ersten Überwachungskameras erreicht zu haben, die Innenstadtbeleuchtung, die anderen Passanten (vor denen ich natürlich auch auf der Hut sein wollte), es war die Rettung vor meiner Kinderangst gewesen.

Als ich ausstieg, hatte ich die andere wohlbekannte Angst: nicht am richtigen Ort zu sein. Alles war so *falsch*, das kann Hermann nicht gemeint haben, diese Straße ist unecht, die Verschmuddelung einfach zu anachronistisch. Heutzutage muss doch niemand mehr so wohnen, auch Menschen, die von der Grundsicherung leben, nicht, oder? Vielleicht wird dieser Slum als Filmkulisse genutzt (und wenn ich beim Fernsehen besser aufgepasst hätte, würde ich ihn jetzt wiedererkennen), vielleicht ist er ein Besichtigungsobjekt (in neueren Stadtführern angegeben) und die Verwahrlosung hat einen historisch-ästhetischen Aspekt und Hermann findet ihn interessant.

Aber es waren nicht wenige Leute unterwegs, und unbewohnt sah es auch nicht aus. Fenster waren geöffnet, Müll und

Sperrgut stapelte sich vor den Eingängen, Autos ratterten vorbei, als würden die Fahrverbote hier nicht gelten. Warum sollte Hermann ausgerechnet in einem dieser Barackenhäuser stecken? Mein Tely wollte ich nicht zur Ortung einschalten, das würde vielleicht registriert, ich überlegte, ob ich in einer kleinen Kellerkneipe nachfragen sollte, ging aber doch einfach weiter. Als sich Haus Nummer 84 als ein winziges Häuschen herausstellte, in dem der einzige Eingang in einen kleinen Ramschladen führte, hatte ich keinen Zweifel mehr, mich geirrt und verlaufen zu haben. Solche Läden gibt es doch schon lange nicht mehr, ich stand vor einem Überbleibsel aus dem letzten Jahrhundert, lauter Elektronik-Schrott, Andenken-Artikel, Trödelkram. Unsicher schaute ich mich um, wortlos einem älteren weißhaarigen Mann zunickend, der etwas in einen uralten Rechner tippte.

Ich war nahe daran umzukehren, als Hermann eine enge Treppe herunterkam, angenehm übertrieben erfreut und wortreich grüßend, wie immer. Ich bekam die üblichen Komplimente und Entschuldigungen für die Armseligkeit des Treffpunktes, er fragte tatsächlich: »Ist dir auch niemand gefolgt, hast du niemanden getroffen?«, lachte, als ich meinen Weg detailgenau schilderte, schien beruhigt. Ich geriet zum Glück nur wenig außer Atem, als ich die enge Stiege hinaufkraxelte – und war beim Anblick des Raumes ohnehin erst einmal sprachlos angesichts der verschrobenen Schäbigkeit der Einrichtung, die aus einer versunkenen Zeit wieder aufgetaucht sein musste. In einem solchen Zimmer war ich zuletzt als Kind gewesen, einen irritierenden Augenblick lang dachte ich sogar, ich sei tatsächlich schon einmal in genau diesem Zimmer gewesen. Alles war so bekannt, die abblätternde Blumentapete hinter dem diffus geblümten Sofa, die karierte Wachsdecke auf dem Tisch, der Nippes in dem monströsen Schrank. Es sah aus, als seien die Gegenstände nach und nach über die Jahre zusammengekommen und abgelebt worden in einer Sparsamkeit, die sich um Geschmack nicht scheren konnte, und als passe doch alles in vertrauter Hässlichkeit zusammen. Hermann entschuldigte sich noch einmal.

»Aber nein, wieso denn, es ist so eine eigenartige Atmosphäre, ich weiß gar nicht, wie ich das beschreiben soll, so vertraut, wie aus einer früheren Zeit, ich musste sofort an meine Großmutter denken, in tausend Filmen bin ich schon hier gewesen, und dieser Maler ..., leider fällt mir sein Name nicht ein, der hat, da bin ich mir sicher, genau mit diesem Raum unglaublichen Erfolg gehabt.«

Hermann lächelte. »Es geht dir also auch so, es ist seltsam, nicht wahr, so ein fremdes Déjà-vu, eine Erinnerung, von der man nicht weiß, ob man sie wirklich hat. In dieser Wohnung ist jeder irgendwann mal gewesen, mindestens im Traum. Weißt du, das erinnert mich an eine Stelle bei Proust, in der es heißt, der Schlaf sei eine Wohnung, in der man sich nächtens aufhält, und so gesehen muss ich zugeben, dass ich hier manchmal schlafe. Also entschuldige, das ist natürlich eine unsinnige Assoziation, aber Literatur wird ja immer missverstanden, also interpretiert, wie man's gerade braucht, aber in dieser Wohnung schläft sozusagen ein Teil von mir oder von uns, da ist nichts zu machen.«

Ich nickte. »Ja, es ist verrückt, aber genauso ist es.« Ich strich mit den Händen über die Blumentapete, die raumgreifende dunkle Kommode, die gesteppten bauchigen Sofakissen, stand rätselnd vor einem riesengroßen Bild, das vage an das Floß der Medusa erinnerte, und einem etwas kleineren, das die Ruine einer alten Kirche darstellte, die mir auch bekannt vorkam. Hermann erklärte, dass der Maler Bilder aus Museen kopiert habe und für jedes Wiedererkennen dankbar sei. Wiewohl entspannt und freundlich wie immer, stellte er sich doch noch für einen Moment ans Fenster und sah prüfend hinaus. Es schien alles in Ordnung zu sein.

»Gut, dass du gekommen bist, dir Zeit genommen hast trotz der unmöglichen Art der Einladung, ist ja sonst wirklich nicht meine Art, das musst du zugeben, aber es ist die vorerst letzte Gelegenheit, uns noch einmal zu treffen. Ich muss nämlich, nein, ich will verreisen, heute Abend noch, und zwar auf unbestimmte Zeit. Hanno kommt übrigens nach. Warum und wohin, alles Genauere erklär ich dir später. Es gibt keine Probleme, nicht, dass du das denkst. Ich will nur Lästigkeiten aus dem Weg gehen, die sich vielleicht, na gut, wahrscheinlich nicht anders vermeiden lassen. Durch gewisse Umstände ist eine gewisse Hektik entstanden, aber geplant ist die Reise eigentlich seit langem. Und bitte sag niemandem, dass du mich gesehen hast, auch das erkläre ich später. Also ... jetzt habe ich den Faden verloren, genau genommen geht es nur um ..., also eigentlich will ich dir nur dieses geben.« Er reichte mir ein Buch, lächelte herausfordernd und erklärte: »In diesem Buch, das gar kein richtiges ist, findest du 50 Tabletten MANE versteckt, ein kleines Abschiedsgeschenk von mir, eine etwas andere Gute-Nacht-Lektüre.«

Ich schaute ihn entgeistert an, und er lachte. »Da ist mir wohl eine Überraschung gelungen. Ist ja auch vollkommen gesetzlos, was ich tue, du bist doch nicht etwa besorgt? Das musst du nicht, alle Warnungen vor MANE sind Blödsinn, MANE ist so harmlos wie Aspirin oder eine Grippeimpfung, obwohl die ja auch tödliche Nebenwirkungen haben können. Etwas absolut Ungefährliches gibt es nicht, aber MANE stünde auf der Liste der ungefährlichen Stoffe ziemlich weit oben. Nein, dieses Verbot hat keine medizinischen Gründe. Die Gesundheitsbehörde würde doch ein Medikament nicht so Knall auf Fall kriminalisieren, nur weil etliche ältere Leute daran sterben könnten, sondern im Gegenteil ein Verbot so lange wie möglich hinauszögern, dabei die Ungefährlichkeit behaupten.«

Ich habe wohl einen wenig geistreichen Gesichtsausdruck gehabt, er lächelte nachsichtig, sogar ein wenig gönnerhaft. »Hm, du scheinst mir nicht so einfach glauben zu wollen, da bin ich wohl eine Erklärung schuldig. Schau, ich habe als politischer Berater und Lobbyist, wenn man es so nennen will, ja nicht nur Zugang zu gewissen Gremien, sondern bin ja selbst Toxikologe und Wissenschaftler gewesen. Habe bestimmt zu wenig davon erzählt, aber das hatte bisher ja auch keine besondere Bedeutung. Bisher habe ich jeden durchschnittlichen Roman interessanter gefunden als meine frühere Forschungsarbeit, aber das ändert sich jetzt auf geradezu bestürzende Weise.« Er lehnte sich etwas vor, wie um die nun kommende Pointe zu unterstreichen, grinste spitzbübisch. »Ich war dabei, weißt du, so behäbig und abgetakelt ich hier auch stehen mag. Ja, es ist nett, dass du protestieren willst, aber lass mich mal erzählen: Ich habe Sternstunden der Wissenschaft erlebt, an zentralen Projekten der medizinischen Forschung mitgearbeitet, das interessanteste und erfolgreichste davon ist MANE, ich war von Anfang an und an allen Testphasen beteiligt. Es war ein wahnsinnig aufreibender und spannender Marathon mit einer wirklich guten und interessanten Truppe von Wissenschaftlern, wir waren auf Tagungen in London, Berlin, Beijing, New York und vor allem in Troniek in Seidarap. Die aufregendste Zeit in meinem Leben, bis auf unseren Französischkurs natürlich ... ehrlich gesagt, bin ich ziemlich stolz darauf. Aber um auf das Problem zurückzukommen, ich meine, um dir nun endlich zu erklären, was das Problem ist: Die letzte Auswertung der sogenannten qualitativen Gesamtlebensdaten, die alle fünf Jahre erstellt werden, hat leider eine unerwartete Nebenwirkung von MANE ans Licht gebracht, und zwar eine von gigantischem Ausmaß: Es verlängert das Leben. Ist eben nicht nur ein Wohlfühlmittel für Ältere, du weißt ja: 'Verhindert das Nachlassen der Lebensfreude im Alter', sondern ein wirklicher Jungbrunnen. Eine Katastrophe!«

Er lachte, freute sich, dass ich nun endlich zu begreifen schien. »Weißt du, das ist schon verrückt. Anfangs ging es ja nur darum, ein neuartiges Schlafmittel zu finden, etwas, das zu einem tatsächlich erholsamen Schlaf verhilft. Erstaunlich, dass die

Pharmazie bis dahin nur unvollkommene Lösungen gefunden hatte und wir eigentlich auch zunächst scheiterten. Es gab zwar Mittel, die Schlaflose für einige Zeit passabel wegdämmern ließen, aber nichts, was sie so befreit und ausgeruht aufwachen ließ, als hätten sie wirklich tief und gut geschlafen. Bis jemandem einfiel, dass es ja im Grunde gar nicht um das Schlafen, sondern um dieses Aufwachen geht, dass man ja liebend gerne aufs Schlafen verzichten kann, solange man weiß, dass man am nächsten Tag frisch und ausgeruht ist. Wir haben erst gelacht, als ein dicklicher, blasser Wissenschaftler uns erklärte, er sei einem Stoff auf der Spur, der ein phantastisches Aufwachgefühl suggerieren und damit die Schlaflosigkeit besiegen würde. Und haben dann natürlich begriffen, wir haben das falsche Problem lösen wollen, am falschen Ende angefangen.

Und du weißt ja, dass fast alle, die abends MANE nehmen, um am nächsten Morgen in den Genuss des Wachfühlens zu kommen, plötzlich auch problemlos und wunderbar schlafen, spätestens in der dritten Nacht, und sich insgesamt auf phantastische Weise besser fühlen und auch gesünder. Nicht wahr? Wir haben uns beeilt zu erklären, dies sei ein Effekt der Autosuggestion und es sei doch egal, ob man sich nur scheinbar besser und gesünder fühle oder berechtigterweise, denn dieses Gefühl allein sei doch Grund genug, MANE einzunehmen. Lieber sich gesund fühlen, auch wenn man es vielleicht nicht ist, als sich krank fühlen und krank sein. Du kennst ja auch diese Warnungen, man dürfe trotz MANE nicht die Vorsorge auslassen und so weiter. Das weißt du ja alles.«

»Und die Lüge liegt jetzt darin, dass die Täuschung echt ist, also ich meine ...«

»Ja, na ja, das Problem würde ich sagen, dass die Täuschung echt ist, würde ich nicht Lüge nennen, vielmehr Problem, diese ärgerliche lebensverlängernde Konsequenz, vollkommen unbeabsichtigt und noch nicht einmal abschließend analysiert.

Und natürlich wissen wir von dem Problem seit langem, eine indische Medizinerin hat als erste gewarnt, intern natürlich, und wir haben versucht, der Nebenwirkung Herr zu werden, sie mindestens abzumildern. Eine amerikanische Gruppe arbeitet an der Entwicklung eines Nebenproduktes mit einer gewissen MANE-Wirkung ohne Lebensverlängerung, um nebenbei natürlich noch die Premium-Marke mit Lebensverlängerung anzubieten für einen Schattenmarkt, aber da ist noch nichts gelungen. Alles, was wirklich MANEmäßig wirkt, ist sterbensaufschiebend, das ist eine untrennbare Verkettung. Dann haben wir alles darangesetzt, diesen Zusatzeffekt zu vertuschen, die Lebensdaten aus den Studien zu nehmen, haben uns viel Mühe gegeben, MANE als reine Wohlfühldroge für die Alten auszugeben, mit der ihnen ihr Leben *gefühlt* besser vorkommt und schwierige oder einengende Umstände erträglicher erscheinen, wollten den vielen Menschen doch dies phantastische Medikament erhalten, solange es irgend geht.

Natürlich konnte das alles nicht von Dauer sein, irgendwann müssen auch Behörden stutzig werden, wo es doch schon die Krankenkassendaten bewiesen hatten, die Nebenwirkungen eskalierten einfach. Dass dann aber ein solches Knall-auf-Fall-Verbot kommen konnte in dieser Hektik, haben noch nicht mal wir erwartet. Diesen panikartigen Aktionismus, diese planlose Plötzlichkeit. Na ja, was den Schaden angeht, hat es ja auch fast die Dimensionen eines Bankencrashs, das ist wahr, und einen vierten kann sich der Staat nun wirklich nicht mehr leisten.«

»Du meinst, das ist so ruinös, dass MANE unbedingt verboten werden musste?«

Hermann nickte. »Man muss nur mal ausrechnen, was fünf zusätzliche Jahre eines Rentners kosten, selbst wenn er nur Grundsicherung erhält, und es gibt ja immer noch Rentner mit wesentlich größeren Bezügen, dazu die Gesundheitskosten, und vielleicht muss man sogar zehn Jahre kalkulieren, das sind gigantische Summen. Morgenstund hat Gold im Mund, dieses dämliche Sprichwort kann einem da wieder einfallen. Man muss doch zugeben, dass die jungen Leute einigermaßen passabel mit der Generation ihrer Erzeuger umgehen, ohne unnötige Grausamkeit, eigentlich erstaunlich, wie glimpflich alles abläuft. Bis auf das Proporzgesetz natürlich und die ganzen Rationierungen und die sogenannte Lebensverzichtserklärung im Falle hochgradiger Demenz, die ja eigentlich entsetzlich ist, aber wie soll das auch anders gehen. Und MANE hat alles leichter gemacht, hat wunderbar zur Harmonisierung beigetragen. Aber jetzt ist es zu viel, natürlich muss der Staat da handeln, hätte sich aber ein bisschen Zeit lassen können, zwei Wochen Übergangszeit mindestens.«

»Meine Güte, da wird ein alter Menschheitstraum wahr, und es wird verboten, weil es zu teuer ist«, sagte ich naiv.

Hermann war so nett, nicht darauf zu antworten. »Wie stark die lebensverlängernde Wirkung ist, scheint übrigens eine Typfrage zu sein. Wir unterscheiden zurzeit drei Kategorien. Typ A profitiert am stärksten, und du bist bestimmt ein Typ A«, lächelte er mich an, »also Typ A kann auf bis zu 10 weitere Lebensjahre kommen, nach heutigem Stand. Und wie du weißt, gibt es MANE ja erst seit 8 Jahren, vielleicht ist die Wirkung sogar noch stärker. Bei den anderen Typen ist dieser Effekt weniger stark ausgeprägt, so wie bei mir etwa, einem klassischen C-Typ.« Er strich sich vielsagend über seine Geheimratsecken und den etwas stattlichen Körper. Wir lachten.

»Unsinn«, meinte ich, aber er fragte nur: »Für wie alt schätzt du Hanno?«

Ich zögerte. »Er ist bestimmt älter als er aussieht, vielleicht 61?«

Hermann freute sich wie ein Kind über meine Antwort. »Nicht wahr, einfach unglaublich, Hanno ist 74, genau wie ich, er war schon bei den ersten Testrunden dabei, ein totaler A-Typ, so wie du.« Das war wirklich kaum zu glauben, und natürlich sah Hanno viel jünger aus als ich.

Hermann räusperte sich, stand auf, um wieder aus dem Fenster zu schauen. Ich merkte, er wartete. Etwa darauf, dass ich gehe? *Jetzt* gehe? Ihn nicht mehr frage, was er *später* erklären will? Hatte er gesagt und gegeben, was er gewollt hatte, und jetzt keine Zeit mehr für mich? Aber ich weiß doch gar nicht, dachte ich, ob es dieses Später überhaupt geben wird, ob ich ihn nicht vielleicht in diesem Augenblick zum letzten Mal sehe. Ich muss diesen Abschied doch noch hinauszögern, auch wenn ich ihn warten lasse (nur fragen wollte ich nicht). So blieb ich sitzen, wusste zunächst nicht, was ich sagen sollte, fing dann an, mich wortreich zu entschuldigen, weil mein Besuch ihn so viel Zeit gekostet habe, und dankte dann noch ausgiebig zeitraubend für das *unglaubliche Geschenk*. Er wehrte freundlich ab, wartete weiterhin am Fenster, leicht gebeugt, den Nacken schräg, die Straße im Auge behaltend.

»Endlich haben wir ein heimliches Treffen gehabt, das war wirklich überfällig.« Ich bekam noch einmal sein charmantes Hermann-Lächeln. Das sei wahr und er sehr froh, dass dieses wirklich längst überfällige Treffen noch zustande gekommen sei, und heimlich müsse es unbedingt bleiben, daran möchte er mich noch einmal erinnern, niemandem dürfe ich es verraten, müsse die Tabletten gut verstecken, auf der Hut sein und auf keinen Fall einen Teil davon verschenken. »Alles nur für dich.« Er bat mich sogar, auf dem Rückweg noch eine Messe zu besuchen, als Tarnung beziehungsweise Erklärung, falls mich doch jemand gesehen haben sollte, eine Technik-fürs-Alter-Ausstellung, eine TefA, nur zwei Kreuzungen entfernt. So könne man sicher sein, dass mein Ausflug an diesem Tag nicht mit ihm in Verbindung gebracht würde. »Und was ist mit dem älteren Herrn unten im Laden?« – »Mein Onkel, keine Gefahr und übrigens schon hundert Jahre alt.« Also auch ein A-Typ, dachte ich.

Als ich schließlich ging, wagte ich nicht zu winken, schaute mich nicht einmal um, ging geradewegs zu dieser TefA, obschon es mich Überwindung kostete. So gerne wäre ich nach Hause gegangen, mich erholen, Abstand gewinnen, die Neuigkeiten zur Ruhe kommen lassen. Aber ich wagte nicht, Hermanns Vorsichtsmaßnahmen zu hintergehen, vielleicht hatte er recht, so vorsichtig zu sein, wie sollte ich das beurteilen können, ich hatte ja eben erfahren, dass ich vollkommen ahnungslos gewesen bin. Nicht einmal, dass Hermann in der medizinischen Forschung gearbeitet und dort wohl auch einen Namen hat, habe ich gewusst. Warum hatte ich nie gefragt, was er vor seinen politischen Ämtern gemacht hatte, es hätte mich doch interessieren müssen, auf das Treffen mit Hermann habe ich mich doch jede Woche gefreut – ja, und warum war ein so bedeutender Wissenschaftler wie er überhaupt in unserem unbedeutenden Französischkurs? Alles rätselhaft – vielleicht hatte es mit Hanno zu tun, vielleicht wollte er in seiner Nähe sein, ohne sich zu sehr aufzudrängen, vielleicht spielte auch Clarissa eine Rolle. Ich hätte das alles jetzt wirklich gern gewusst und natürlich auch, ob er weitere »Bücher« verschenkt hat, wie groß das Risiko war, das er womöglich bei diesem mühsam organisierten Treffen mit mir eingegangen war, wohin er reisen wollte und so weiter.

Nur die Hintergründe um das MANE-Verbot waren jetzt eindeutig klar. Es war offensichtlich, es musste so sein, wie Hermann gesagt hatte. Vollkommen eindeutig, dachte ich, alles passt jetzt, alles ist *sonnenklar*, so als hätte ich es im Grunde schon immer gewusst, als sei ich nur noch einmal erinnert worden. Dabei habe ich vor wenigen Minuten erst Hermann ungläubig angeschaut, habe mir begriffsstutzig alles erzählen lassen, einen gönnerhaften Blick bekommen für mein langsames Begreifen, und jetzt war jede andere Erklärung für das rätselhafte Verbot absurd geworden. Es war so einsichtig wie die Entdeckung, dass die Erde sich um die Sonne dreht, andersherum geht es nicht mehr. Ich wunderte mich, dass ich nicht selbst darauf gekommen war, zumindest als Hypothese, dass ich so blöd an der Behauptung der Gefährlichkeit gezweifelt habe, um mir einreden zu können, dass das Verbot nicht ernst gemeint, nicht endgültig sein konnte, dass die Katastrophe nicht stattfinden werde – anstatt zu begreifen, dass das gar keine Rolle spielte.

Gefährlich ist MANE nicht für die, die es einnehmen, die Unbezahlbarkeit ist die Gefahr, das Zuviel des Guten. So sehr darf sich das Gute nicht breitmachen, man weiß ja nicht, wohin damit. Auch Wohlfühlen muss seine Zeit haben, biblisch kann das Alter der Menschen nicht werden. Mit Lebenszeit muss -haushälterisch umgegangen werden, weil die einen ja Zeit geben müssen für die Zeit der anderen. So sieht es jedenfalls aus. Ein Jammer, dass MANE so großartig ist. Ein kleiner, kurzlebiger Teil an Großartigkeit hätte doch gereicht. Es tröstete mich nicht, dass das große Sterben wegen geheimnisvoller Nebenwirkungen nicht stattfinden würde (daran war ja auch von Anfang an nicht zu glauben), das frühere Sterben ohne MANE war mir egal, das restliche Leben ohne MANE – für mich mit einer Verzögerung von fünfzig Tagen – war Katastrophe genug.

Die TefA hatte entsetzlicherweise die Größenordnung einer riesigen Messe. Ich sah es sofort, als die Straße nach einer kurzen Steigung steil absackte und die monströse Halle in einem weiträumigen Areal vor mir lag, alles vollgestellt mit Containern und Fahrzeugen, schon der Weg bis zur Stadtbahnstation war dunkel von hin- und wegströmenden Besuchern. Unglaublich, dass so viele diesen weiten Weg auf sich nehmen, um Technikkram für die Alten zu sehen, freiwillig ihren Sonntag für eine solche Verkaufsausstellung opfern, wo doch Produkte für das Alter abschreckend uninteressant sind – für mich jedenfalls, ich habe ja keine Eltern mehr.

Unwillig reihte ich mich in die Menschengruppen, sah zum ersten Mal die Schmetterlingshüllen, von denen Bärbel erzählt hatte, diese Kleidungsstücke aus Stoffen, die mit elektronisch leitfähigen Fasern durchwebt sind und – über Hände, Arme und Beine gestreift – angeblich Gehandicapten helfen können, sich gezielt zu bewegen. *Puppen Sie sich ein, damit Sie auf und davon fliegen können.* Bärbel kann über solchen Kram so befreiend lästern. Die Hemden aus diesen Schmetterlingsstoffen waren jedenfalls nicht gut weggekommen. Sie hatte gutwillig zugestanden, dass sie eine gewisse Hilfe sein können, zum Beispiel um eine Gabel in die Hand zu nehmen, eine Buchseite umzublättern, sich zu kämmen, aber schon beim An- oder Ausziehen seien diese Hemden nur noch hinderlich. Und die speziellen Strümpfe aus den Schmetterlingsfasern seien lange nicht so hilfreich wie die neuen Gehapparate. Die seien für Gelähmte im Prinzip brauchbar, aber extrem teuer, über Siebzigjährige bekämen keinen Zuschuss, mit abenteuerlichen Begründungen, immer fehle irgendetwas, mindestens Geld. Es sei unbegreiflich, dass die ganzen Operationsverfahren zur Neuroreaktivierung so selten angewendet würden, die Behauptung, die Kapazitäten reichten nicht, sei eine Frechheit. Sie hat mir irgendwie erklären wollen, dass die menschliche Arbeitsleistung bei solchen medizinischen Eingriffen mehr Zeit fressen würde als die damit verhinderte Pflegeleistung, dass es sich also nicht lohnen würde, dass es letztlich immer um die Minimierung von Arbeitsleistung und den Zeitaufwand gehe, ich habe das nicht so genau verstanden.

Über die sogenannten Roboter hätte sie nur gelacht. Tausend verschiedene Roboter-Geräte, die alle nur für bestimmte Handreichungen taugen. Greiftransporter (»klein und flexibel«), Tragetransporter (»Sie sind ihm niemals zu schwer«), Umfüller, Proportionierer, Reiniger (»machen Sie sich die Hände nicht schmutzig«), kombinierte Kühl-Koch-Automaten mit Ausgabevorrichtung. Da müsste man sich ja die Wohnung mit allen möglichen Apparaten zustellen, deren Funktion man im Kopf behalten muss, die vielleicht gewartet werden müssen und sogar gefährlich werden können, wenn man sie falsch bedient. Immerhin wurde von den Ausstellern zugegeben, dass der »ideale Roboter-Begleiter« noch in der Planung, die Automation für den multifunktionalen Gebrauch noch nicht perfekt ausgereift sei, Fortschritte seien in Arbeit. Es würde intensivst und internationalst, tatsächlich *internationalst*, daran gearbeitet. Nur eine Frage kürzester Zeit.

So viel Geduld hatte ich nicht und holte mir den Androiden Data an meine Seite, wozu habe ich so viele Star Trek-Filme gesehen. Mit Data fühlte ich mich gleich besser. Als idealer Roboter wusste er, was Menschen von seinesgleichen erwarten. Er war der gelungene Gegenpart zu diesen läppischen Automaten und hat verstanden: Die Diskrepanz ist komisch. Und hat sich bemüht, über alles in vollkommen menschlicher Weise zu lachen, er hat mit seiner sozusagen naturgegebenen Überlegenheit versucht, in programmierter freundlicher Bescheidenheit das genau angemessene Lachen zu finden. Data, dachte ich, wäre der einzige Mann, der mir recht sein könnte, ein wunderbar perfekter, dienstbereiter Geist. Darüber würde Bärbel auch lachen, freundlich lachen natürlich, und sagen, dass es zu mir passt, mir einen Mann zu wünschen, der gar keiner ist. Bärbel hat immer recht, wenn sie über mich lacht.

Aber ich behielt Data trotzdem eine Weile bei mir, ich wollte wissen, was er von dieser seltsamen Welt hält, in der zigtausend alleinlebende Bewohner sich bei allereinfachsten Verrichtungen von Maschinen helfen lassen müssen, die vollkommen unzureichend sind. Ich habe gefragt, ob das Alter auf Planeten, auf denen noch in Gruppen in Höhlen gehaust wird, nicht einfacher sein müsste. Data erklärte, warum diese Überlegung unsinnig sei. Planeten, auf denen die Bewohner in Höhlen hungern und frieren müssten, hätten ein zu vernachlässigendes

Altersproblem, ein solches entstünde ja erst mit zunehmenden zivilisatorischen Errungenschaften, zu denen auch angemessene Kleidung gehöre. Wobei eben diese Kleidung an- und abzulegen, zum Problem für Ältere werden könne. Bedauerlicherweise sei für eine Maschine, und zwar für alle Prototypen der Vorandroidenzeit, jemanden anzuziehen eine höchst komplizierte Prozedur.

Data war zu freundlich, um zu ergänzen, dass Altwerden generell ein Konstruktionsdefizit der Vorandroiden-Spezies sei. Menschen begegnet er grundsätzlich mit wohltuend unbegründetem Respekt. Er sagte nur lächelnd, irgendwann würde eine wirklich erhellende Kulturgeschichte der menschlichen Zivilisation aus Sicht der Maschinen geschrieben werden. Ich lächelte zurück – natürlich fiel mir keine Antwort ein. Außerdem weiß ich ja: Wenn die Menschen ihre Unzulänglichkeit mit der gleichen Gelassenheit erkennen und ertragen könnten wie Data, wäre viel gewonnen.

Ich hätte ihm gern noch einiges von der Ausstellung gezeigt, zum Beispiel die automatischen Schränke mit Anziehfunktion, aber sie waren dermaßen von Besuchern umringt, dass ich keine Geduld hatte zu warten – es war angenehm, dass Data sich dieser Entscheidung emotionslos anpasste, da für ihn Geduld natürlich keine Frage ist. Bei den Schuh-zu-Fuß-Automaten war der Andrang nicht geringer. Schade, da hätte ich Bärbel erzählen können, wie es ist, in dem Sitz Platz zu nehmen, Schuhe in die Anziehposition zu ordern und den Fuß von dem automatischen Arm in den Schuh schieben zu lassen. Allerdings war offensichtlich, dass die Automaten ziemlich monströs waren, zu groß für meine kleine Wohnung, ein Kleiderschrank hatte schon den Umfang einer kleinen Kammer, das würde erst recht nicht passen. Es war ermüdend, dass so viele Objekte wegen des Andrangs nicht genau zu sehen waren, selbst an den zahlreichen Monitoren kaum Platz frei war, man sich ständig zwischen Menschen durchdrängeln musste, um überhaupt weiterzukommen.

Der Architekturteil der Ausstellung war aufgelockerter, zwischen den einzelnen Modellen und Monitoren war Raum gelassen, Platz sogar für üppige Pflanzen und große Plakatwände. Ich hatte das Gefühl, besser atmen zu können, und merkte dann, es roch mal nach Meer, mal nach Laub. Das Licht changierte in Grün- und Blautönen, hörbar war nur leises Zirpen im Hintergrund. Oder war noch ein Klangband unterlegt? Auf jeden Fall bedeutete es, hier ist alles teuer und edel. Planskizzen für die *Zukunft mit Stil*, das *Ambiente für das geborgene Leben. Archetypen zum Darüberhinausleben.* In diese Dimensionen muss man behutsam eingeführt werden. Mit Respekt, mit kultivierter Attitüde.

Das Modell des Appartementkomplexes, eine farbenfrohe Kunstinstallation, sei eine *ästhetisch-funktionale Symbiose*, wurde in den Prospekten erklärt. Oje. Ich verstand: Es ist ein Schachtelberg aus hochautomatisierten steuerbaren Einheiten um einen gemeinsamen hochaufgerüsteten Kern-Komplex, in dem immobile Menschen alleine leben können, weil die Elektronik vieles über ein Steuerdisplay verfügbar macht und sie jederzeit abrufbare Hilfe haben, wenn's sein muss, auch Hilfe von Betreuern. Die Wohnungen werden täglich mit dem Notwendigen *komplettiert*, und die Bewohner haben die Freiheit, in Ruhe gelassen zu werden, so weit es irgend geht. Eine gute Planung, dachte ich, in ihrer Ausführlichkeit gelungen, in der Ausstattung geradezu luxuriös und geschmackvoll, gar nicht schlecht für das Niveau der Erdenbewohner. Für den traurigen Anlass können die Architekten ja nichts.

Data hatte nichts dazu zu sagen, er war anscheinend nicht beeindruckt, Bärbel würde das Projekt vermutlich unmöglich finden, vor allem unmöglich teuer, und mir erklären, die Kosten seien so irrsinnig, dass es einfach gaga sei, sich weiter damit aufzuhalten. Und sie würde sich wundern, warum ich immer noch auf der dusseligen Messe herumlaufe. In der Tat: Warum war ich noch dort?

Ich machte mich also auf den Rückweg, ließ mir noch bereitwillig Prospekte zustecken, tat sie zu meinem »Buch« in die kleine Tragetasche (eine gute Tarnung!), vergaß beinahe, mich von Data zu verabschieden. Er nahm es nicht übel. Nun wieder allein, musste ich über das brachliegende Gelände zur Stadtbahn-Haltestelle laufen. Es war seltsam, mitten im Industriebereich über einen unbefestigten Feldweg zu gehen, ich war schon so lange Zeit über nichts anderes als über Straßen und Bürgersteige gegangen, es kam mir vor, als hätte ich die falschen Füße an. Dass es das noch gibt, eine solch große Fläche ohne Gras, ohne Pflaster, ohne irgendetwas. Ohne Natur, dachte ich unsinnigerweise. Die Baufahrzeuge hatten buchstäblich alles plattgefahren, was einen Schatten werfen könnte. Die vielen Menschen würden natürlich einen Schatten haben, wenn es nicht so trübe gewesen wäre.

In dem Gedränge war es sinnlos zu überlegen, ob mich vielleicht jemand beobachtet hatte, und ich war auch zu müde, um mich beunruhigt zu fühlen. Die Tasche mit dem Buch ließ ich keinen Augenblick aus der Hand, legte sie in der Bahn auf den Schoß, blickte nur träge prüfend auf die Mitfahrenden, ob ich vielleicht jemanden schon einmal gesehen hatte oder ob mich jemand anschaute. Nichts, ich war unsichtbar, niemand interessierte sich für mich, ich kam unbehelligt nach Hause.

Im Treppenhaus entspannte ich mich, schloss die Tür auf – und erschrak. Es war jemand in der Wohnung gewesen, ich sah es sofort, die Jacke hatte anders gehangen, die Illustrierte nicht auf dem Boden gelegen, oder konnte ich mich nicht auf meine Erinnerung verlassen? Die Angst gibt mir recht, dachte ich, alles Blut sackte in die Beine, ich kämpfte gegen aufkommende Übelkeit, wartete, bis mein Herz sich beruhigte und ich ruhig atmete. Wusste nicht, was ich tun sollte: Die Polizei anzurufen war wahrscheinlich lächerlich – und was, wenn die Polizei selbst in meiner

Abwesenheit die Wohnung durchsucht hatte? Oder Enno anrufen? Als auch nach Minuten kein Geräusch aus der Wohnung kam, ging ich vorsichtig hinein, die Tür weit offen lassend. In der Küche sah ich dann eine Getränkekiste und Einkaufstüten, ein Brief lag auf dem Tisch, vollgekritzelt mit Linienknäueln und Wolkenklecksen. Ich seufzte vor Erleichterung, schloss die Tür, setzte mich zu dem Brief, restlos erschöpft.

»O MAMA, wir haben gehofft, dich hier zu treffen – und leider keine Zeit zu warten. Der Sonntag rast mal wieder davon. Wo bist du? Wir hatten heute Fahrerlaubnis, groß eingekauft und dir ein paar Dinge mitgebracht. Mäxchen hat seine Vorlieben für Soßen und Kekse geändert, wirst schon sehen. Einen schönen Nachmittag und Krimi-Abend und überhaupt.«

Warum bin ich nicht darauf gekommen, es war die naheliegendste Erklärung gewesen. Das flaue Gefühl im Magen blieb. Ich machte mir etwas zu essen, ging damit zum Fernseher und geriet in einen uralten amerikanischen Film. Das macht nichts, dachte ich, vielleicht ist aufdringliche Heiterkeit jetzt das Richtige. Es war ein Film aus der Hollywood-Ära, als harmlos durchschnittliche Amerikaner jederzeit durch eine kleine Veränderung zu Helden werden konnten – eigentlich ist jeder ein Held, nur vorübergehend falsch auf der Nicht-Heldenseite platziert, auf überschaubar sympathische Weise falsch platziert. Ich überlegte, ob ich den Film nicht kannte. Dann hätte ich den Vorspann verpasst, einen wirklich netten Vorspann, soweit ich mich erinnern konnte, in dem der Protagonist erzählt, was er eigentlich gerne gemacht oder getan hätte, was er sein oder machen wollte, von Genie sein bis Flöte spielen können – und was er also alles nicht ist. Und wenn es der Film war, an den ich mich zu erinnern glaubte, dann müsste später noch eine Szene kommen, die mir gefallen hatte. Dann würde die Hauptfigur, die so gerne einmal erfolgreich sein wollte, in einem Literaturkurs für angehende Schriftsteller sitzen und es wagen, den Professor zu fragen, warum in den Romanen immer so viele Geschichten passieren und warum es in den Romanen nicht so sei wie im wirklichen Leben, wo eben nichts geschieht. Und der Professor würde den Fragenden brüllend niedermachen. Welche unglaubliche Ignoranz zu behaupten, dass nichts passiert, wenn Menschen in jeder Minute verunglücken, verhungern, im Krieg umkommen und so weiter, welche bornierte Feigheit, einfach zu glauben, dass nichts passiert, oder so ähnlich.

Das ist zum Lachen, habe ich gedacht, immerhin war mir mein Lachen unbehaglich. Damals wie heute. Für mich war immer der beste Platz der gewesen, auf dem nichts passiert. Und auch immer mein *wirklicher Platz*. Wegschauen ist nicht langweilig. Hinschauen immer eine Überforderung. Wie soll man denn alles Unglück sehen können bei der schier unfassbaren Menge, soll man sich eines aussuchen, vielleicht ein »naheliegendes« oder ein besonders »interessantes«? Und wozu? Es ist doch ein wunderbares Privileg, glauben zu können, dass nichts passiert ist: mir nicht, Eka und Enno nicht – also das *wirkliche Leben* verschont geblieben ist ...

Und weil ich nicht an Mona denken wollte, machte ich eine Fernsehpause, kochte ein bisschen, schaute nach der Post und schließlich nach dem Buch. Mein Herz klopfte beim Auspacken, ich dachte zum ersten Mal: Ist es nicht anmaßend, etwas zu bekommen, was den anderen weggenommen wird, entsetzlicherweise ein Stück Lebenszeit. Ich hielt den Bucheinband lange in den Händen. Ausgerechnet *Der Proceß*, bestimmt als Anspielung zu verstehen, worauf war mir allerdings nicht klar, vielleicht einfach eine Warnung. Vor der Gefahr einer Verhaftung, der irrsinnig undurchschaubaren Macht der Behörden, der allgegenwärtigen Willkür. Oder weil das Buch mit der Scham endet. Es gibt immer mehrere Möglichkeiten. Ich hätte eine Warnung nicht gebraucht, hatte Angst genug, Scham genug. Was noch fehlte, war die Freude, die einfache Freude über dieses

Geschenk. Morgen, dachte ich, morgen früh, man muss mit allem Geduld haben.

Ich sah ein Raumschiff auf einem Planeten landen, der ebenso gut hätte die Erde sein können, dachte, es muss der Film sein, den ich in meiner Jugend gesehen hatte, an den sich niemand erinnern will. Vielleicht war er nur eine beiläufige Folge in einer von Bradbury inspirierten Sci-Fi-Serie gewesen, vielleicht habe ich ihn auch nur geträumt. Die Astronauten sehen sich als friedliche Erforscher fremder Welten, hoffen auf Gastrecht, wollen es den Bewohnern schon klarmachen, begreifen nicht, welche Tradition sie da fortsetzen. Ein diffuser Eindruck von Feindseligkeit ist von Anfang an spürbar, die Landschaft ist auf so unwirkliche Weise schön, so erdenhaft verzaubert, so verlockend fremd – vielleicht sind die Bewohner so anders, dass ihnen gar nicht einfallen wird, zu Besuchern freundlich zu sein. Vielleicht sind sie auch zu klug, um zu amerikanischen Astronauten freundlich zu sein, die vorgeben, Besucher zu sein. Ich habe Angst um die Astronauten, die sich zögernd in die fremde Schönheit wagen, die so erdenhaft ist, sich wundern über die Ähnlichkeit, die nicht sein kann. Sie treffen auf Menschen, die gar nicht hier sein können, alte Freunde, die schon gestorben sind und sie nun hier begrüßen. Es ist ein unglaubliches, unheimliches Glück. Nach anfänglichem irritierten Zögern überlassen sich alle der Wiedersehensfreude. Es ist zu schön, auch wenn es nicht sein kann.

Die fremden Wesen wissen alles, lesen alle Gedanken, geben allem ihre Form, nehmen jede Gestalt an. Ich weiß, dass die Astronauten sterben werden. All ihre Gefühle, ihre Liebe, der erinnerte Kummer, noch niemals so vollständig erfasst und gleichsam widergespiegelt, werden sie nicht retten. Ihr ganzes Leben ist nichts in den unsichtbaren Augen der fremden Wesen, die alles erkennen und denen es nichts bedeutet und die sanft-

mütig auf den Schlaf der Usurpatoren warten, um sie auszu-
löschen.

Und ich sehe Mira glücklich in einem heimischen Schlaf-
zimmer in ferner Galaxie, neben sich Mona, der sie so viel zu erzählen hat, und begreife nicht: Warum lassen sie sie nicht am
Leben.

Es war Montag und Carla immer noch in der Klinik, nicht alle Hoffnungen erfüllen sich. Ich war gerade diesen Morgen erleichtert aufgewacht in dem Gefühl, ich bin ja zu Hause, auf vertraute glückliche Weise zu Hause, alles ist echt, nichts über Nacht verschwunden, auch nicht das, was gestern wundersamerweise hinzugekommen ist – und wäre gern zeitschwimmend den ganzen Tag dort geblieben. Aber die kranke Carla nicht besucht zu haben? Ist das möglich?

Selbstverständlich, dachte ich, selbstverständlich ist das möglich. Natürlich könnte ich jetzt einfach gar nichts tun, überhaupt vieles bleiben lassen, selbst bei meiner Nichtstuerei, einfach aufhören mit dem Verzetteln der Tage, dem *Ein*teilen der Zeit (dieser merkwürdige Ausdruck), der unnützen Planerei des so genannten Tages*verlaufs* mit dem Morgen als Anfang, dem Abend als Ziel, im Sog des Hell-Dunkel-Rhythmus der Sonne, von der man noch immer sagt, dass sie aufgeht und untergeht. Ich könnte planlos im Zeitsee schwimmen, morgens stundenlang liegenbleiben, dann fernsehen, schlafen, wie es sich findet, und zur Nacht rausgehen. Nicht an die Zeit denken, nicht im voraus zumindest. Nicht den Morgen erwarten, nicht den Abend, nicht mehr von der *Wiederkehr des Tages* reden, die Tage nicht *an*brechen und *ab*brechen lassen. Nicht nach dem immer gleichen Muster leben in endloser Wiederholung wie in dem wunderbar grotesken Film *Jeden Morgen grüßt das Murmeltier*, in dem sich ein Tag in einer endlosen Zeitschleife verheddert hat und immer wieder als derselbe anfängt. Und jeder zurück muss zum immer gleichen Morgen. Und nur einer, der Reporter, die Situation begreift und seinen Schabernack in den Tag einbringen kann, ohne allerdings Spuren zu hinterlassen. Die Nebenfiguren merken es nicht und können nichts ändern. Ohne Einsicht keine Chance auf ein Entkommen.

In fast allen Filmen, in denen die Zeit zurückspult, muss zuerst eine Ahnung aufkommen, und die Figuren versuchen einen Ausweg zu finden, etwa indem sie Erinnerbares in dem Tag zurücklassen oder herausfinden, was rückgängig gemacht werden muss, um vielleicht einer Katastrophe zu entkommen. Immer steckt dahinter: Etwas an dem letzten Tag ist nicht in Ordnung gewesen, etwas läuft falsch (und somit taugt jeder Tag für dieses Spiel), also muss die Zeit angehalten werden. Und wenn alles wieder im Lot ist, ist der nächste Morgen wirklich neu, und es geht wieder weiter *Tag für Tag*. Auch für die Nebenfiguren. Merken sie es? Und was ist mit mir? Was ist, wenn ich längst schon allein in einem Raum sitze, der mein Tag ist? Verzettel ich die Tage, um zu merken, dass sie sich unterscheiden, oder bekomme ich den immer gleichen verzettelten Tag? Habe ich überhaupt die Chance, etwas zu ändern? Oder ist es nur noch eine Einbildung, der ich nachhänge, von Zeit zu Zeit, weil ich nun mal glauben möchte, ich hätte noch die Freiheit eines anderen Tages? Jeden Morgen grüßt, so ist das, und ich kann mich nicht erinnern, jemals morgens liegengeblieben zu sein. Wie heißt es so ironisch bei Saramago: *Alles zu seiner Zeit, man wird nicht früher sterben, weil man früher aufgestanden ist.*

Wahrscheinlich hätte ich anders entschieden, wenn ich geahnt hätte, was mich in der Klinik erwartete. Das Chaos begann schon auf dem Weg, die Stadtbahn war überfüllt, kam nur stockend voran, an den Klinikeingängen massenhafter Andrang, alle Anmeldehallen belagert. Dabei wurden die Wartenden sofort sortiert: in Besucher von Einfach- und Intensiv-Kranken, in Antragsteller, in Notfallpatienten und Patienten für die ambulanten Praxen. Ansagen und Displays dirigierten die Menschen, die wegen MANE kamen, auf eine extra eingerichtete Station. Und es schienen Tausende wegen MANE gekommen zu sein. Ich weiß nicht, ob sie noch auf ein Rezept hofften oder den Entzug nicht aushielten, es war lärmend voll von hektischen, entnervten und protestierenden Menschen, wie in der Abflughalle eines großen Flughafens. Und tatsächlich musste jeder durch eine »Schleuse«, Gepäck wurde durchleuchtet, Daumen gescannt, eine optographische Aufnahme der Augen und ein Atemtest gemacht. Furchtbar. Es hieß, die Kontrolle solle ansteckend Kranke und gefährliche Mitbringsel von den Stationen fernhalten. Einige der Besucher wurden noch zu weiteren Untersuchungen gebeten, ich zum Glück nicht. Eigentlich erstaunlich, dass ich mir das gefallen ließ, dass fast alle mitmachten, wenn auch unter Protest. Wenn mein Kind oder mein Mann im Krankenhaus läge, klar, dann müsste ich es durchstehen – doch das ganze Theater für Carla? Da war aber fast ein und eine halbe Stunde vergangen, und ich wollte nicht umsonst gewartet haben. Habe einfach nicht rechtzeitig daran gedacht umzukehren, war unkonzentriert und müde. Erst nach dem Augen-Test wurde mir klar, dass vielleicht nach MANE gefahndet wurde, dass sich die MANE-Einnahme in jeder Haarprobe und im Blut nachweisen ließ. Da hätte ich ja auf der Hut sein müssen, aber da war es zu spät.

In den oberen Stockwerken der Klinik war es ruhiger, endlich so, wie ich es mir vorgestellt hatte. Auch der Geruch war vertraut, auf dezent unsympathische Weise vertraut. Ich wagte die Stationswacht zu fragen, ob viele durch MANE krank geworden seien, bekam einen unwilligen Blick, der klarstellte, sie habe Besseres zu tun, als lästige Fragen zu beantworten, erfuhr nur: »Seit einer Woche ist hier die Hölle los.« Ich setzte vorsichtig nach: »Also gibt es das Chaos erst seit dem Verbot?« Ich wurde nicht mehr angeschaut, hatte, so schien es, eine unmögliche Frage gestellt. Eine Zumutung, dafür eine abwiegelnde Antwort finden zu müssen, dazu ist niemand Stationswacht geworden, ich konnte froh sein, dass ich überhaupt noch eine Antwort bekam: »Das scheint nur so.« Dass die Antwort so dürftig war, kränkte mich nicht, das verstand ich, ich bin ja selbst gerne im Ungefähren zu Hause, das Ungefähre stört allerdings, wenn es mit einer Abweisung verbunden ist, ich aus dem Genauen ausgeschlossen werde. Ich war nicht um die Antwort, sondern um die Freundlichkeit betrogen, die hätte mir zugestanden, ein einfaches »Das verstehen wir auch nicht« hätte genügt. Ich machte, dass ich davonkam.

Carla war ein winziger dunkler Fleck in viel zu viel Weiß. Sie ist zu klein für so viele Betten, dachte ich, nicht das Zimmer. Sie freute sich, lachte wie immer. »Du meine Güte, dass du diesen Besuchsstress auf dich genommen hast, ich hab ja Schreckliches von den Prozeduren für die Besucher gehört, riesig nett von dir.« Ich setzte mich auf einen kleinen Stuhl vor ihr Bett (daneben war kein Platz), nahm dankbar Mineralwasser an, gab zu, dass ein bisschen Ausruhen jetzt ganz guttat. Ihre »kleine Lungenentzündung« heile passabel, und übermorgen werde sie vielleicht schon entlassen. »Es ist nicht so schlimm hier, wie es aussieht, ich meine das Achtbettzimmer, die anderen hier sind sehr nett, und der Badkomplex extra für dieses Zimmer ist okay. Ehrlich.« Sie lachte wieder, damit ich auch merkte, dass ihr zum Lachen zumute war. »Na gut, es ist schon ungewohnt, so eng mit den andern zusammen, klar, auf Dauer wäre das grauenhaft, natürlich denke ich, ach, die paar Tage, du verstehst.«

Ich verstand und schaute mich prüfend um, die anderen Betten waren erkennbar benutzt, aber leer. Carla nickte. »Ja, die sind alle auf und davon in die Cafeteria, der sogenannte Park ist von den Warteschlangen okkupiert. Viel Auswahl ist nicht, ich könnte durchaus auch in die Cafeteria gehen, wenn du dahin willst, ist aber alles voll ...« – »Bloß nicht, nicht schon wieder Gewühle, ist doch okay hier, endlich mal Ruhe.« – »Also das habe ich vorhin auch gedacht.« – »Bevor ich kam.« – »Also du störst nun wirklich nicht.« – »Die Frauen sind nett, hast du aber vorhin gesagt.« – »Ja, schon ... ja. Aber dieses ewige Gequatsche über alles, jeder über sich und alle über alles, da bin ich glatt wieder bei meiner Spezialbeschäftigung: Lebensgeschichten, da komm ich nicht aus der Übung, gleich siebenfach. Neu ist allerdings, ich soll selber was erzählen, ich kann mich nicht raushalten, das ist noch schlimmer. Entsetzlich, wie langweilig das eigene Leben ist, ich kriege nichts Gescheites zusammen, geradezu deprimierend.«

Ich protestierte, wie es sich gehört. Carla winkte ab. »Alle tun so, als würden sie sich gegenseitig zuhören und hätten Verständnis füreinander. Und ich spiele gerne mit und glaube auch gerne daran. Aber wenn ich dann anfange zu denken, ich sei den andern tatsächlich etwas nähergekommen, wollen die doch ernsthaft die *MagischenFünf* ansehen, diesen Schund, nicht zu fassen, die neue Staffel pünktlich zum ersten Start. Und ich kann nichts sagen, wo ich mit meinem professionellen Blick doch gleich sehe, wie schlecht alles gemacht ist. Weißt du, der Gral, der diesmal gefunden werden muss, ist das Gegengift zu MANE, und es ist schnell abzusehen, dass die Suche über und unter Wasser, unterirdisch und im Weltraum stattfinden wird, weil die Schablonenanimation da ja viel einfacher zu handhaben ist. Aber hier im Zimmer wird über die einretuschierten Personen gelacht ... und irgendwie ist es auch nett, diese Lacherei unter Frauen. Na ja ... Bist du sicher, dass du nicht in die Cafeteria willst?«

Ich holte lieber ein paar Getränke aus dem Automaten im Klinikflur. Dann sollte ich reden (ja, jeder ist mal an der Reihe). Ich hatte keine Lust, erzählte nur ein bisschen von Mira, Bärbels Not mit den alten Eltern, Mäxchen, schwieg über meinen Sonntag. Nur bei der Verhaftung von Apotheker Klein wurde ich ausführlich, fragte, ob sie da etwas wisse. Aber Carla hatte durch ihre Krankheit gar nichts mitbekommen, nur dass MANE Teufelszeug sei, hatte man ihr andauernd in der Klinik erzählt, und dass es sie geschwächt habe.

»Ich habe es gerade anders empfunden und bin mir ganz sicher, dass ich mit MANE besser durch den Tag komme. Mir graut richtig vor der Zeit ohne, aber ich darf das hier nicht erzählen. Im Grunde trau ich mir gar nicht zu, meinen KatPlus-Job ohne MANE hinzukriegen. Ich meine, falls ich den Job nicht durch meine Ausfallzeit ohnehin verloren habe, das sind alles ganz elende Aussichten.«

Jetzt wäre natürlich die Wahrheit über MANE eine wunderbare Antwort gewesen. Aber ich zögerte, ich zögerte nicht nur, sondern schaffte es einfach nicht, nicht einmal eine Andeutung. Es war die erste verpasste Gelegenheit, es zu sagen. War es aus Angst? Es hätte ja jeden Moment jemand ins Zimmer kommen können, und Carla hätte sich ungebührlich aufregen und noch laut sein können vor diesem Jemand und nicht schweigen wollen, *das muss man doch erzählen*, und ich wäre mit der Situation überfordert gewesen. Oder wollte ich nicht teilen? Es muss nichts bedeuten, dass ich es schon gekonnt habe. Fehlte mir einfach die Geistesgegenwart, mich im richtigen Augenblick zu entscheiden? Ihr Gesicht war so fremd in diesem Moment, so wehleidig amüsiert oder auf selbstmitleidige Art tapfer oder auf kokette Weise leidend, nein, das trifft es nicht, das passt nicht – und das ist es im Grunde: Das Gesicht passte nicht. Sie hatte einen für ein solches Gespräch ganz unpassenden Gesichtsausdruck, wie sollte ich da reden können. Ihr sagen, dass ich zu den wenigen Glücklichen gehörte, die noch etwas MANE bekommen hätten, und dass MANE sogar das Leben verlängere und allen und also auch ihr ohne MANE Lebenszeit vorenthalten werde? Es war einfach *unmöglich*. Das Mögliche war: Noch einmal von dem Theater am Klinikeingang zu reden, also davon, dass es so vielen so gehe wie ihr, dass so viele nicht verstünden, alles ein solches Durcheinander sei und so weiter und so weiter.

Carla wusste von Veronikas todkrankem Mann und dass es einen einfach zu passierenden Übergang gibt, wo man sich zur Cafeteria der Intensivstation durchmogeln kann. Als ich ging, winkte sie mir fröhlich nach, dankbar über meinen Besuch, als hätte ich ihr einen Liebesdienst erwiesen. Ich fühlte mich beklommen, winkte lächelnd zurück und wusste, es war schäbig von mir, es für mich zu behalten, trotz ihres fremden Gesichts. Es war auf unbehagliche Weise ungewohnt, so gelogen zu haben, natürlich ist es eine Lüge, und mir wurde bewusst, dass ich womöglich fünfzig Tage auf diese Weise lügen und vortäuschen müsste, mir war tatsächlich, als müsste es mir schwerfallen. Das Durchmogeln war kein Problem, da fühlte ich mich sicher, da war ich durch lebenslange Praxis vorbereitet, traumwandlerisch unsichtbar über die Gänge und durch die zwei Türen *Zutritt nur* zu gehen. Niemand achtete auf mich, niemand fragte nach der fehlenden Besucherregistrierung. Wie selbstverständlich gelangte ich zur *IntensivCafeteria Zutritt nur*, sah schon von außen, es war ein großer, heller Raum mit Pflanzen und abgetrennten Nischen. Schön ist es hier, dachte ich sofort, und wohltuend ruhig. Die wenigen Leute, die zu sehen waren, bemühten sich offensichtlich noch, besonders still zu sein.

Veronika war eine kleine, blasse Figur in der Fensterecke, sie saß da ganz allein, bewegte sich nicht, schien überhaupt nichts zu tun. Ich setzte mich in den Sessel gegenüber, so dass sie mich sehen konnte, falls sie wollte, und wartete ab. Sie schaute hoch, wischte die verschmierte Wimperntusche aus dem Gesicht, als müsste sie sich für meine Gesellschaft herrichten, schenkte mir ein verzerrtes Lächeln. Ein Assistent kam zu ihr, flüsterte: »Es ist alles vorbereitet, in einer Stunde kommt Doktor Mendent, ich lasse Ihnen noch ein bisschen Tee und Kekse bringen, damit Sie das auch durchstehen, und wenn Sie noch etwas brauchen, Sie wissen ja.« Veronika nickte nur, ein Mädchen brachte dann Tee – auch für mich –, und alles war wieder ruhig.

»Schön, dass du da bist. Ja. Ich hab gedacht, ich will allein sein, und hab dummerweise niemandem etwas gesagt, wusste ja nicht, wie das ist und wie lange alles dauert. Also alleine ist das nicht einfacher, das ist wirklich nicht das Richtige. Immerhin habe ich die Kinder noch angerufen, ist doch unmöglich, sie auszuschließen, das geht doch nicht. Die sind jetzt unterwegs, aber erst in einer Stunde da. Jetzt muss ich noch diese Ewigkeit warten.« Als ich fragend blickte, wie immer verstand ich die Situation nur ungefähr, erklärte sie: »Hans-Georg ist schon sehr lange krank, war schon vor zehn Jahren aufgegeben und hat es bis vorgestern geschafft, ich meine, vorgestern war der Punkt endgültig überschritten, an dem es noch Hoffnung gab. Er hat seit langem festgelegt, dass er die finale Unterstützung will. Das künstliche Koma bewahrt ihn vor Schmerzen, vor drei Tagen war er noch einmal kurz bei Bewusstsein, aber es geht einfach nicht mehr.«

Ich war zu einem unmöglichen Zeitpunkt gekommen, wollte mich entschuldigen, aber Veronika wehrte ab: »Nein, nein, wirklich, ich bin froh, dass du hier bist. Es ist so unheimlich ruhig hier, so unwirklich still, man ist so verlassen in dieser Warterei. In bin dieses einsame Warten so leid. Ich weiß nicht, wie ich das sagen soll, ich meine, ich rechne doch schon seit langem damit, und doch ist alles ganz fremd, viel schwerer auszuhalten, als ich dachte. Ich hoffe einfach nur noch, dass es bald vorbei ist. Vorhin habe ich gedacht, dass ich in zwei Stunden nach Hause kann, fühlte mich so müde, fühlte gar nichts, nur: Schön, dass ich bald zu Hause bin.« Jetzt weinte sie ein bisschen, und ich nahm ihre Hand. Wieder schwiegen wir eine ganze Weile, schauten nach draußen. Wir hatten einen Panoramablick von hier oben über die halbe Stadt, die übliche kleinteilig verschachtelte Landschaft mit vielen beweglichen Punkten und langsam wachsendem Lichtermeer, einem Himmel, der alles klein machte, und schwerfällig vorbeiziehenden Wolken, die sich beruhigend von dem Gewusel abhoben. Natürlich, noch ein bisschen warten, und wir sind wieder zu Hause.

Veronika wurde gefragt, ob sie gerne Musik hören wolle, Mozart vielleicht oder Bach, eine Tablette brauche oder vielleicht ein Glas Sekt, aber sie schüttelte nur den Kopf. Es schienen eine Menge Leute da zu sein, die Zeit hatten, sich zu kümmern. Welch ein Gegensatz zu der unfreundlichen Hektik von vorhin. Wieder musste ich an einen Film denken, einen uralten Film, ja, es ist furchtbar, dass zu allen Anlässen Filme in meinem Kopf herumgeistern. Er spielte in einer düsteren, von Hunger gebeutelten Zeit und zeigte, wie denjenigen, die sich dazu entschlossen hatten, sich töten zu lassen, mit größtem Respekt und einer Freundlichkeit, die sie noch nie zuvor erfahren hatten, ein letzter Musik- und Filmwunsch erfüllt wurde und sie noch einmal die untergegangene Welt sehen durften, die sie nicht kennenlernen konnten. Wie das Abtreten aus der Hungerwelt als freiwillige, aber heftig umworbene Reduzierung des Elends belohnt wurde, belohnt durch ein paar schöne Augenblicke. Es war blödsinnig, jetzt daran zu denken, vollkommen unangebracht.

Veronika fing an zu reden, zeigte mir Bilder von Objekten, die Hans-Georg gesammelt hatte, erzählte, bei welcher Reise sie die Masken gefunden hätten, welche Replikate seien, welche Originale (»nur zwei, drei«) sie aus dem Land geschmuggelt hätten. Hans-Georg habe immer wieder erklärt, jede Maske verwandle den Träger, gebe ihm eine andere Zeit, eine geliehene Kraft. Getaucht in ein neues Leben müsse der Verwandelte mit den Aufgaben fertig werden, die in dem neuen Leben auf ihn zukämen, die er zuvor nicht erahnen konnte, wobei er auf eine Weise scheitern könne, die auch seine vorige Existenz unmöglich mache. »Ach, jetzt rede ich ja wie er, wiederhole noch mal die Sprüche, die bei uns sozusagen an den Wänden gehangen haben, plapper einfach, ohne nachzudenken. Will auch nicht nachdenken. Weißt du, Hans-Georg hat keine Ruhe gegeben, war ständig mit tausend Planungen beschäftigt, mit dem Zerreden der Dinge, die er noch vorhatte, der Zeit, die ihm noch fehlte dafür, musste mir tagelang erklären, was er alles falsch gemacht habe und unbedingt ändern müsse, was unbedingt noch zu tun sei, was er endlich zuwege bringen müsste, wenn er endlich mal Zeit haben würde. Konnte stundenlang lamentieren darüber, dass er die richtige Zeit nicht gehabt habe. Nach außen so souverän und entspannt, war er im Grunde in fürchterlicher Anspannung und in Sorge, dass er nicht fertig werden würde. Und ich konnte ihm nicht helfen, nur zuhören, und da kannte er keine Gnade, das musste sein, am meisten brauchte er mich zum Zuhören.

O Gott, jetzt fange ich an mich zu beklagen, das ist ja grauenhaft, über die Ruhe, die gefehlt hat, meine Ruhe natürlich, wo sie doch jetzt gewissermaßen kommt, allerdings ganz anders kommt, wer weiß, ob das jetzt Ruhe ist. Ruhe, fürchterliches Wort, wenn der Tod gemeint ist, so abgeschmackt. Ich bin einfach nur müde und so durcheinander.« Sie schüttelte den Kopf und beide Hände, als ich etwas sagen wollte. »Lass mal. Ich weiß, du willst was Nettes sagen, okay, jeder hier neben mir würde jetzt sagen, er versteht mich, trotzdem ist es einfach furchtbar, hier zu warten und zu reden, als wäre es schon vorbei. Und ich plane schon für danach, kann einfach nicht aufhören damit, was mache ich dann, was zunächst, was danach. Denke schon an die Abschiedsfeier, die ich ganz schnell machen will, so schnell wie möglich, immerhin so, wie er es gewollt hat. Also mit verschiedenen Aufführungen und einer Ausstellung von Objekten aus seiner Sammlung. Das Ganze natürlich unabhängig von der eigentlichen Beisetzung, die soll sehr privat sein. Ich will das einfach hinter mich bringen. Dann will ich für seine Freunde erst mal unerreichbar sein, vielleicht eine Reise machen.

Er wollte ja auch noch einmal verreisen, hat leider nicht rechtzeitig von der Firma lassen können, es immer aufgeschoben. Im Grunde ist er auch früher nicht so viel gereist. Die Reisen waren immer Ausnahmen, er hat sie nur so gerne in den Mittelpunkt gestellt. Und er hatte nie Probleme mit den Ämtern, die Reiseerlaubnis hatte er immer bekommen, der Umweltfaktor galt irgendwie auch nicht für ihn, da konnte er wunderbar tricksen. Nein, er hat oft gezögert, hat monatelang das Für und Wider diskutiert, dieses *Ich hasse Reisen und Forschungsreisende* von Lévi-Strauss zitiert, alles für Unsinn gehalten, was einen aus dem

Land treibt. Außerdem war er ja krank, hat sich auch deshalb lieber um die Kunst und die Firma gekümmert – aber warum erzähle ich das jetzt alles, alles so durcheinander, das wird Hans-Georg doch gar nicht gerecht ... So lieblos. Ich will gar nichts mit dem hier zu tun haben, am besten gar nicht hier sein, wünsch mir schon wieder, dass es vorbei wär.«

Sie drehte unwillig den Kopf zu den Fenstern, als wollte sie nicht wieder ein heulendes Gesicht zeigen, die Kontrolle über ihre Mimik zurückhaben, starrte stumm in den Spätnachmittagshimmel, der gerade ins Farblose absackte. In die Lichterpunkte, die die Oberhand gewannen und linienförmig Wurzeln in den zunehmend diffusen Hintergrund fraßen, rasterartig Türme bildeten, sich wie kleine Irrlichter langsam aneinander vorbeischoben.

In diesem Augenblick kamen die Kinder. Blass, erschrocken fast, blieben sie unsicher am Eingang stehen. Als seien sie nicht vorbereitet auf das, was jetzt kam, als hätten sie keine Zeit gehabt, ihre Mimik in Ordnung zu bringen. Kinder in den Vierzigern, die ein bestürztes Gesicht aufsetzen, weil der Vater stirbt. Sie taten mir leid. Ich blieb sitzen, als Veronika ihnen entgegenging, nickte nur zum Abschied, sah, wie sie von einem jungen Arzt abgeholt wurden.

War das schön, dass ich jetzt einfach hinausgehen konnte, die Schritte auf dem Flur so lebendig klapperten, der gewohnte Lärmpegel anschwoll, dass ich leicht an den noch immer wartenden Menschenknäueln vorbeikam – müde, angespannte, wütende Gesichter, zum Glück durch eine Glaswand getrennt. Mir war, als starrten sie hasserfüllt zu mir herüber, aber nein, »ungläubig« ist das passende Wort, die Gesichter starrten ungläubig, dass ihnen das passierte, dass sie so warten mussten in langen Reihen. Vermutlich dachten sie »auf unsere alten Tage«. Vor wenigen Jahren noch wären sie mir auch alt vorgekommen mit ihren siebzig, vielleicht achtzig, neunzig Jahren, aber das hat sich ja inzwischen gründlich geändert. Ich versuchte, nicht hinzuschauen, wollte auf keinen Fall jemanden erkennen.

Draußen schien der Eingangsbereich der Klinik größer und weiträumiger geworden zu sein, mittlerweile zugestellt mit zusätzlichen Bussen, vor denen auch Menschengruppen warteten. Fahrbare Service-Stationen für Fragen und Anliegen wegen MANE. Polizeiwagen standen mit Blaulicht, aber ohne Sirene an den Einfahrten, möglicherweise ist es zu Zwischenfällen gekommen, dachte ich, grüßte freundlich die Beamten. Vielleicht machen sich ja gerade die verdächtig, die im Moment keine Probleme wegen MANE haben – die besaßen ja womöglich noch Tabletten, die sie verbotenerweise einfach nahmen, so wie ich. Es ist ja hoffentlich der Aufwand zu groß, Tausenden kleine Mengen an Tabletten abzunehmen, unsinnig, so etwas zu denken. Und von meinem Buch können sie nichts ahnen, mich werden sie in Ruhe lassen, da kann ich sicher sein.

Zu Hause schaltete ich alle Lichter an, damit meine drei Fenster in den Abend leuchteten, war froh über die Ruhe in meiner Wohnung, über das unscheinbare Leben, das zu unbedeutend war, um behelligt zu werden, räumte ein bisschen auf, nahm mir vor, morgen Blumen zu kaufen, kochte eine Kleinigkeit. Aus der Einkaufstüte, die Enno am Sonntag vorbeigebracht hatte, holte ich endlich die frischen Tomaten, Weintrauben und Nüsse. Köstlichkeiten. Und gestern war ich zu dusselig gewesen, mich darüber zu freuen.

Eka hatte eine Nachricht geschickt. Nichts Persönliches, nur Daten zu ihren letzten Arbeitsprojekten, ein nichtssagender Gruß, ein Mama-jetzt-habe-ich-dir-geschrieben-Brief, vielleicht bin ich auch nur in den Verteiler für ihren allmonatlichen Rundbrief aufgenommen. Ich konnte auch ihre Stimme hören, ihre Moderatorenstimme, nicht das, was ich gestern gerne gehört hätte. (Ich muss ihr den Mona-Brief ja auch erst schreiben.) Aber ich freute mich, eine Mutter freut sich immer, und diesmal war es auch wegen Mira. Ich konnte ihr ja nun auf eben dieselbe einfache Weise eine Nettigkeit erweisen wie Eka mir und leitete die Nachricht an sie weiter. Mira wird sich jetzt auch die Fotos anschauen, sich auch fragen: Wie fremd ist mir dieses Gesicht, kann ich etwas von diesem Leben begreifen, warum ist es so überraschend anders, als ich es mir vorgestellt habe. Mira wird sich vielleicht über die Überraschung freuen, denken, sie habe jetzt etwas erfahren. Ich bin schon dabei, jede Überraschung klein zu machen, hoffe: Wenn Eka zurückkommt, werde ich das, was neu und fremd an ihr scheint, mit dem in Verbindung bringen, was sie bisher für mich war, ich will damit rechnen, dass ich die Vertrautheit wiederbekomme. Es wäre nicht auszuhalten, wenn es mir gelingen würde, Mira zu verstehen, es kann ja zum Glück nicht sein. Aber ich muss ihr nicht übelnehmen, dass sie so unerreichbar verlassen ist. Sie beginnt mir angenehm zu werden seit dem Besuch. Angenehm schon allein, weil es so einfach ist, ihr eine Freude zu machen, da sind die meisten ja maßlos anstrengend, und auch – dies war ein überraschender Gedanke – weil sie mich nie in Verlegenheit bringen würde, etwas über meine fünfzig MANE erzählen zu müssen, und es das Allernatürlichste wäre, darüber zu schweigen. MANE interessierte sie ja nicht. In diesem Moment beschloss ich, sie wirklich noch einmal zu besuchen.

Ich saß mit einem Buch am Fenster, als es schellte, wie lange ich schon gelesen hatte, weiß ich nicht mehr. Es war die übliche Zeit für die Post, aber eine persönliche Zustellung zu bekommen, war vollkommen ungewöhnlich, ich hatte seit Jahren keinem Zusteller mehr die Tür geöffnet. Der junge Mann wunderte sich, dass ich nicht wusste, dass man per Daumen-Scan den Empfang bestätigen musste, er hatte es eilig, und Erklärungen sind ja zeitraubend, also verschwand er, bevor ich noch etwas fragen konnte. Die Sendung war neutral verpackt, erst beim Auspacken begriff ich, es war eine amtliche Vorladung zur Befragung. Augenblicklich war mir flau, mein Herz schlug ohne Rücksicht darauf, dass ich atmen musste, ich setzte mich auf mein Bett, versuchte zu verstehen, warum ich mich so bedroht fühlte. Was konnte denn überhaupt gegen mich vorliegen, was konnte ich übersehen, was mich verraten haben, in welche Falle könnte ich bei der Befragung tappen? Es gab doch niemanden, der mich hätte denunzieren können, entsetzlich wäre natürlich, wenn Hermann verhaftet worden wäre, aber so weit wollte ich mit meinen Befürchtungen nicht gehen. Die größte Angst hatte ich vor einer Durchsuchung meiner Wohnung. Meine MANE konnte ich nicht besser verstecken, falls sie gefunden würden, wäre ich vollkommen überfordert. Vielleicht würde ich verhaftet werden, und ich könnte mich noch nicht einmal mit Naivität oder Vergesslichkeit herausreden. Das Versteck war zu kompliziert, um etwa zu behaupten: Ach, das habe ich gar nicht gewusst, dass ich noch so viele MANE habe. Darf man die denn jetzt gar nicht mehr nehmen?

Mir wurde klar, dass ich keine Lösung finden würde, ich musste bei dieser Befragung einfach Glück haben. Erscheinen sollte ich in der Bürgerzentrale innerhalb von drei Tagen, jeweils zu bestimmten Zeiten am Nachmittag. Um die Zeit der Angst möglichst kurz zu halten, musste ich gleich an diesem Nachmittag hin. Drei lange Stunden verbrachte ich wartend, schwankte zwischen Angst, Wut und Selbstmitleid: dass mein schöner Tag so ruiniert wird, dass ich mit meinen siebzig Jahren so aus der Fassung zu bringen bin – und dass ein verbotenes Vergnügen in Gefahr ist. Ich hoffte in meiner gewohnheitsmäßigen Logik, also der, mit der ich gewohnheitsmäßig das Leben ausgehalten habe, es wird schon gutgehen, mir wird nichts passieren, ich muss nur souverän und freundlich auftreten, dann macht sich niemand die Mühe, weiter nachzuforschen, und Hermann ist bestimmt in Sicherheit.

Dass das Bürgerzentrum in einem ehemaligen Kaufhaus untergebracht war, wusste ich, aber nicht, dass es keine baulichen Veränderungen gegeben hatte. In die ehemaligen Einkaufsetagen waren nur Glaskästen als Raumteiler aneinandergereiht, durch ebenfalls gläserne Wege getrennt. Leuchtröhren, Monitore und Anzeigedisplays spiegelten sich fortlaufend in den verschiedenen Flächen. Es war gleißend hell, Spiegel an den Decken steigerten die Verdoppelungen, und der Raum war vollgepackt mit Menschen – oder schien das durch die vielen Reflektionen so? Menschen an Monitoren, in Wartekästen und seltsamerweise viele, die von Schreibtisch zu Schreibtisch wanderten, es waren doch sicherlich alle Arbeitsplätze mehrfach miteinander vernetzt, was sollten diese ständigen Wanderungen?

Im Eingangsbereich musste ich die Nummern meines Schreibens eingeben und meinen Daumen scannen lassen – zum vierten Mal in einer Woche – und erhielt eine Weisung sowohl auf der Anzeigetafel als auch eine scheppernde Ansage. Erst jetzt merkte ich, es war hier keinesfalls leise, ein vielschichtiges Summen, vermutlich von den tausend Geräten auf der Etage, und ein diffuses Hintergrundgemurmel waren ständig zu hören. Eine ältere Frau saß lächelnd in einem besonders kleinen Glaskästchen, sie schien nichts von mir zu wollen. Darüber hatte ich gelesen: dass in den öffentlichen Eingangshallen jetzt KategorieSmile-

Jobber beschäftigt werden, ohne weitere Aufgabe als die, einfach nur da zu sein. Ich grüßte kurz und ging in den mir zugewiesenen Wartekasten, sehr einfach zu finden. Zwei müde junge Leute hockten schon da, so geistesabwesend blickend, dass ich kein Gespräch anfing. Während ich dort saß, beobachtete ich, wie etliche Wartende von Kasten zu Kasten geschickt wurden, auch ich wurde nach einer halben Stunde in einen anderen Raum gerufen. Dort wartete niemand, es kamen aber dreimal Angestellte mit Akten vorbei, einfach rätselhaft. Das grelle Licht lag warm auf meinem Kopf, ich spürte die Wangen heiß und rot werden, den Rücken steif auf dem gelben Stuhl, nur für die Füße hatte ich kein Gefühl mehr, sie gingen wie schwerelos in den dumpfgrauen Boden über, als schliche etwas wabernd Graues aus dem Untergrund in meine Beine und raube mir die Kontrolle. Jetzt nicht schon wieder an einen Film denken, nicht an geisterhafte Lähmungen, extraterrestrische Vergiftungen, schleichende Mutationen, die den Wartenden verschlingen. Ich bin doch nur auf mir fremde Weise müde. Ich muss mich gegen diese Atmosphäre von Unwirklichkeit wehren, einen klaren Kopf behalten. Wie lange mögen die beiden jungen Leute schon gewartet haben, die so geistesabwesend geschaut hatten, dachte ich gerade, als ich aufgerufen wurde. Ich schaffte es tatsächlich, gleich aufzustehen und zügig auf den Mann hinter der Glaswand zuzugehen, der konzentriert seinen Monitor anstarrte, als bemerke er mein entschlossenes Kommen nicht. Und doch hatte ich das Gefühl, beobachtet worden zu sein. Er hob kurz den Kopf und zeigte mir den Stuhl.

»Einen Moment bitte«, sagte er ohne weitere Begrüßung. Ich setzte mich, sah ihn so ruhig an, wie ich konnte.

»Tja also, Sie kommen, also da muss ich noch mal nachschauen ... ach ja.« Er blickte endlich auf.

»Sie sind aber schnell da, den Brief haben Sie doch gerade erst erhalten. Unruhig?«

Schon diese erste Frage brachte mich aus dem Konzept, mit solch herablassender Unfreundlichkeit hatte ich nicht gerechnet, ich brauchte ein paar Sekunden, bis ich überhaupt antworten konnte, das pochende Herz war so lästig. Ich versuchte, die Leutselige zu spielen.

»Also wissen Sie, morgen habe ich einen Französischkurs, und am Donnerstag betreue ich meinen Enkel, da bin ich lieber heute schon gekommen. Ich würde sagen, ich bin neugierig, ich bin zum ersten Mal hier.«

Er lehnte sich zurück, strich sich durch die struppigen Haare, gähnte offen, das war unverschämt, blickte mich gewitzt und durchdringend an. »Ja, was denken Sie denn, warum Sie hier sind?«

Ich war ratlos, auf der Suche nach einer halbwegs intelligenten Antwort versuchte ich, mich gerade hinzusetzen, die Beine neu übereinanderzuschlagen, wenigstens eine selbstbewusstere Körperhaltung einzunehmen. Was nicht gelang, ich merkte es an seinem spöttischen Grinsen. Mir fiel ein, dass er seinen Namen nicht genannt hatte.

»Also hören Sie mal, ich bin so nett, gleich zu kommen, wenn Sie mich auffordern, und Sie sagen mir nicht einmal Ihren Namen und wollen nicht zur Sache kommen. Woher soll ich denn wissen, was Sie von mir wollen?« Ich lächelte sogar ein wenig (das war sehr gut, merkte ich). »Ich hab sogar überlegt, dass es vielleicht ein Irrtum ist, eine Verwechslung, falls Ihnen so etwas passieren kann.«

»Na gut«, sagte er, sich ein bisschen aufrechter hinsetzend, »ich bin Kommissar Weiland, ich muss Ihnen noch sagen, dass diese Befragung aufgezeichnet wird. Sie können natürlich um Rechtsbeistand bitten.«

Bevor ich antworten konnte, kam eine junge Frau herein und zeigte ihm ein Pad, er spielte auf der Tastatur, bis die Frau wieder ging.

»Also wo waren wir stehen geblieben?«, fragte er, ohne den Blick vom Bildschirm zu wenden. »Sie sind ja ganz schön viel unterwegs.«

»Also das stimmt nun wirklich nicht, ich bin die meiste Zeit zu Hause, bin eigentlich viel zu viel zu Hause, ich such mir geradezu Anlässe, um mal rauszukommen.«

Weiland räkelte sich wieder in seinem Stuhl, strich sich diesmal übers Kinn. »Aha, das war dann am Sonntag die TefA-Ausstellung, und in der Klinik haben Sie einen Besuch angemeldet.«

»Sie wissen ja gut Bescheid, also die Ausstellung am Sonntag fand ich ein bisschen anstrengend, wenn Sie es genauer wissen wollen, und in die Klinik bin ich eigentlich ungern gegangen, es war wegen einer Freundin, und dort war ein furchtbares Chaos wegen MANE.«

Es entstand eine Pause.

»Tja, das gute, vielgeliebte MANE«, sagte er und blickte mich dabei herausfordernd an, »das nehmen Sie ja wohl noch, entgegen dem ausdrücklichen Verbot, nicht wahr, und im Übrigen, es steht Ihnen, Sie sehen ja wirklich jung aus.«

»Sehr freundlich von Ihnen, das höre ich natürlich gerne«, hörte ich meine unnatürlich hohe Stimme sagen, als ginge es tatsächlich um ein Kompliment. »Ja also, Sie unterstellen mir, MANE weiter zu nehmen, also, das ist ja nun so, dass das Verbot gerade eine Woche alt ist, aber ich bin ja nun alt, auch wenn Sie so nett sagen, dass ich jünger aussehe« – ich versuchte zu lachen –, »also zuerst habe ich die Nachricht nicht so richtig realisiert, so in der Art: erst mal abwarten, ob das ernst gemeint ist. Natürlich besaß ich noch ein paar Tabletten und habe dann überlegt, ich setze es schleichend ab. Wenn Sie gesehen hätten, was in der Klinik los war, also dann würden Sie mir zustimmen, dass das nicht unvernünftig ist. Sie haben mich also herbestellt, weil ich noch nicht vollständig MANE-clean bin, das ist es, nicht wahr, der Klinik-Besuchertest hat Ihnen Hinweise gegeben, natürlich. Jetzt müssen Sie sich um alle kümmern, die noch ein bisschen MANE im Blut haben, da haben Sie bestimmt viel zu tun.«

Weiland schien überrascht, dass ich es so gelassen zugab, aber wie sollte ich so dumm sein, etwas zu leugnen, das er vielleicht beweisen konnte. Er starrte mich an.

»Da hab ich durchaus Besseres zu tun. Aber um die, die Vorräte horten, muss ich mich schon kümmern. Wohnungsdurchsuchung, Anzeige, Haft unter Umständen, nicht wahr?«

»Versteht sich«, sagte ich nur, merkte, dass ich leider schwitzte.

»Warm hier, nicht?«, sagte er schadenfroh.

»O ja«, sagte ich nur, hatte Angst, meine Stimme könnte zittern.

Er wartete wieder einen Moment. Ich wusste nicht, wohin ich schauen sollte, rechts würde ich eine verzerrte Spiegelung meiner Gestalt in der Glaswand sehen, das war nicht ermutigend, links eine Person in dem Nebenraum, die in derselben Lage sein musste wie ich (und mich vielleicht gerade versuchte anzuschauen!), vor mir diesen Kommissar und schemenhaft hinter ihm seinen Hinterkopf. Weiland ist es vollkommen egal, dass auch er angeschaut wird, dachte ich, er macht sich nicht einen Moment Gedanken darüber, ihn interessiert nur, ob ich seinem Blick standhalte, und gerade das fand ich in diesem Moment zu viel verlangt.

»Wann haben Sie eigentlich Hermann Heene zuletzt gesehen?«

Endlich hatte er die Frage gestellt, ich war fast erleichtert, jetzt ist es raus, jetzt bringe ich meine einstudierte Antwort, bald ist es überstanden.

»Hermann Heene? Ja, ihn sehe ich immer bei dem Französischkurs in der Kulturschmiede, immer mittwochs von 11 bis 13 Uhr, da habe ich ihn zuletzt getroffen, und morgen sehe ich ihn schon wieder, da ist ja der nächste Kurstermin. Wie kommen Sie auf Herrn Heene?«

»Sie haben also keine Ahnung, wo Herr Heene sich aufhalten könnte, keine Idee, keinen Hinweis?«

»Aufhalten, wie meinen Sie das, ist er verreist, oder wollen Sie etwa sagen, ihm ist etwas zugestoßen?«

»Ich stelle hier die Fragen«, sagte Weiland nur, schien genervt von meiner Antwort, sie war ja auch ziemlich vorhersehbar, beschäftigte sich eine Weile mit seinem Rechner, tat, als müsse er gerade eintreffende Post erledigen, und fragte dann, deutlich schlecht gelaunt:

»Wovon leben Sie denn eigentlich?«

»Ja warten Sie, ich habe meine Bezüge-Nummer auf dem Tely, ich kann mir diese Ziffernkombinationen einfach nicht merken.«

»Nee, hab ich schon«, meinte er da. Ich hätte beinahe eingeworfen, wieso er mich dann überhaupt gefragt habe.

»Leider bescheidene Verhältnisse.«

»Einen Nebenjob haben Sie aber nicht nötig, nie haben Sie sich um eine kleine KatPlus-Aufstockung bemüht, nicht einmal einen KatSmile-Gutschein hinzuverdient.«

Musste mir das jetzt peinlich sein, dass ich tatsächlich ohne Zubrot so ungefähr über die Runden komme? Ich tat beleidigt. »Also ich bin jetzt über siebzig, auch wenn Sie ernstlich finden wollen, dass ich jünger aussehe, habe zwei Kinder, die schon lange gute KategorieEins-Jobs haben, das möchte ich jetzt doch mal sagen, und einen Enkel, den ich zwei Tage in der Woche betreue, und ich bin froh, dass ich endlich Zeit habe, französische Romane zu lesen.«

Weilands verächtliche Miene blieb unbeweglich, seine Augen wanderten weiter auf dem Monitor, er schien zu zögern und hielt einen Moment inne, als müsse er etwas Interessantes nachprüfen, tippte ein paar Mal auf etwas, schaute mich plötzlich überrascht an, nahm eine höflich aufrechte Körperhaltung ein und sagte mit geradezu freundlich weicher Stimme: »Da haben Sie auch vollkommen recht. Entschuldigen Sie. Manchmal verselbständigt sich so ein gewisser Befragungsjargon, da merkt man gar nicht, dass man sich im Ton vergreift. Ihr Sohn arbeitet also in leitender Stellung bei den BES, ist das richtig?«

»Vollkommen richtig, seit bald acht Jahren.«

»Also ... das tut mir leid, dass ich so lange Ihre Zeit in Anspruch genommen habe, ich notiere einfach, dass Sie so nett waren, Ihre Zeugenaussage zu Hermann Heene abzugeben, und hoffe, Sie haben trotz dieser lästigen Befragung noch einen schönen Nachmittag.« Er war wie verwandelt, stand auf, um mich zum Ausgang seines Glaskästchens zu führen, machte sogar die Andeutung einer leichten Verbeugung.

»Oh, das war doch interessant, mal hier zu sein«, log ich freundlich, »auf Wiedersehen.«

Ich blickte mich nicht um, als ich den gläsernen Flur entlangging, aus Angst, zurückgewinkt zu werden, kam starr geradeaus blickend ins Freie, »sich umzudrehen ist ungeheuer riskant«, wo habe ich das noch mal gelesen? Zweihundert Meter brauchte ich, um den Kopf zu wenden und zu sehen, ich konnte nicht mehr zurückgewinkt werden, da war überhaupt niemand zum Zurückwinken, ich habe die Befragung tatsächlich überstanden. Aber freuen konnte ich mich noch nicht, es war zu klar, es war eine Niederlage gewesen, auch wenn ich entkommen war, eine Demütigung. Das Deprimierendste dabei die Erinnerung an die tumbe, leutselige Person, die ich gespielt hatte, die ich vielleicht tatsächlich bin. Ein paar Stunden würde es brauchen, diesen niederdrückenden Rest abzuschütteln, trotz der Routine, die ich inzwischen dabei habe. Es war so irritierend, dass die glückliche Kehrtwendung der peinlichen Befragung wie aus heiterem Himmel gekommen war. Da muss ich einen Moment unaufmerksam gewesen sein, irgendwann nach der Frage zu Ennos Stellung hatte sich die Situation rätselhaft verschoben, und ich konnte nichts erinnern, was mir dies hätte erklären können, ich wusste nicht, ob ich das jemals verstehen würde.

Ich ging einfach weiter, dieselbe Straße, die ich vor genau einer Woche entlanggegangen war, und während ich noch überlegte, fiel mir das kleine Café ein, in dem Mira gesessen hatte, in dem ich sie heute gerne getroffen hätte. Sie war aber nicht da, und ich ging trotzdem hinein, setzte mich auf den Stuhl, auf dem sie gesessen hatte, und nahm mir diesmal auch ein kleines Törtchen zum Kaffee. Mira habe ich eigentlich gar nicht gekannt, musste ich denken, und Hermann und Veronika nur, soweit es meine Gleichgültigkeit zugelassen hatte. Und ob es mehr an Phantasielosigkeit oder Bequemlichkeit gelegen hat, dass ich mir ihr Leben belanglos und langweilig vorgestellt habe, oder an meiner eigenen Vorliebe zu gleichförmig trägen Tagen. Wer weiß, mein Gleichmut wird mir noch alles gleich machen, nichts werde ich dann noch auseinanderhalten können und irgendwann mich selber nicht wiedererkennen. Wenn es nicht überhaupt schon soweit ist. Was weiß ich denn? Womit habe ich es verdient, dass diese Menschen so warm und offen zu mir sind, dass Hermann ein Risiko einging, um mir MANE zu schenken, Mira mich so herzlich empfangen hat und Veronika froh war, als ich in der Klinik auftauchte. Und natürlich Carla, Clarissa, Bärbel, von den Kindern und Mäxchen gar nicht zu reden. Und wieso habe ausgerechnet ich noch MANE bekommen, wenn es so vielen anderen sogar weggenommen wurde? Warum habe ich so viel Glück?

Mit der aufkommenden Wirkung des Kaffees begann ich mich wohler zu fühlen, es kam ein Anflug von Freude auf, dass ich der Befragung entronnen war, wenn auch auf unbegreifliche Weise. Ich entschied an diesem Nachmittag bei diesem wirklich guten Kaffee, den Dingen und Menschen mehr Aufmerksamkeit

zu schenken – ich mag doch die Menschen. Hermann oder Bärbel zum Beispiel, da bin ich mir immer sicher gewesen, auch
wenn meine Zuneigung im Grunde folgenlos gewesen war. Und
ich fühlte jetzt, dass ich sie wohl noch mehr mögen würde, wenn
ich sie mehr kennenlernen würde, das hatte ich in der Tat bisher
anders gesehen, das weckte eine warme Vorfreude auf die kommenden Tage.

Ich könnte mit Apotheker Stein beginnen, fiel mir ein,
könnte einfach in der Apotheke nachfragen. Warum bin ich noch
nicht auf die Idee gekommen? Als Vorwand nehme ich einfach
ein paar Konzertprogramme mit, am besten aus Bernds und
Brunos Bücherladen, da habe ich doch längst schon mal wieder
hingehen wollen, in diesen unzeitgemäßen Laden mit dem unmöglichen Namen, da fühle ich mich gerne wie auf Besuch. Eine
wirklich gute Idee, ich freute mich, dass mir das eingefallen war
– dass Besucher dort Bücher kaufen sollten, kümmerte mich
schon lange nicht mehr. Auch diesmal schaute ich mich bloß
oberflächlich um, ob sich überhaupt etwas geändert hatte, suchte
gleich in den ausgelegten Veranstaltungsprogrammen. Bruno
kam auf mich zu.

»Wie schön, dich mal wieder zu sehen, Bernd sieht dich ja
immer in dem Französischkurs, da bin ich jeden Mittwoch neidisch auf ihn«, er lächelte und schien sich zu freuen, dass er eine
so nette Begrüßung hingekriegt hatte, »du hast doch noch genug
Boden unter den Füßen, nicht wahr, sieht wirklich so aus.«

Ich lachte, um Zeit für eine Antwort zu haben, er sah so
schlecht aus, dass ich Mühe hatte, ihn nicht erschrocken anzu-
starren. Die Augen müde umschattet, die Haut fahl und ausgetrocknet, dass seine Zähne so schlecht saßen, war mir bisher nie
aufgefallen, das Sprechen schien ihm schwerzufallen, genauso
wie das aufrechte Stehen, vielleicht sogar das Wachbleiben.

»Ich kann im Moment nicht schlafen, sonst ist nichts«, erklärte er sachlich, »eine Folge der gegenwärtig um sich greifen-

den Versagungen, die Umgewöhnung auf ältere Suchtmittel braucht Zeit. Außerdem lese ich zu viel, Berufskrankheit.« Er kicherte, und sein Gesicht schrumpfte, als würden Augen und Mund ein Stückweit zusammengefaltet.

»Also was das Wachsein angeht, einen ganzen Tag hier im Laden zu arbeiten, könnte ich gar nicht mehr, ich würde in der Sitzecke da hinten einschlafen«, sagte ich aus Höflichkeit – aber wahrscheinlich war es ja wirklich so.

»Ich schlafe ja eigentlich auch, wache nur mal auf, wenn du kommst, verbringe meine Tage damit, Kräfte zu sparen, was soll ich auch machen. Um es mit Beckett auf den Punkt zu bringen: *Auch ich habe leben müssen, und davon erholt man sich nicht recht.*«

»Oje, das ist jetzt nicht beruhigend.«

»Keine Sorge, solange ich meine Buchhändlerzitate anbringen kann, geht's doch. Hören wir auf, von mir zu reden. Du hast gerade in den Konzertprogrammen gestöbert, als ich kam, das ist interessanter, und da sind auch wirklich tolle Aufführungen geplant. Allerdings muss ich da gleich wieder auf das Thema Versagungen zurückkommen, hat ja alles seinen Preis. Hast du schon geschaut, was die Karten für die nächste Konzertsaison kosten? Nähern sich immer mehr einer Monatsmiete, dauert nicht mehr lange. Das ist die Zukunft. Absehbare Zukunft. Mit der Nedal-Pleite ist ein weiterer Mäzen weggefallen, und demnächst weiß keiner mehr, was das Wort Subvention bedeutet.«

Die Preise waren wirklich erschreckend. »Kann ich mir höchstens eines leisten«, sagte ich (dass mir Enno vielleicht ein weiteres schenken würde, behielt ich für mich), »unglaublich.«

»Das ewige Argument, dass diese Konzerte meist von Älteren besucht und diese Älteren sowieso von den Jungen ausgehalten werden, kann ich nicht mehr hören. Und auch nicht den Hinweis auf die Gruppe steinreicher Alter. Auch für Lesungen von jungen Autoren gibt es ja kein Geld mehr. Und die jungen

Komponisten und Interpreten können ja auch nichts dafür, dass so viele Ältere Zeit für Kunst haben. Weißt du eigentlich, dass man junge Autoren, die nicht genügend finanziellen Erfolg haben, zur Erwerbsarbeit verpflichtet, im Erziehungssektor meist oder in der Datenverwertung? Ein Arbeitsverbot ist das nicht direkt, nur ein Zeitverbot gewissermaßen, hat vermutlich den gleichen Effekt. Autor*innen* können sich durch die Geburt eines Kindes retten, allerdings nur für eine kurze Zeit, und ob das eine Rettung ist, kann ich nicht sagen. Ja, es sind teure Zeiten angebrochen. Von meinen vielen Versuchen, Zuschüsse zu Leseveranstaltungen zu bekommen, weißt du ja, aber nächstes Jahr gibt's auch praktisch keine Literaturkurse in der sogenannten Kulturschmiede, jedenfalls keine ohne weitere Nutzanwendungen wie Fremdsprache und dazu ein bisschen Literatur, also bitte« – er lächelte ironisch –, »nichts gegen den berühmten Französischkurs. Proust, Camus, im Spanischen Cortázar, Fuentes und so weiter, im Englischen ist ja leider zurzeit Steven King der Renner« – ich lächelte jetzt mit –, »so ein deutscher Autor zieht doch am besten nach Frankreich, vielleicht kommt er da in einen Sprachkurs.

Ich weiß ja, ich jammere aus Eigennutz, ich will meinen kleinen Laden behalten, nicht wirklich daran verdienen, also das geht sowieso nicht, aber wenigstens meine Existenz als eine Art Gastgeber in meinem Buchsalon behalten, weißt du, auch wenn ich nicht die Spur proustscher Eleganz bieten kann, na du weißt schon, der Satz ist jetzt verunglückt. Ist ja hier mehr Hinterzimmer als Salon, auch wenn so glänzende Erscheinungen wie du hereinkommen.«

Er hatte sich wach geschimpft, sein Gesicht sich gestreckt und Farbe gewonnen, er zeigte stolz die wenigen Neuerscheinungen, die er sich geleistet hatte. »Ein Laden ohne Neuerscheinungen geht ja nicht, und glaub mir, die hier sind wirklich interessant, kein pubertärer Kitsch, keine biographischen Beschönigungen oder Abrechnungen, keine modischen Phrasen, kluge, ehrliche Bücher. Also dieser hier« – Bruno zeigte ein schmales Bändchen – »hat bestimmt Uwe Johnson gelesen, eine respektable Anleihe, gefällt mir.« – »Allerdings der Umfang«, wollte ich einwerfen, »wächst mit der Zeit«, ergänzte er sogleich. »Ich werde sofort aufhören, ständig von Uwe Johnson zu schwärmen, und meinen Kunden nicht weiter auf den Geist gehen, wenn dieser Schriftsteller mal endlich wieder die gebührende Beachtung findet. Dann kann ich mir das ja sparen. Ja, und eh ich das zu sagen vergesse, dir wünsch ich immer noch einen D. E., schade, dass ich nicht die geringste Ähnlichkeit mit ihm habe.«

Ich lächelte, den netten Spruch hatte ich von Bruno schon ein paar Mal gehört. Ja, der souverän fürsorgliche, sich niemals aufdrängende Geliebte von Gesine Cresspahl in den »Jahrestagen« wäre fast so gut wie Data. »Aber der muss ja abstürzen, und das ist dann doppelt traurig.«

»Nee, an Fiktionen kann man doch arbeiten, das wird einfach umgeschrieben, extra für dich. Ich weiß, ich weiß, wenn ich dann schon mal dabei bin, könnte ich eine ganze Menge schreiben. Und im Moment mach ich da keinen guten Eindruck, ich krieg's ja noch nicht mal hin, jetzt mit dir einen Kaffee trinken zu gehen, weil dieser Bernd immer noch nicht zurück ist, da kann ich ja nicht weg. Da bin ich einfach untröstlich.«

»Holen wir nach. Sag mal, weißt du, ob Bernd morgen in den Kurs kommt?«

»Bestimmt, ja, warum denn nicht. Allerdings, es gibt so Gerüchte, dass dieser Hermann nicht kommt, weil er überhaupt verschwunden ist, ganz spannende Geschichte. Clarissa war hier, die welterfahrene, teuerst angezogene Clarissa, die im Moment alte französische Autoren anpreist und im Übrigen auch gleich ein paar schöne Bände gekauft hat, also Königin Clarissa tat ganz geheimnisvoll.«

»Königin Clarissa? Hm, weißt du, Clarissa ist einfach sehr begeisterungsfähig, na ja, auf eine jeweils sehr redselige Weise, aber doch sympathisch dabei, und es ist doch schön, auch mal jemanden zu kennen, der Geld hat.«

»Natürlich, vor allem wenn sie bei mir Bücher kaufen, und in der Literatur tummeln sie sich ja geradezu, diese Leute mit Geld, ich denke gar nicht mal an Proust, es gibt tausend andere – allerdings, also wenn ich mal ehrlich sein darf, hat mich das an unzähligen Romanen eigentlich immer gestört, dieses unausgesprochene Wohlleben.« Bruno grinste ironisch. »Ich hab gar nichts gegen Clarissa, ohne die Clarissas könnte ich hier doch zumachen, und ich bin auch nicht blamabel abgeblitzt oder so, wirklich nicht. Du weißt doch am besten: Gegenüber meinen unglücklichen Lieben bin ich ein ganzes Leben lang freundlich, freue mich immer, wenn ich sie sehe.« Er hob die Hände, als ich abwehren wollte, wie um zu sagen: »So ist es, das ist eben so«, und eben noch lachend wurde er plötzlich ernst. »Ich versteh das selbst nicht, ich versuche dagegen anzukommen, ohne Erfolg. Jedes Mal wenn Clarissa da war, fühle ich mich so klein, blass. Ein Paradiesvogel ist mal eben in meinen Käfig geflogen und zwitschert: 'Du kannst dir doch gar nicht vorstellen, wie das ist, das Fliegen, und was weißt du von den vielen Farben, du Schwarz-Weiß-Miniatur, du traurige Strichzeichnung.' Ich glaube, Clarissa kann gar nichts dafür, sie ist nicht absichtlich herablassend, nur restlos überzeugt, dass jeder Moment ihrer Anwesenheit ein wahres Glück, ein bedeutendes glänzendes Geschenk ist. Ich bin einfach nur niedergeschlagen, wenn sie da war, buchstäblich niedergeschlagen.«

Ich überlegte. »Bruno, komm, diese ganze Theatralik zeigt nur, wie bemüht sie ist. Sie kommt doch andauernd her, um sich bewundern zu lassen, von dir und Bernd, das ist ihr eben wichtig, sie braucht euch also und vielleicht sogar unsere Französischgruppe, na ja, das vielleicht eher nicht. Auf jeden Fall ist sie charmant, auf ihre Weise. Und attraktiv. Ja, und außerdem, ist dir eigentlich klar, dass sie seit zwanzig Jahren allein ist? Das ist, wenn man so viel Geld hat und so attraktiv ist wie Clarissa, noch schwerer auszuhalten. Bruno, du bist nicht fair.«

Bruno schaute mich erstaunt an. Nickte erst, schüttelte dann den Kopf, legte seinen Arm um meine Schulter. »Du hast zwar nicht recht, aber du bist großartig. So kann man es natürlich auch sehen, muss ja nicht alles gleich wahr sein.« Er nahm behutsam den Arm zurück. »Das mag ich so an dir, weißt du, wenn du da warst, fühle ich mich besser. Immer. Das wollte ich dir längst einmal gesagt haben.«

Ich wurde verlegen, war froh, dass er den Arm bereits zurückgenommen hatte, wollte gern schon gegangen sein. »Pass auf, wenn Clarissa wieder da ist, nimmst du einfach das Heft in die Hand. Rede du, du wirst sehen, sie kann sogar zuhören. Clarissa ist okay. Und ich gehe jetzt lieber, bevor ich größenwahnsinnig werde.«

»Schade, schade, dass die schönen Vögel stets wegfliegen, nun gut, das Glück währt immer nur kurz, ich hoffe, du bleibst nicht so lange weg wie letztes Mal!«

Ich nahm Bruno kurz in den Arm und ging winkend aus dem Laden, schaute mich noch einmal um. Er sah nicht traurig aus, zum Glück.

Ich würde häufiger zu Bruno in den Laden kommen, wenn er mich nicht so anstrengen würde, wenn nicht diese traurige Grundstimmung, dieses wütende Opponieren gegen die halbe Welt auszuhalten wäre. Clarissa ist aufreizend glücklich eingerichtet in ihren verschiedenen Zeitvertreiben, da hatte Bruno recht, aber sie ist dabei angenehm, und im Grunde könnte ich sie leichter für längere Zeit ertragen als etwa Bruno. Dass das ungerecht ist, dachte ich, und dass ungerechten Gefühlen so schwer beizukommen ist. Alles an Bruno verriet, dass er es schon immer »schwer gehabt« hat, er stand vor mir wie die Verkörperung des

Beladenen, mochte er noch so geistvoll darüber räsonieren. Und jetzt fehlte ihm auch noch MANE, das war zu sehen. Ach ja, fiel mir nun wieder ein, ich wollte ja in die Paracelsus-Apotheke, das hatte ich doch vorgehabt, in Brunos Laden war ich ja nur wegen des Vorwands gewesen (Bruno wird jetzt denken, die Programme seien ein Vorwand gewesen, ihn zu besuchen, bestimmt, das kann nicht anders sein). Ich war einen Moment unentschieden, mein Elan schon ziemlich aufgebraucht, meine übliche schnelle Er-müdung wollte mir in die Quere kommen, aber: Morgen habe ich auch nicht mehr Lust als jetzt.

Die Frau in der Apotheke war sehr schlank, sehr jung und auffallend unfreundlich. »Herr Stein ist nicht da, kann ich Ihnen weiterhelfen?« Unter ihrem eisigen Blick zeigte ich die Program-me, erzählte übertreibend von gemeinsamen Besuchen der Kam-merkonzerte. Ihr Ton wurde eine Spur freundlicher. »Ich dachte, da kommt schon wieder jemand, der wissen will, ob Herr Apo-theker Stein bei Wasser und Brot im Kerker schmachtet, das geht mir inzwischen reichlich auf die Nerven, auch wenn es anteil-nehmend gemeint ist. Falls Sie auch von dem Überfall hier letzte Woche gehört haben: Das wird ein Nachspiel haben, natürlich ist Herrn Stein überhaupt nichts vorzuwerfen, er macht übrigens ein paar Tage Urlaub.«

»Wie schön für ihn«, sagte ich nur, schrieb noch einen Gruß und meinen Namen auf die Programme. »Ihnen einen schö-nen Abend und vielen Dank!«

Das war's, ich hatte meine Nachfrage hinter mich gebracht und eigentlich nichts erfahren – oder sollte ich glauben, dass Stein sich schöne Urlaubstage machte?

Mittwoch, wieder Französischkurs, diese schöne Regelmäßigkeit. Ohne Hermann natürlich nur halb so schön. Jetzt fange ich an, ihn zu vermissen, dachte ich, er ist *außer Landes* und ich dank ihm da, wo es bleibt, wie es war, im Fünfzig-Tage-Land. Wir haben beide eine Grenze überschritten. Und werden nicht die Einzigen sein. Das ist doch eine spannende Frage: Wer, wer nicht. Das macht den Kurs wiederum interessant: Werde ich etwas erfahren, verrät sich jemand (niemand kann offen zugeben, dass er Hermann getroffen hat), kann ich aus Atmosphärischem, aus Blicken und Gesten Schlüsse ziehen?

Auf dem Weg sah mich Bernd, er rief meinen Namen, freute sich, als ich stehen blieb, und beeilte sich, mich einzuholen. »Hallo! Endlich warst du mal wieder im Laden, und ich war nicht da. Alles passiert immer im falschen Moment!«

»Was soll ich machen, wenn du nie da bist, wenn ich in den Laden komme. Nicht wahr, du lässt Bruno die ganze Arbeit machen?«

Er wiegelte ab. »Nur in der letzten Zeit, da hatte ich noch einen Job bei der Schülerbetreuung, es hatten sich ein paar Rechnungen aufgehäuft, und es musste sein. Aber das mach ich nicht immer, viel zu anstrengend, also gestern wäre ich beinahe neben dem armen Kind eingeschlafen. Und kalt ist das«, er knöpfte umständlich seine Jacke zu, »und vermutlich wird das heute auch nicht so aufregend werden, so ohne Hermann und womöglich noch ohne Clarissa.«

Ich fragte erstaunt: »Wieso ohne Clarissa?«

»Tja, Clarissa. Sie war gestern spät noch da, gerade als ich todmüde zurückkam, hat mir gleich gesagt, ich müsse mich aber mehr ausruhen, so wie ich aussähe, nicht gerade charmant. Sie ist häufig in der letzten Zeit bei uns, ja, und gestern hat sie noch ein Paket im Laden deponiert, vorübergehend, hat sie gesagt, bis heute Abend – merkwürdig, nicht wahr, hat eine halbe Villa und stellt eine kleine Kiste bei uns ab. Sie hat gemeint, sie müsse heute Morgen erst zu einer Befragung und werde vielleicht später kommen oder auch nicht. Sie hat ganz andere Sachen vor, will verreisen, sogar für längere Zeit, an einen wundervollen Ort, irgendwohin, wo sie Kathedralen vom Strand aus betrachten kann.«

Er lachte, wusste offensichtlich nicht, was ich mir nun zusammenreimte. Ich lachte mit, ja, Clarissa ist manchmal schon ein bisschen schräg.

Als wir die Kulturschmiede erreichten, waren wir durchgefroren. »Das ist jetzt richtig traurig, dass Hermann nicht da ist, nicht wahr? Der Vorraum wird öd und leer sein und die ganze nette Begrüßung ausfallen, oder glaubst du, jemand anders stellt sich an die Tür?«

Bernd schüttelte den Kopf. »Hermanns Begrüßungen sind nicht kopierbar, da wird sich keiner trauen, ihn zu vertreten, da müssen wir jetzt durch. Am besten so schnell wie möglich durch. Für mich ist das doppelt schade, denn ich werde ja nur von Hermann so liebenswürdig begrüßt, du hörst bestimmt ständig Nettigkeiten.« Er grinste, ich schüttelte lächelnd den Kopf.

Tatsächlich war der Vorraum leer und still, ungewohnt ruhig saßen die anderen abwartend im Kursraum. Einige Stühle waren leer geblieben, Clarissa noch bei der Befragung. Alle wirkten unschlüssig, wie anzufangen sei. Erst mal ein bisschen Smalltalk zum Einstimmen oder gleich die Rede auf Hermann bringen? Bärbel sagte es geradeheraus, das kann sie gut, sie sei ja *trotzdem* gekommen, alles so anstrengend im Moment, viel zu anstrengend für Französisch, sogar für Proust, sie sei nur da, um zu sehen, wie es uns allen gehe und ob jemand etwas von Hermann wisse. Erleichterte Zustimmung. Offensichtlich war niemand motiviert, niemand hatte irgendetwas vorbereitet, jedem war etwas in der letzten Woche schwergefallen, einfach eine ungünstige Zeit. Nicht einmal zu Hermann gab es Berichtenswertes, niemand hatte eine Nachricht, angeblich. Aus keiner Miene war etwas zu erraten, ein undeutlich bedauernder und entschuldigender Ausdruck, das besagte zu wenig. Vielleicht war ich ja wirklich die Einzige, die ihn gesehen hatte, vielleicht waren alle auch nur so vorsichtig wie ich. Oder feige, natürlich.

Frank Kerner sah blass aus und müde, schien unkonzentriert, kein Drängen zur Kursarbeit heute. Er saß abwartend und teilnahmslos da, erklärte erst, als wir nachfragten, mit leiser Stimme, dass seine Großeltern den Tag zuvor Selbstmord begangen hatten. Er habe nicht schlafen können, sei vollkommen ratlos, könne an nichts anderes denken. Großmutter und Großvater waren weit über hundert Jahre alt gewesen, hätten aber, obschon halb gelähmt beziehungsweise halb blind, immer noch genügend Lebensfreude gefunden, bis MANE nicht mehr helfen durfte, sie vom einen zum nächsten Tag zu bringen. Da hätten sie nicht mehr gewollt und sich die finale Unterstützung geben lassen, ohne es den Kindern und ihm, dem Enkel, anzukündigen, einfach so, anscheinend über Nacht. Frank Kerner wollte die plötzliche, unangekündigte Entscheidung nicht wahrhaben, die Wortlosigkeit nicht hinnehmen. Sie hätten sich doch noch auf das nächste Serenadenkonzert gefreut, bis nächsten Dienstag gesagt, wie immer, und waren dann einfach nicht mehr da, als er gestern hinging. Sie hätten doch noch einmal reden müssen, unbedingt, sie hätten doch wissen müssen, wie furchtbar es ihn treffe, dass beide so plötzlich fort seien.

Wir waren gerührt. Unser emsig-ungeduldiger Kursleiter war als herzzerreißend trauernder Enkel überraschend sympathisch. »Das tut uns ja so leid für Sie, da hatten Sie bestimmt eine enge Beziehung zu Ihren Großeltern? Erzählen Sie doch ein bisschen davon.«

»Ja, hatte ich, ich war nämlich ...« Er zögerte, unsere Anteilnahme war ihm wohl nicht geheuer, er schaute uns unsicher an. Wir ermunterten ihn, und dann schien er froh, reden zu können. »Ich war ein Großelternkind. Wegen meiner Eltern, die waren eher schwierig, ich meine ... ich will nicht lamentieren, da gibt es wirklich keinen Grund, meine Eltern sind großartig auf ihre Weise, tatsächlich, ich habe das als Kind nur nicht begriffen. Es sind eben Wissenschaftler, nicht wenige Kommilitonen sind sogar neidisch gewesen, weil ich so erfolgreiche Eltern habe, und mittlerweile kann ich mit ihnen richtig interessante Gespräche führen, wenn sie mal Zeit haben. Was auch heute noch selten ist, sie arbeiten ja weiterhin an wichtigen Projekten. Als Kind sah ich nur, dass sie hektisch der Zeit hinterherliefen, irgendwie unter Anspannung standen. Ich hatte das Gefühl, sie seien unzufrieden mit mir, da war immer so eine fordernde Abwehr: Tue dieses und jenes, dann das und lass uns in Ruhe arbeiten, mach es uns nicht noch schwerer mit deiner umständlichen Art, sei nicht so ein Traumtänzer, Probleme können wir absolut nicht brauchen. So in etwa.

Oma dagegen war immer so fürsorglich und Großvater abwartend ruhig: Ach, das musst du noch tun? Schade, aber kann ich vielleicht helfen, damit du schneller fertig wirst? Als gebe es nichts Wichtigeres als das, was ich gerne tun würde. Trotzdem war ich nur besuchsweise bei den Großeltern bis zu jenem Tag, als alles aus der Reihe geriet.

Ich war dreizehn und kam nachmittags aus der Schule, war schon beinahe an unserer Wohnung, als Großvater mir eilig entgegenkam, und zwar rot und schwitzend vor Anstrengung, die Haare ungekämmt und zottelig, der Hemdkragen offen, als sei er eben von der Couch aufgestanden und auf die Straße gerannt. So kannte ich ihn überhaupt nicht. Und er kam mir in aller Bestimmtheit entgegen: Nein, wir gehen jetzt nicht nach Hause. So, die Tasche willst du noch absetzen, also das mach ich dann mal grad. Und du willst nachher noch zu Hannes? Kannst du machen. So, EndED spielen? Gut. Jetzt gehen wir mal. Auf dem Weg erzählte er, mein Vater habe einen kleinen Unfall gehabt und Mama bringe ihn ins Krankenhaus. Später hab ich herausbekommen, dass sie aufs Heftigste gestritten und die halbe Wohnung verwüstet hatten und Mama Papa einen Gegenstand nachgeworfen und ihn versehentlich getroffen hatte, dass Blaulicht angerückt war und so weiter. Opa hatte nicht gewollt, dass ich das mitbekam.

Zuerst sind wir in einen Laden gegangen, und er hat sich einen Hut gekauft und einen Schal, um zivilisierter auszusehen. Sehe ich jetzt nicht aus wie Indiana Jones, hat er gefragt, und ich hab natürlich gesagt, er sei so ziemlich das allergegenteiligste Gegenteil von Indiana Jones. Ach, hat er nur gesagt. Und: Wie würdest du gerne einmal aussehen, wenn du entscheiden könntest, ein anderer zu sein? Da kann ich bleiben, wie ich bin, hab ich gemeint. Und er: Das ist mal wieder so eine Enkel-Antwort zum Sammeln. Wir sind dann in ein Sandwich-Café gegangen, einen Laden, in dem er den Hut aufbehalten konnte. Erst war es mir peinlich, weil er so alt war, über achtzig damals, und es so ein jugendliches Café war. Aber es war niemand da, den ich kannte, und es saßen auch andere kauzige Ältere da, vorher war mir nie aufgefallen, dass immer ein paar Ältere dort rumsitzen. Wir unterhielten uns auf die übliche Art, er fragte ja nie aushorchend-prüfend nach Schule oder Freunden wie die anderen Erwachsenen, eher behutsam, als habe er etwas nicht verstanden, was ich ihm, wenn ich so nett sein wolle, vielleicht erklären könne. Er habe immer gedacht, sagte er, dass man Computerspiele alleine spiele, das habe er in seltsamen Artikeln gelesen, die ziemlich unverständlich seien. Aber Opa, hab ich geantwortet, so, als wollte ich sagen 'dummer Opa', Computer spielt man ganz anders, eigentlich spielt man in dem Sinne gar nicht, da agiert man mit unheimlich vielen anderen, die passen gar nicht aufs Fußballfeld, und mit Hannes treff ich mich, weil seine Eltern verreist sind und wir endlich mal ungestört abhängen können. Ach so, hat er gesagt. Und dann sagte er, ich solle später zu ihnen kommen, um dort zu übernachten. Aber das wollte ich nicht. Das war mir zu blöd, ich war doch schon dreizehn und kam allein zurecht. Dass Oma in der Zeit versucht hat, das Gröbste in unserer Wohnung in Ordnung zu bringen, hat er mir nicht gesagt.

Am Abend hab ich dann meine Mutter heulend im Sessel angetroffen, die gesamte Wohnung und die Stimmung seltsam fremd. Nach zwei Wochen bin ich dann doch zu Oma und Opa gezogen, und zwar für drei Jahre. Erst als ich gern Freunde abends bei mir haben wollte, bin ich zurück zu meinen Eltern, die hab ich dann noch mal eine kurze Zeit ausgehalten. Freunde zu Hause, das ging mit Oma und Opa in der kleinen Wohnung nicht, dafür waren sie auch zu alt.

Aber die Großeltern vermisse ich auf eine Weise, wie ich wahrscheinlich niemals sonst jemanden vermissen werde. – Was ich nicht verstehen kann, nicht im Ansatz verstehen kann, ist, weshalb man ihnen MANE verweigert, aber die Todesmedikation ohne größere Fristsetzung ruck, zuck gegeben hat. Das ist doch vollkommen unsinnig und unlogisch, einfach hirnrissig, das macht mich so wütend, ich überlege die ganze Zeit, ob ich nicht einen Artikel schreiben oder jemanden anzeigen soll, das ist doch eine Zumutung für den gesunden Menschenverstand!«

Wir schwiegen betreten. Keiner sagte spontan das Naheliegende: absurd, unfassbar, vollkommen widersinnig. Erschreckend unwirklich, dieses Schweigen. Vor allem für Frank Kerner. Er sah uns überrascht an. Bereute vermutlich sofort, dass er so emotional von seiner Jugend erzählt hatte – viel mehr, als ihm jetzt lieb war. Ich sagte nichts, weil ich so schlecht lügen kann. Und begriff dann, es geht den anderen auch so. Sie wissen oder ahnen die Hintergründe, sind zumindest auf der richtigen Spur – die Wahrheit liegt wohl (nur von mir so lange unbemerkt) längst an der Oberfläche –, aber alle wagen nicht, es auszusprechen, und überlegen, wie sie mit dem Lügen anfangen sollen. Was sie überhaupt sagen könnten. Allein den gelungenen Freitod von uralten Leuten bedauern zu müssen ist im Grunde mit Ehrlichkeit unvereinbar. Verlangt nach netten Plattitüden, die sich jeder gerne erspart. Bärbel hatte sogar ein entspanntes Lächeln in ihrem Gesicht. Sie wird an ihre Eltern gedacht haben und an die Eltern von Frank und sich vorgestellt haben, wie sie zu ihnen sagt: Gut so. Geschafft. Die alten Leute haben es richtig gemacht. Aber hier war etwas anderes gefordert als dieses *Gut so*. Bernd räusperte sich, wie um anzukündigen, dass er nun wisse, was zu sagen sei, ein typisch männliches Räuspern vor einem weit ausholenden Monolog, er konnte sich unserer dankbaren Aufmerksamkeit sicher sein.

»Man muss versuchen, sich in die Situation eines alten Menschen hineinzuversetzen, auch wenn es uns Jüngeren schwerfällt. Ich stelle mir vor, ein alter Mensch hat so viel durchgemacht, dass ihm die Entscheidung leichter wird. Er ist soweit zu denken: ab heute jederzeit, wenn es notwendig wird. Die Medizin kann ja auch nicht alles, Schmerzen und Hilflosigkeit sind noch nicht aus der Welt geschafft, bei dem letzten Schritt aber ist sie sehr ... « Bernd verschluckte sich an einem erneuten Räuspern. »Sie werden jetzt einwenden, es sei eine idealisierende Vorstellung, der Tod bleibe eine absurde Angelegenheit, ihn zu wählen immer vernichtend, grundsätzlich sinnlos. Aber müssen es die wirklich Alten nicht irgendwann leid sein zu ertragen, dass der Boden unter ihren Füßen jeden Tag weiter wegsackt? Wird, was übrig bleibt, nicht eines Tages zu wenig? Wie viel weniger ist jeder von uns bereit zu ertragen? Eine traurige Überlegung, natürlich, vielleicht muss ich mich entschuldigen, dass ich vorschlage, sich da einzufühlen. Mir fällt es auch schwer, ich denke, irgendwann wird ein Mensch sogar Angst haben, den richtigen Zeitpunkt zu verpassen, und dann plötzlich und für andere überraschend entscheiden. Aber ist dies nicht im Grunde verständlich?«

Was sollte das, Bernd wiederholte es sogar noch in anderen Worten, ich verstand jedenfalls ein wiederkehrendes »Wir müssen versuchen zu verstehen, was wir natürlich nicht verstehen können, weil wir noch zu jung sind«. Du ermüdest, hätte ich am liebsten gesagt, die Verteidigung deiner Jugendlichkeit ist lächerlich und unnötig, vollkommen unnötig. Frank sagte es nicht, er sah uns noch immer verwundert an. Bärbel unterbrach den Monolog, warf Bernd sogar einen vorwurfsvollen Blick zu (das ist doch alles andere als tröstend!): »Ihre Großeltern haben Sie zu sehr geliebt, um sich zu verabschieden, deshalb haben sie die Entscheidung nicht ankündigen wollen. Es waren großartige Menschen, die sich sicher waren, schon alles Wichtige gesagt zu haben. Ein letzter Gruß ist eine fürchterliche Sache. Ist er zu traurig, macht er Schuldgefühle, ist er zu gleichgültig, taugt er nichts. Stellen Sie sich einfach vor, Ihre Großeltern wollten Sie mit keinem falschen Wort belasten. Ihre Großeltern haben es richtig gemacht, Frank.«

Frank hatte mit abwesend ratlosem Blick zugehört, nickte Bärbel kurz zu, blieb aber unzufrieden, irgendwie angespannt: Das Entscheidende fehlte doch, warum kam niemand auf den Punkt? Endlich ein kleines Entgegenkommen, Patricia fiel glücklicherweise ein zu sagen, dass die MANE-Entwöhnung absolut dilettantisch gehandhabt worden sei, geradezu unverantwortlich, skandalös schlecht vorbereitet, falls von Vorbereitung überhaupt die Rede sein könne, kein Notfallkonzept, keine Entzugsbegleitung und so weiter. Welch wunderbares Nebengleis. Die *Durchführung* des Verbots ist ein Desaster gewesen, das war offensichtlich, da fiel Empörung leicht: dass es keine Übergangsphase gegeben habe, keine medizinische Beratung, keine Planung, Krisenfälle zu verhindern, wie das überhaupt möglich sei in der allgemeinen Planbarkeit von eigentlich allem und jedem. So *musste* ja einfach alle Welt plötzlich krank werden, ein Chaos entstehen und die medizinische Versorgung zusammenbrechen. Über die Durchführung des Verbots zu lästern war befreiend, geradezu belebend, so als wäre etwas von der üblichen Mittwochsatmosphäre, dem entspannten Daherreden wiedergewonnen. *Jetzt* war das Thema uferlos: die rätselhafte Häufung von Krankheiten, der Notstand in den Ambulanzen, die Panikreaktionen, die überzogenen Polizeieinsätze, die Unverhältnismäßigkeit der Verhaftungen ...

Patricia schimpfte, vieles sei passiert, was gar nicht hätte passieren können. Als Rechtsanwältin müsse sie das einmal klarstellen. Wenn der Freitod erlaubt und nicht selten sogar erwünscht sei, könne doch der Besitz von Gift oder Giftähnlichem nicht so ohne Weiteres strafbar sein, jedenfalls nicht derart razziamäßig verfolgt werden. Dazu hätte MANE als Droge deklariert werden müssen, als Gefahr für Unbeteiligte oder für den Straßenverkehr etwa, aber das sei ja zu offensichtlich unsinnig gewesen. Tausendfach sei das Verfahrensmäßige nicht eingehalten, das Richterliche nicht abgewartet gewesen, mediengerecht seien Verhaftungen von Medizinern inszeniert worden, obwohl das Verbot zu dieser Zeit noch nicht offiziell legitimiert war, die Legitimation zumindest den Gesundheitszentren noch nicht in amtlicher Form vorgelegen habe. Ein Arzt oder Apotheker könne sich doch nicht nach dem richten, was die Medien hinausposaunen, auch wenn es noch so laut sei. Die würden sich sogar strafbar machen, wenn sie ein verordnetes Medikament nicht herausgeben würden, dazu seien sie ja durch Gesetz und Eid verpflichtet. Jetzt hätten Rechtsanwälte schön viel Arbeit, einiges wieder auf die Reihe zu bekommen, man könne den unbotmäßigen Aktionismus auch als Arbeitsbeschaffungsmaßnahme für Juristen sehen, kicherte Patricia, um die meisten demonstrativ Verhafteten müsse man sich längst keine Sorgen mehr machen. Ärzten könne sowieso nicht viel passieren, das wisse man ja zur Genüge. Wann seien Mediziner schon mal groß verurteilt worden, nicht einmal die gröbsten Kunstfehler hätten sie ins Gefängnis gebracht, selbstredend dürften sie den Ehepartner nicht vergiften und dergleichen, aber selbst bei Steuerhinterziehung oder Abrechnungsbetrug müsse man sich keine Sorgen machen und wegen des MANE-Verbots auch nicht.

Jetzt hätte ich gern gefragt, ob das für die Verhaftung von Apotheker Stein auch zutreffe, ob da vielleicht schon Rechtsanwälte wieder etwas »auf die Reihe bekommen« hätten – als Clarissa hereinstürmte und das Thema mit einem Schlag beendete. Buchstäblich: Die Tür donnerte mit Wucht gegen die Wand und fiel knallend wieder zu, Clarissa war außer Atem, hochrot im Gesicht, schleuderte mit großer Geste ihre Tasche auf den Boden, begann sofort zu schimpfen:

»Das glaubt ihr nicht, wie die einen im Bürgerzentrum behandeln, ich bin so sauer, ein Wunder, dass ich vorhin niemanden umgebracht habe. Ich muss das jetzt loswerden, entschuldigt bitte, hallo natürlich« – sie ließ sich erschöpft auf einen Stuhl fallen –, »ich bin vollkommen von der Rolle. Also erst lassen die mich endlos warten, schicken mich hundertmal quer durch das miefige Haus, und sobald sie anfangen, ihre bescheuerten Fragen zu stellen, lassen sie sich von jemandem unterbrechen, solche Unterbrecher laufen irgendwie ständig durch das ganze Zentrum, und dann heißt es, ja, bitteschön in einen anderen Raum, und die ganze Dusseligkeit beginnt von vorne. Du hast das Gefühl, niemand blickt durch, und dann merkst du, die wollen dich das denken lassen, damit du vollkommen aus dem Konzept gerätst. Aber ich doch nicht. Mich kriegen die doch nicht klein. Und schon gar nicht so ein blöder, armseliger und eklig verschlumpfter Kommissar Weiland, so hieß der nämlich, einer aus der Karohemden-Epoche, aus der verknautschten Karohemden-Epoche natürlich, der dachte, ich sei seinen Grobheiten nicht gewachsen und durch Unverschämtheiten aus der Reserve zu locken. Kinder, das war einfach furchtbar.

Und alles wegen Hermann. Also unser guter Hermann wird ja händeringend gesucht« – jetzt lachte sie –, »als ob diese dämlich grinsenden Weilands eine Chance hätten, Hermann zu finden. Der ist doch nicht mehr im Haus nebenan, sondern längst unerreichbar. Das müsste eigentlich sogar diesem Kommissarlein klar sein. Aber er fragt mich von oben herab, ob ich denn keine Kinder hätte, tut, als würde ich meine Altersbezüge schmarotzen, für die ich vierzig Jahre als Ärztin und Stationsleiterin gearbeitet habe, droht, mir diese lächerlichen Bezüge zu entziehen, falls man MANE bei mir finden würde, so'n Quatsch, und blickt mich triumphierend an, als hätte ich die Schlinge um den Hals. Nicht zu fassen. So was beeindruckt mich doch nicht. Sollen sie doch, darauf bin ich doch nicht angewiesen, und wie die das überhaupt rechtlich hinbiegen wollen, ist mir schleierhaft, oh, und dann drohen sie mit Hausdurchsuchung. Sollen sie nur kommen, ich hab denen gesagt, sie könnten mich mal, und bin abgerauscht.«

Es war, als würde Clarissa in unserer Anteilnahme baden, so heftig war die Reaktion. Wie unverschämt und dreist diese Befragungen ablaufen, was die sich erlauben und wie dilettantisch die vorgehen, einfach Wahnsinn das Ganze, und sie solle doch noch mal erzählen, bitte noch einmal die Häme über diesen Kommissar auskosten. Dass auch gefragt wurde, warum Hermann denn so dringend gesucht würde, überhörte Clarissa, das ging einfach unter, und wieso man denn vermute, dass sie noch so viel MANE habe, dafür gab es nur ein Schulterzucken. Und ich denke, dass auch die anderen noch ihre Bemerkung über die »lächerlichen Bezüge« im Ohr hatten und dass das nicht so gut ankam, schließlich hatte fast niemand von uns so viel Rente, und dann waren wir ja leider auch darauf »angewiesen«. Das hatte Clarissa wohl in ihrem Ärger vergessen – und ob Bernd jetzt wohl an die deponierte Kiste im Lagerraum des Buchladens dachte?

Clarissa beruhigte sich, fand ihren Charme wieder. »Jetzt habe ich eure ganze Konzentration durcheinandergewirbelt. Wart ihr noch beim Französischen? Also entschuldigen Sie bitte, Frank, das liegt an diesen bescheuerten Zeiten. Ich will jetzt den

Kurs nicht weiter stören, ich höre hier einfach zu, bis ihr fertig seid, dann lade ich euch alle ins Licis ein, zum vorläufigen Abschied, ich will nämlich mal ein bisschen in die weite Welt.«

Mit dieser Einladung hatte sie alle Sympathie zurück, das war jetzt genau das Richtige – und warum nicht gleich aufbrechen? »Frank, das macht doch nichts, heute ist einfach kein Tag für Kursarbeit, das lässt sich doch nachholen, kommen Sie mit, kommen Sie einfach mit.« – »Man kann doch nicht immer einfach zur Tagesordnung übergehen.« – »Genau.«

Der Kursleiter nickte dankbar und kam mit wie ein Kindeskind, wie ein verwaister Enkelsohn.

Dass Clarissa verreisen wollte, wurde bedauert in den höflichen Grenzen, die Begeisterung zulässt für alle möglichen Reisepläne: sonnendurchflutete Landschaften, märchenhafte Bauwerke, gastfreundliche Kulturen. Denn Clarissa wollte sich noch nicht entschieden haben, was ihr wirklich am besten gefiele, so eine Entscheidung ist ja nicht so leicht. Und sie hatte Geduld für ausführliche Vorschläge und wir die Nachsicht, dass wir wohl keine Adresse erfahren würden. Sicher sei nur, dass ihre Französischkenntnisse noch nicht für ein französischsprachiges Land reichten. Darüber wurde freundlich gelacht. Licis Restaurant erreichten wir als ein Tross lärmend vergnügter älterer Leute. An der Reaktion jüngerer Mittagspäusler merkte ich, dass wir nicht allen gefielen, aber die Bedienung begrüßte uns freundlich als gut zahlende Stammkundschaft. Clarissa bestand auf Sekt. Mittags Sekt, das war geradezu luxurierend ausschweifend. Und wir durften noch einmal Clarissas alte Geschichten hören, von den vielen Männerbeziehungen, die partout nicht funktionieren wollten, zum Totlachen, wie es immer so schnell danebenging. Bernd lachte am lautesten, er müsste es eigentlich besser wissen – die wunderschöne glamouröse Clarissa seit zwanzig Jahren von allen Männern verschmäht? Das war so unmöglich, dass wir ohne Hemmungen lachen konnten.

Wie immer ging ich mit Bärbel zurück. Mich hatte der Alkohol schweigsam gemacht, aber sie kommentierte leutselig: »War richtig nett. Ich hatte die große Trostlosigkeit ohne Hermann und Clarissa erwartet, aber Clarissa war ja reichlich da. Man kann ihr ja nichts übelnehmen, wirklich, ich würde sie gegen jede Kritik verteidigen. War nett, obwohl es etwas Abschiedsmäßiges hatte – du, ich weiß nicht, ob ich noch weiter in den Kurs gehe. Erst mal drüber schlafen. Freitag, wenn wir uns im Spieleparadies treffen, können wir ja noch mal drüber reden. Und Frank war süß, nicht wahr? Hätt ich nicht für möglich gehalten. Ich wär ja froh, wenn meine Eltern, na ja. Weißt du, die Menschen sind jahrtausendelang ohne MANE ausgekommen, jetzt dieses Gewese. Heut sind wir ja daran erinnert worden, dass es noch Sekt gibt.« Sie lachte. »Vielleicht lasse ich auch die Besuche bei meinen Eltern und lerne doch noch richtig Französisch. Oder trinke vorher wenigstens immer ein Glas Sekt.«

Sie schien ein wenig wacklig, ich fragte, ob ich sie nicht besser nach Hause bringen solle. Und blieb bei ihr, obwohl sie entschieden ablehnte. »Ich bin nur körperlich betrunken«, sagte sie, »weißt du, was schön ist: Clarissa hat Geld und kann reisen, sie hat Sekt und vermutlich auch noch ein paar MANE und keine Eltern mehr, aber ich nehme es ihr trotzdem nicht übel, ich mag diese exaltierte Clarissa, war richtig nett heute.«

Als Bärbels Haus zu sehen war, ließ ich sie allein weiterziehen, wartete an der Straßenecke, bis sie im Eingang verschwand.

Ja, war nett gewesen, habe ich gedacht, aber auch, dass ich vielleicht Hermann und Clarissa nie mehr sehen würde – und dass sich keine Gelegenheit ergeben hatte, Clarissa zu fragen. Keinen Moment war sie abseits von den anderen gewesen, und Bernd war bei ihr, als sie ging. Und hätte sie mir überhaupt etwas verraten, wenn wir für einen Moment hätten allein sprechen können? Unwirklich kam mir dieser Abschied vor und auch dieses

Kurstreffen, bei dem kein französisches Wort gefallen war – und kein offenes Wort über Hermann. Aber natürlich, wenn jemand etwas wusste, war er ausdrücklich zum Schweigen verpflichtet, so wie ich, und jeder wollte gern etwas erfahren, aber nichts preisgeben. So wie ich, natürlich.

Jetzt, wo ich allein war, war ich auch meiner Standfestigkeit nicht mehr so sicher, ich musste mich einer kleinen Instabilität des Bodens gegenüber behaupten. Es war irritierend, aber nicht unangenehm. Seltsam war, dass ich Bärbels Stimme vermisste, meine Schritte und die vielen Geräusche der Stadt wurden so laut. Zunächst schien das Dröhnen des Verkehrs gleichmäßig, dann hörte ich, wie der geliebte Summton der Stadtbahn sich von Zeit zu Zeit darüber hinwegschob, und wenn er sich entfernte, wurde ein Hintergrundmurmeln von Stimmen und Rufen deutlicher, das dann wieder in Summen und Rollen unterging, als würden verschiedene Klangbänder sich überlagern und sich in ihrer Intensität ablösen. Meine Schritte können das Klangbild ändern, das war ein überraschender Gedanke, aber was sollte ich damit anfangen? Ich ging einfach langsam schlendernd weiter, ohne jede Ungeduld, es war ja erst später Nachmittag, aber für heute war ich zu nichts mehr zu gebrauchen, was natürlich überhaupt keine Rolle spielte, ich war ja auch sonst zu nichts zu gebrauchen. Schon gar nicht, wenn es auf den Abend zuging, wo ich normalerweise noch eine Weile warte, bis ich den Fernseher einschalte, und wenn ich es heute früher tue, so ändert es gar nichts. Ich hatte nur ein merkwürdig ungutes Gefühl, ich würde *heute* zu viel Fernsehen schauen, eben über das zugestandene Maß hinaus.

An den blinkenden Wagen ging ich einfach vorbei, ich kannte niemanden in dem Haus, auch nicht die wenigen Stehenbleiber, es war mir zwar unangenehm, direkt an den Lichtern vorbeizugehen, und ich war erleichtert, als ich mich außer Reichweite fühlte, aber im Grunde waren diese Einsätze nicht mehr ungewöhnlich, nichts Besonderes. Ich weiß nicht, ob ich mich schon daran gewöhnt hatte oder ob es an meiner Müdigkeit und dieser Instabilität des Bodens lag, dass es mich nicht einmal interessierte. Es wird noch für einige Zeit zum Stadtbild gehören, dachte ich nur, solange es mich nicht betrifft, muss ich nicht darauf achten. Allerdings: wenn nun alle, wirklich alle Wohnungen untersucht werden, wann bin ich dann an der Reihe?

Heute jedenfalls nicht, heute bin ich zu müde. Heute ist doch kein wirklicher Tag mehr. Wer weiß, ob ich hier wirklich entlanggehe oder tatsächlich längst woanders bin. Oder vielleicht dahinschwebe wie die Gespenster aus dem Film GeistErleben, der so von der Kritik verrissen worden ist. Wieso eigentlich, dachte ich, was war denn so falsch an dem Film? Die Geschichte ist zu Beginn nicht einmal neu: Menschen werden in einer seltsamen Zukunft bei Erreichen eines bestimmten Alters transformiert. Und naturgegeben will es den Betroffenen in dem dazu bestimmten Moment nicht mehr einleuchten und sie versuchen zu fliehen. Neu an dem Film ist eigentlich nur, dass dem Helden die Flucht misslingt und er überraschend als Gespenst unter Gespenstern wieder auftaucht – und beglückt feststellt, dieses Geist-Erleben ist wunderbar leicht und traumhaft bedürfnislos. So wie er es sich immer gewünscht hat, so wie es immer schon hätte sein sollen. Und als Held, der er noch ist, überredet er die anderen Gespenster, mit Geisterhand die noch schwergängig Lebenden in die frohe Leichtigkeit zu befördern – zu einem gespenstisch guten Ende.

Frank Kerner würde dann doch glücklich seine Großeltern wiedersehen. Und alle, die einmal gelebt haben, wären unbeschwert vereint für alle Zeit. Niemand wäre verloren, niemand käme hinzu. Gespenster brauchen ja keine nachkommende Generation und müssen niemandem Platz machen. Die Erde könnte sich so von den menschlichen Belastungen erholen. Ökologisch ist es die Lösung und die aller anderen Probleme auch.

GeistErleben ist darüber hinaus. Und ich dachte, als Mensch, der ich vorhin noch war, müsste ich natürlich bedauern, dass Mäxchen nicht erwachsen werden würde, aber jetzt, in meiner gespenstischen Verfassung konnte ich ahnen, warum im Geist-Erleben diese Überlegung verschwunden sein würde wie andere Irrtümer auch. Ich begriff nicht mehr, was die Kritik so an dem Film gestört hat.

Ich hörte den Wind in der Wohnung, sah ihn auch durch die raschen Wechsel von Sonne und Schatten, die Äste des übriggebliebenen Baumes wankten, dunkle Streifen wischten über die Straße, Müll und Staub wurden mal gehäuft, mal wirbelnd verteilt. Und wenn, wie Hermann gesagt hatte, der Schlaf eine andere Wohnung ist, in der man sich nächtens aufhält, so war ich in der vergangenen Nacht an der See gewesen, irgendwo in einer Hütte im Norden, wo ich einen Sturm hatte wüten hören und im Hintergrund die Meeresbrandung. Jetzt musste ich nur die Straße vor meinem Fenster eine kleine Weile entlanggehen und käme an den Strand oder an eine Klippe, dort würden die Wolken genauso schnell über den Himmel rasen wie an diesem Fenster. Ich ging mit hochgezogener Kapuze hinaus, staksig schlurfend, weil Hüpfen nicht mehr geht, das Gesicht wiederholt nach links in den Wind haltend, darauf bedacht, nicht auf die Linien zu treten, ich bin auch noch das Kind, das ich einmal gewesen war. An der Kreuzung bog ich rechts ab, da hatte ich den Wind im Rücken, so konnte er mich mühelos ans Meer schieben, wo seit der letzten Nacht Clarissas Haus liegt – nein, umgekehrt, das Meer wartet nun dort, wo Clarissa wohnt, weil in der Nacht alles so glücklich durcheinandergeraten ist. Nur mal am Haus vorbeigehen, nur schauen, nicht schellen, das wäre natürlich unmöglich, höchstens vielleicht, wenn sie am Fenster stünde – aber bestimmt ist sie schon weg. Warum sollte ich jetzt entscheiden, was ich tun wollte, wenn ich angekommen sein würde.

Nach einigen Minuten hatte ich ausreichend Blätterhaufen zum Aufwirbeln. So wenig war ich nur gelaufen, und schon hatte die Straße Platz für Bäume, einzelne zunächst, dann Fleckchen ungenützten Grüns, dann rückten die Häuser hinter Vorgärten, und nach weiteren zwanzig Minuten waren sie durch Zäune und Mauern abgetrennt. Anders als bei dem Weg zu Mira war ich darauf gefasst, in die teuerste Wohngegend der Stadt zu kommen, aber eigenartig war es doch, dass es nur einen Fußweg entfernt war. Und auch erstaunlich, dass so viele schöne alte Häuser noch bewohnbar waren, während so viele Neubauten abgerissen werden mussten, und dass es nicht anders aussah als vor vierzig Jahren. Ein schöner Gedanke, dass es anscheinend Umgebungen, Räume gibt, in die man zurückkehren kann, auch nach Jahren. So wie Burgen und Kirchen *bleiben*, man hat sie als Kind besucht, als junger Erwachsener vielleicht, und wenn man später noch einmal zurückkehrt, ist es doch belanglos, ob man sich verändert hat oder alles neu sieht, angesichts so großer Zeiträume zählt die Zeit eines Lebens nicht, und es fällt leicht zu denken *wie früher*. Wie früher ist ein einfaches Spiel mit ein bisschen Übung: die Breite der Straße, das Anthrazit der Pflastersteine, die verzierten Torgitter, die Steinfiguren an den Giebeln, Glasfenster über Eingangstüren, Türme auf Dächern, Gartenlauben, Inschriften. Ich fand auch das rote Haus mit der großen Veranda wieder, in dem ich so gerne gewohnt hätte. Es war immer noch rot und wuchtig, aber ich sah dem Haus jetzt an, dass andere dort gelebt haben. Die Bäume müssen auf jeden Fall schon hier gestanden haben. Wild wuchernder Efeu an einigen Wänden könnte neu sein, so grün war es mir damals nicht vorgekommen. Und nicht so ruhig, das Fehlen von Lärm kann ich heute besser hören.

Umso überraschender waren die Einsatzsirenen, die anschwellend näher kamen. Bestimmt ein medizinischer Notfall, dachte ich, drehte mich um und sah diesen Kommissar Weiland in dem heranrasenden Polizeiwagen, schaute erschrocken weg, duckte mich hinter einen Mauerpfosten, lehnte an dem kalten Stein, bis der Boden aufhörte zu wanken. Es dauerte eine Weile, bis die Erde wieder stillstand, nichts war von der gespenstischen Leichtigkeit übrig geblieben. Ich war wütend über meine Panik. Warum konnte mich dieser unerwartete Anblick so aus der Fassung bringen, obwohl dieser Weiland mich noch nicht einmal erkannt haben konnte, weil er eindeutig in die entgegengesetzte Richtung geschaut hatte und ich doch überhaupt nur spazieren gegangen war, wogegen niemand etwas haben konnte, und ich im Grunde nicht einmal sicher sein konnte, dass er es wirklich war, und es auch keinen Grund gab, warum er auf mich achtgeben, und keinen, warum mich das stören sollte. Ich war lächerlich in meiner Angst. Und genau genommen war dieser Alarm in dieser leeren Straße ebenfalls lächerlich. Trotzdem überlegte ich, ob ich weitergehen wollte, war ernsthaft unschlüssig, ob ich nicht umkehren sollte.

In Sichtweite des Hauses blieb ich wieder stehen, zwei weitere Einsatzwagen blockierten den Eingang, auf die übliche Weise blinkend. Polizisten trugen Kisten aus dem Haus und luden sie ins Auto, mindestens fünf, solange ich es beobachtete. Eine Frauengestalt stand in der Tür, kleiner und zarter als Clarissa, die Polizisten schienen sich zu verabschieden, ließen die Wagentüren scheppernd zufallen und fuhren davon, diesmal ohne Sirenen, die Frau war nicht mehr zu sehen. Es wurde ganz ruhig. Ich ging nicht direkt auf das Haus zu, machte einen Umweg über die Seitenstraße, so viel war von der Angst übrig geblieben, eine kleine Vorsichtsverzögerung wollte ich mir zugestehen. Vielleicht gab es ja Kameras, vielleicht wurden die Besucher registriert, auch wenn nichts in dieser Richtung zu erkennen war. Ich näherte mich nun von der Gartenseite, sah, dass Schaukel und Sitzecke noch an derselben Stelle im Gras standen, dass sogar das Baumhaus noch da war, auch wenn die Leitersprossen fehlten. Seltsam, dass hier meine Kinder gespielt hatten. Damals hatte ich auch Angst gehabt, Angst, dass sie aus dem Baumhaus fallen könnten oder auf die Straße laufen. Gerade das musste mir jetzt von den schönen Sommertagen einfallen. Das Haus sah wie unbewohnt aus, aber die Frau müsste doch da sein, also ging ich weiter, dem Eingang entgegen, noch immer unsicher, ob ich klingeln sollte. Wie sollte ich denn unangemeldet einfach vor dieser mir völlig fremden Frau auftauchen. In diesem Moment trat sie aus der Tür, mit Umhängetasche und wehendem Mantel, schlank, beinahe zart, kam mit großen, freundlich entschlossenen Schritten auf mich zu, als kenne sie mich.

»Wie schön, dich mal wiederzusehen, du wolltest sicher zu Clarissa, aber die ist schon seit zwei Tagen abgerauscht.«

Ich war irritiert. Sie stand wie selbstverständlich vor mir, ein altes Gesicht, aber schön, trotz aller Knitterung, und mir wollte kein Name einfallen, obwohl ich angestrengt nachdachte und obwohl ich das Gefühl hatte, sie erst in der vergangenen Woche irgendwo gesehen zu haben, aber das konnte doch nicht sein, und ich wusste nicht, was ich sagen sollte. Der Blick wurde prüfend, dann gespielt streng.

»Du erkennst mich nicht, das ist gemein. Von mir ist also nichts übrig geblieben, und du bist noch so sehr die alte. Allerdings werde ich auch durch die schönen Fotos erinnert, die Clarissa von dir hat. Du mit einem Baby auf dem Schoß, bildschön wie eine Madonna, und dann noch neben einem Jungen. Am liebsten würde ich dir die jetzt zeigen, aber das geht nicht, weil ich zur Probe muss, komm doch einfach ein Stück mit mir, dann hast du Zeit, dich zu erinnern, ist ja außerdem auf dem Weg in die Stadt, und wenn ich erst mal da bin, verzögert sich wahrscheinlich alles, und dann lad ich dich auf einen Kaffee in die Kantine ein. Also komm!«

An der energischen Wendung des zarten Körpers erkannte ich sie endlich. »Elena! Mensch, Elena, bin ich blöd!« Ich nahm sie verlegen in den Arm.

»Na endlich. Einen nicht zu erkennen, nur weil dreißig, vierzig Jahre vergangen sind!«

»Ich bin total dusselig.«

»Na ja, ich war ja auch immer viel älter als ihr, damals fiel das nicht so auf, ihr wart Anfang dreißig und ich Mitte vierzig.«

»Ach was, das ist es doch nicht.«

»Du weißt eben noch nicht, was zehn weitere Jahre ausmachen.« Sie lächelte mit ihren schönen Augen, sprach vollkommen mühelos trotz des Windes, ging mit großen, eiligen Schritten voraus, und ich hatte Mühe, ihr zu folgen, was sie ohne Überraschung bemerkte. Und es war vollkommen überflüssig, ihr zu antworten, dass die zehn Jahre wirklich nichts ausmachten, ihr Schritttempo es doch zur Genüge zeige und auch, dass sie offensichtlich noch arbeitete, was mir längst zu viel war.

Sie nickte grinsend, ich hatte gesagt, was zu erwarten war. »Ich bin eben der Typ überraschend sportliche Alte, das ist alles. Und beim Film sind genau diese Alten jetzt gefragt, ich meine, viel mehr als früher, wo man an ein paar Älteren genug hatte, das hat unheimlich zugenommen. Kürzlich wurde doch kritisiert, das Durchschnittsalter der Darsteller läge bei fünfundsechzig Jahren, das ist natürlich Quatsch, und wenn's stimmt, seh ich das selbstverständlich positiv, ich arbeite noch ganz gern. Na ja« – sie zog eine Grimasse –, »man muss natürlich hart im Nehmen und nicht beleidigt sein, wenn man Hundertjährige spielen soll, also in meiner Rolle heute bin ich 95, gut zehn Jahre älter, steht mir glänzend.« Ich widersprach mit der gebotenen Entschiedenheit und bekam wieder ihr dankbares Lächeln. »Ja, ja, wie gerne ich so was höre, am liebsten dann auch gleich glaube, aber nein, und du bist immer noch so eine Nette, so eine ganz, ganz Nette. Habe ich übrigens damals nicht sofort gemerkt, weißt du ja, ich war ganz schön eifersüchtig.«

War sie tatsächlich aus Eifersucht früher so abweisend gewesen?

»Ich dachte, du mochtest mich eben nicht, warum sollte eine Schauspielerin wie du auch so eine nichtssagende kleine Mama mögen. Ich hab mich damals überhaupt gewundert, wieso Clarissa so nett war und mich so oft eingeladen hat.«

Elena lachte jetzt schallend. »Oh, meine schöne, kleine Madonna, also da müssen wir wirklich mal zusammen die alten Fotos angucken, ach du meine Güte, Clarissa wird sich freuen, wenn ich das schreibe. Sie liebt die alten Fotos ja so, hat auch mal vorgehabt, sie zusammenzustellen als eine Art persönliche Chronik, es dann aufgeschoben, du weißt ja, wie Clarissa ist. Und nun ist sie erst mal einige Zeit weg, da bleibe ich hier übrig, als Hüterin des Hauses.«

»Und da hast du jetzt den Stress mit der Polizei gehabt, hab ich gesehen vorhin, wie der Kommissar weggefahren ist und die Kisten rausgetragen wurden, hab mir natürlich Sorgen gemacht, so eine Hausdurchsuchung muss ja furchtbar sein, erstaunlich, dass du so ruhig bist.«

»Den Wutausbruch hab ich hinter mir, übrigens gekonnt, da bin ich ja professionell. Clarissa hatte damit gerechnet und sich längst bei Freunden einquartiert. Jetzt ist sie verreist, natürlich war nichts Kompromittierendes mehr zu finden, alles vorbereitet, nur das Chaos im Haus war nicht zu vermeiden. Räum ich in Ruhe auf.«

Ich war ziemlich außer Atem. Sie nahm nachsichtig meinen Arm. »Wir können ruhig zwei Stationen mit der Stadtbahn fahren, und du gehst dann gleich in die Kantine und ruhst dich aus.« Und sie freute sich über meine Erleichterung. Als wir einstiegen, hörten wir auf zu reden, als müssten wir auf Mithörer achten. Dabei saßen nur wenige in der Bahn, schauten schweigend und träge aus den Fenstern oder in die Monitore, wie immer Szenen aus Fernsehserien und Werbung, der Ton abgestellt, es war wie üblich einschüchternd still. Niemand redete, niemand bewegte sich, kein Kind war zu sehen, nur ein jüngerer Mitfahrer. Kinder waren jetzt wohl auf den Kinderplätzen, und die Jungen hatten selten Arbeit, die es nötig machte, mitten am Tag Stadtbahn zu fahren. Also blieben die Älteren übrig, die vielleicht Zeit hatten so wie ich oder unterwegs waren zu einem dieser symbolisch bezahlten KatSmile-Jobs. Ich wurde nicht angeschaut, nur Elena streiften manchmal prüfende Blicke. Eine Frau starrte sie an, als würde sie sie kennen, geradezu unhöflich direkt. Elena achtete nicht darauf, blickte interessiert in die Monitore. Und in diesem

Moment fiel mir ein, dass ich sie ja in einer dieser Serien gesehen hatte, sie war eine unsympathische Alte gewesen, die grundlos und fröhlich mordete. Als ich den Film sah, hatte ich nicht erkannt, dass die Schauspielerin Elena war. Jetzt flüsterte ich: »Du warst ja auch mal eine ziemlich fiese Mörderin.« Sie nickte. »War ein furchtbar alberner Film, hat aber Spaß gemacht, die Rolle passte im Übrigen glänzend zu mir, und außerdem nehm ich ja alles mit.«

Als wir ausstiegen, blickte sie unzufrieden zurück. »Wenigstens eine hat mich in diesem verdammten Wagen erkannt, immerhin, schade ist nur, dass Leute, die mich in dieser Weise anstarren, immer die sind, die die blöden Filme schauen, in denen ich zurzeit mitspiele, die anderen, so wie du, erkennen mich nicht.« Ich lachte, meine Fernsehgewohnheiten wollte ich lieber nicht zugeben. Sie ging in Riesenschritten auf das alte Theater zu. Ich war froh, gleich in die Kantine geschickt zu werden, zum Glück auch an Toiletten vorbeizukommen. Der riesige Raum war fast leer, nur zwei kleine Gruppen von jungen Leuten lungerten herum, die mich angenehmerweise nicht beachteten. Ich holte mir Tee, entspannte mich wartend.

Sie kam nach etwa einer halben Stunde zurück, begrüßte ausgiebig die beiden Gruppen von Kollegen, bevor sie sich zu mir setzte. »Hab ich doch gewusst, dass erst mal Chaosminderung betrieben wird und ich noch ein bisschen Zeit habe. Hübsch hier, nicht? Ich finde, wie in einer Fabelwelt oder einem Aquarium, entweder unter- oder überirdisch, zum Aussuchen.«

»Ja, auf jeden Fall oasenhaft schön.«

Sie sah mich freundlich, aber auch wartend an. Richtig, ich hatte noch keine Erklärung gegeben, warum ich vor Clarissas Haus gestanden hatte.

»Natürlich ist es unsinnig, dass ich mir um Clarissa und auch um Hermann Sorgen gemacht habe, Hermann und Clarissa sind ja eigentlich die letzten, um die man sich Sorgen machen muss« – Elena nickte zustimmend –, »aber dass sie so plötzlich abreisen und ja wohl auch abreisen müssen, ist schon beunruhigend. Sowieso das ganze Irrsinns-Theater um MANE. Ich hab eine Verhaftung gesehen und mich geschämt, dass ich dabeigestanden bin, an der Klinik war ein Wahnsinns-Chaos, zur Befragung musste ich auch, eine Farce, die Leute bringen sich um wegen dieses Zeugs. Unglaublich, was sich da alles abspielt, und vorhin die idiotische Razzia bei euch. Wirklich unglaublich. Findest du es nicht auch eine Schande, dass man den Leuten dieses Medikament nicht einfach lässt?«

»Hm, na ja, du bist eben eine Nette, und alles so weiterlaufen zu lassen, wär natürlich das Netteste. Aber überleg mal, wie soll das funktionieren. So viele Menschen so lange versorgen. Und wenn es wirklich um Gerechtigkeit gehen soll, dann müssten natürlich auch die Millionen in anderen Ländern versorgt werden, die immer noch nicht genügend medizinische Betreuung, keine hochwertigen Medikamente, keine Dialyse, nicht einmal genug Nahrung und unbedenkliches Wasser bekommen. Die haben eine Lebenserwartung, die um zwanzig, dreißig Jahre unter unserer liegt, und werden immer noch beraubt, wie sagte man in unserer Jugend: ausgebeutet. Und hier werden die Menschen immer älter und älter und verlangen für diese weiteren Jahre weitere Importe, die zu Entbehrungen bei den anderen führen.«

Ich schaute Elena erschrocken an, mit dieser Antwort hatte ich nicht gerechnet, suchte in Gedanken nach den üblichen Entgegnungen: Man müsse eben alles gerechter organisieren, den Profiteuren die Macht nehmen und so weiter, aber sie redete einfach weiter. »Und wie sollen die jungen Leute das hinkriegen, die haben doch jetzt schon keine Freiräume mehr, nicht so wie wir früher, wer nicht spurt, kann dienstverpflichtet werden – und wir haben doch alle keine Kinder großgezogen, ich meine, du schon, aber ich nicht, Clarissa, Hermann, Hanno, Bernd, Patricia und so viele andere nicht. Ach, weißt du überhaupt, dass Clarissa mal ein indisches Mädchen adoptieren wollte? Es war so ein armes, hübsches Ding, das wir auf einer Reise kennengelernt haben, wir haben uns um sie gekümmert, und das Kind war sehr anhänglich. Eine Waise, aber leider sind dann doch Onkels aufgetaucht, die das Kind nicht außer Landes geben wollten. Kann man ja auch verstehen. Clarissa war todunglücklich, für eine gewisse Zeit. Einen weiteren Versuch der Adoption hat sie nicht unternommen, das Verfahren war ihr zu mühsam. Vielleicht wäre es auch aussichtslos gewesen, Kinder waren auch damals schon seltene Pflänzlein. Ich fürchte, erst wenn Menschenkinder in künstlichen Gewächsen heranreifen werden und die Elternwilligen sich ein schönes, gelungenes und allen Anfangsschwierigkeiten schon entwachsenes Exemplar aussuchen können, werden die Clarissas und Elenas dieser Welt nicht mehr kinderlos sein. Na ja ... also, ich hab jetzt den Faden verloren, ich will einfach sagen, mir geht das Gejammer auf die Nerven. Und ...« – sie schaute sich vorsichtig um und wurde viel leiser –, »und es ist doch wohl nicht so, dass MANE nicht mehr verfügbar ist, die Frage ist doch, wer bekommt es und wer nicht, die alte Geschichte. Wenn es hier nicht geht, muss man eben mal entsprechend verreisen, und du wirst sehen, für einige wird es auch hier zu haben sein.

Schau nicht so traurig, die Käuflichkeit des Überlebens ist doch nichts Neues, ich verurteile auch niemanden, der es sich besorgt, natürlich nicht, so wie wir hier leben, das wär ja lächerlich. Aber weißt du, ich glaube, ich will es nicht mehr nehmen, wenn es die anderen nicht haben können.«

Ich war verlegen, nicht eigentlich gekränkt, überlegte nur, ob ich gekränkt sein sollte. Aber warum? Sie will mir nicht vorwerfen, dass ich noch MANE nehme, dachte ich, bestimmt nicht, dazu schaut sie zu sanft, aber was soll ich antworten, es wird mir nichts Gescheites einfallen – dass alles *irgendwie* auch mit gerechten Dingen zugehen könnte, ist vielleicht doch zu läppisch, sie wird natürlich gleich sagen, ja warum hat es denn bisher nie auch nur in Ansätzen geklappt und so weiter. Man kann nicht fortwährend das Blaue vom Himmel herbeiargumentieren, ich sowieso nicht, ich verstand ja noch nicht einmal, warum sie mich so selbstverständlich zu den Bescheidwissern (und MANE-Privilegierten) rechnete und so offen darüber sprechen konnte. Wer weiß, vielleicht sind die Bescheidwisser schon bald in der Mehrheit, aber niemand will reden, den Anfang machen, nur Elena, die spricht, als sei es das Allernatürlichste, alles auszusprechen. Clarissa wird alles von Anfang an gewusst haben, das ist es, ein Privileg zieht das andere nach sich. Ich sah Elena wohl ein bisschen beschämt an, obwohl es im Grunde befreiend war, so offen reden zu können. Das erste Mal seit Hermanns Erklärungen.

»Aber schauspielern willst du doch auf jeden Fall?« Ich weiß nicht, warum ich das sagte, die Frage kam wie von selbst, anteilnehmend, nicht herausfordernd.

Sie war bestürzt, stöhnte, aber gekränkt war sie zum Glück nicht. »Oje, das ist der schwache Punkt, natürlich, ich denke mir, ich nehm's nicht mehr, und alles bleibt wie vorher, aber wenn ich dann nicht mehr die Kraft hätte zu schauspielern, tja, das geht nicht, das will ich nicht aushalten. Man ist so schnell überheblich, die andern haben ja wohl auch gute Gründe, der eine will einen Roman zu Ende schreiben, ein anderer muss noch Geld verdienen oder sich um die Eltern oder wie du um Enkel kümmern und packen's nicht ohne. So gesehen ist das Verbot eine einzige Gemeinheit, das ist wahr.«

Sie stöhnte noch einmal, schaute nach der Zeit. »Scheiße, ich muss gleich«, fragte aber noch: »Ist es eine Niederlage, wenn das Aufhören nicht klappt?«

»Ich will nicht nachdenken, wenn es zu nichts führt.«

Sie nickte. »Pass auf, wir sehen uns ja wahrscheinlich am Samstag« – und als ich verwundert guckte –, »da ist doch die erste der fortlaufenden Abschiedsfeiern für Hans-Georg, Veronikas Mann, ich rezitiere ein bisschen.«

»Ach, das ist schon Samstag, du meine Güte, so schnell? Wenn du das machst, ist es ja gar nicht furchtbar.«

»Na, wart erst mal ab, das Programm war ja schon länger gebucht, für einen anderen Zweck, Geburtstag oder so, und Veronika will was machen, bevor sie verreist.« Sie grinste. »Wieder eine, die zu ausgesuchten Erholungen fortschwebt – aber jetzt muss ich.«

Sie stand auf, und ich ging natürlich mit hinaus. Die jungen Leute lächelten aufmerksam, und Elena winkte exaltiert. Sie hatte es so eilig, dass sie sich umgehend umwandte, nur noch einmal winkte und rief: »Nicht vergessen, am Samstag zu kommen, schöne, kleine Madonna«, dann war sie verschwunden.

Ich war nicht am Meer gewesen, so viel war klar, der Wind nur mehr störend kühl, die Hälfte des Tages dahin – die andere sollte Mäxchen gehören. Aber dass Elena unterstellte, ich würde MANE noch nehmen, um mich um den Kleinen kümmern zu können, war maßlos beschönigend. Eine von diesen Höflichkeiten, die auch eine Elena nicht weglässt. Natürlich nehme ich es für mich, für dieses allmorgendlich schmerzfreie Auftauchen aus dem Ursee, mit dem es so wunderbar auszuhalten ist, bis sich Beschwerlichkeiten zögernd wieder einstellen. Nein, diese nicht einmal mehr fünfzig Tage will ich für niemanden als mich selbst. Auch wenn Elena so freundlich war, es nicht zu sagen. Freundlich war sie ja wirklich gewesen, aber auch auf niederdrückende Weise respektabel. Ich muss mich von ihr erholen, dachte ich. War dann überrascht, dass ich nicht wusste, wie ich zurückfinden sollte, ging zu einem dieser grellen Auskunftdisplays, die ich verabscheue. Wie zu erwarten, waren die aufleuchtenden Orts- und Wegbeschreibungen verwirrend und missverständlich, die umständlichen Umsteigeverbindungen zu kompliziert für mich. Also nahm ich ein Einkaufszentrum als Ziel, relativ einfach zu finden, von dort kannte ich den Weg nach Hause. Und konnte so noch ein bisschen einkaufen für Mäxchen.

Eine gute Entscheidung, das Banale kann richtig befreiend sein. Die auf dem Schokoladenpuzzle fröhlich winkenden Kinder aus Übersee waren ein kurzer Rückschlag. Natürlich war es zynisch, dass auf der Packung Kinder winkten, als hätten sie Spaß daran, dass andere Kinder beschenkt wurden, während sie vermutlich weder Schokolade noch Puzzlespiele, noch genügend Nahrung und Kleidung und nicht einmal Zeit zum Spielen hatten. Natürlich ist es unglaublich, wie hartnäckig und massiv die Kinderarbeit nach angeblichem Verschwinden wieder aufgetaucht ist, und natürlich sollte ich Gutmarktschokolade kaufen, aber Mäxchen freut sich immer so über den Spaß des Puzzelns. Und ich hatte nun dank Elena dieses schlechte Gewissen, das nichts ändert.

Mäxchen war überdreht, und ich musste im Kinderhaus eine Weile warten, bis alle am Vormittag gesammelten Blätter wiedergefunden waren und er sich kaspernd von seinen Freunden verabschiedet hatte. Die Erzieher schienen froh über jedes Kind, das abgeholt wurde, es waren wohl zu wenig Betreuer dagewesen, das Nachmittagsprogramm hatte nicht funktioniert, ich musste mir umständliche Entschuldigungen anhören. Lag das Chaos daran, dass die zusätzlich und nur katsmilemäßig bezahlten Beschäftigten sich verabschiedet hatten, wie in den Nachrichten behauptet wurde? Fehlten all die engagierten Siebziger, die zurzeit epidemisch unpässlich waren?

Er beruhigte sich auf dem Weg, begann mit seinen üblichen, kaum zu unterbrechenden Monologen über alles, was heute vorgefallen war. So viele Blätter zum Beispiel, die allerbuntigsten und vielzackigsten hatte er schon gesammelt, wir mussten aufpassen, dass wir die Fabelblätter auf dem Weg nicht übersahen. Er hob sie behutsam auf, als würden sie leben, erst als er müde wurde, durfte ich die Tüte nehmen. »Gell, Oma, mich kannst du nicht mehr tragen?«, wollte er wissen, ohne die Fröhlichkeit zu verlieren, und: »Wir gucken aber bestimmt wieder Fernsehen, nich?«

In der Wohnung legte ich alte Zeitungen auf den Boden, um die Blätter auszubreiten, und hatte ja nicht geahnt, wie interessant das war. Gedruckte Zeitungen, wie komisch, Illustrierte, aus denen man Bilder ausschneiden konnte, und das Rascheln und Knistern, wenn man über die Zeitungen rutschte. Mäxchen sortierte seine Funde, stapelte und verteilte sie wieder, begann sie vergnügt zu zerkrümeln. »Morgen finden wir ja wiesoso noch ganz viele Zauberblätter.«

Das Spiel nahm ihn so gefangen, dass ich in aller Muße Kaffee trinken konnte. Ich war froh darüber, wie immer, ich meine, es war schon immer so gewesen, dass ich froh war, in Gegenwart der Kinder Zeit zu haben für mich oder irgendetwas anderes. So viele einmalige, glückverheißende Gelegenheiten des Kinderspiels habe ich bereitwillig verpasst, um Kaffee zu trinken oder vermeintlich unaufschiebbare Dinge zu erledigen. Schade, dachte ich, wirklich schade, machte mir bedauernd einen Kaffee. Schaute nach, ob ich auch die Einladung zur Abschiedsfeier bekommen hatte, war erleichtert, als ich sie vorfand, obwohl sie mir meinen Samstag stehlen würde. Nicht eingeladen zu werden, ist auch nicht das Richtige. Das Programm war abschreckend ausufernd, vom Nachmittag bis in den Abend, Musik, Tanz, Lesung, Büfett, alles irgendwie dabei. Unglaublich, wie Veronika das so schnell organisiert hat. Elena wird recht haben, dass eine alte Planung einfach umbenannt worden ist. Carla hatte eine Notiz geschickt, dass sie die Einladung gestaltet habe, ich also unbedingt kommen müsse. Außerdem fühle sie sich deutlich besser und habe wieder alles »im Griff«. Da hätte ich allerdings längst mal fragen können, wie es ihr geht, schon wieder nicht daran gedacht. Ich schrieb eine nette kleine nichtssagende Antwort. Und Bärbel die Zusage für das Spieleparadies morgen früh. So waren die beiden nächsten Tage geplant. Wie hieß es noch mit Beckett: »Morgen wird wieder ein schöner Tag gewesen sein« oder so ähnlich. Bruno zitiert es gerne, er kann immer so wunderbar passend zitieren, er ist so wunderbar aufgehoben in all seinen Zitaten und Büchern – nur ein Buch fehlt ihm, das ausgerechnet ich habe.

Mäxchen spielte ausdauernd, ich blätterte in der Zeitung. Nachrichten über MANE standen nicht mehr auf den ersten Seiten, das lag wohl an dem Egül-Konflikt mit den ausufernden diplomatischen Verwicklungen und der Gurteb-Pleite. Unglücksfälle, die ewig sich erneuernde Finanzkrise, der Arbeitskräftemangel, Verteuerungen im Gesundheitssektor und das Altenproblem waren wieder nach vorn gerutscht. Warum sollte ich das lesen. Auch den Artikel über Hilfsaktionen in Nardmra hätte ich gleich überblättert, wenn mir nicht Elena eingefallen wäre. Ja, sie waren noch allgegenwärtig, die Meldungen über das Elend in so vielen Gebieten in der Welt. Dass sich das einfach nicht ändert. Und immer noch gab es diese Berichte, die erklärten, dass das Elend ja diese und jene Ursachen hatte und diese und jene Schuldigen und dann noch die, die es in Kauf nahmen.

Früher hatte ich diese Berichte oft gelesen, um mich wenigstens eingeweiht zu fühlen, wenn auch auf eine sehr folgenlose Weise. Jetzt zögerte ich, der Bericht dehnte sich über eine ganze Seite aus – und Nardmra, das war irgendwie so bekannt. Nardmra hatte doch am meisten unter der katastrophalen Missernte vor zehn Jahren gelitten, war jedenfalls immer zuerst genannt worden, als alles verfaulte, was in riesigen Flächen hochgezüchtet wurde, ein Fehler in der Saatgutmanipulation oder eine paradoxe, gigantische Explosion von mutierten Schädlingen, hatte es geheißen. Jedenfalls dann in der Folge dieser weltweite Zusammenbruch von Nahrungsmittelfirmen, hierzulande natürlich von den Regierungen gestützt, aber nicht in Nardmra und anderen Ländern. Es war ein Elend biblischen Ausmaßes gewesen, bis dann das Netles gefunden wurde, im Moment leider Grund für kriegerische Konflikte. Das würde bestimmt alles in diesem Artikel stehen, und die Hilfsaktionen würden gelobt werden, bestimmt, auch wenn sie aus den Ländern kamen, denen das Elend zu verdanken war.

Ich beschloss, den Artikel am Abend zu lesen, vielleicht auch morgen. Er war einfach zu lang. Erst auf Seite sechs fand ich einen Artikel zur »Eliminierung der MANE-Gefahr« und Diskussionen über die Gefährlichkeit von eventuellen Restbeständen. Auf der Folgeseite ging es um Verhaftungen und Hausdurchsuchungen. Zum Glück nur unbekannte Namen, Clarissa war noch nicht angegeben. Fragen zur Berechtigung der ganzen Aktionen oder wenigstens der Verhältnismäßigkeit der Durchführung wurden nicht einmal gestreift. Stattdessen die Überlegung, in Zukunft alle Patienten auf ihre Einnahme von MANE zu testen und regresspflichtig für ihre »damit verursachten Krankheitskosten« zu machen. Das war absurd, eine Ausgeburt der Lüge, aber eine Lüge verlangt ja in der Regel weitere Lügen, und diese taugt auch wunderbar als Abschreckung, ist außerdem konsequent, schließlich wird die Liste der Gefährdungen und Erbkrankheiten, die zwangsweise getestet werden, ständig erweitert. Der Konsum von MANE wird selbstverständlich genauso wie der Abusus von Alkohol, Nikotin, Zucker und Fett nachgewiesen und sanktioniert werden. Das könnte ein Problem werden, daran hatte ich noch nicht gedacht, hoffentlich werde ich in der nächsten Zeit nicht krank werden, Blutuntersuchungen muss ich auf jeden Fall vermeiden, zumindest so lange, bis meine MANElosen Zeiten anbrechen. Beunruhigt legte ich die Zeitung beiseite.

Es begann dunkler zu werden, Zeit, zur abendlichen Beschaulichkeit überzuwechseln, dachte ich, zum Lesekuscheln, zu den phantastisch-unheimlichen Geschichten, die das Behagliche steigern. Jeden Abend dieses Jetzt-kann-ich-mit-allem-unschön-Fordernden-abschließen-Gefühl, dieses Jetzt-ist-aber-genug, auch wenn in meinem Zeitsee sowieso nur vorbeihuschende schwarze Boote zugelassen sind. Alles wird so wunderbar verschiebbar, wenn der Abend kommt. Gleich werde ich fragen: Wird heute der kleine Drache sein Nest wiederfinden? Und endlich lesen, wie er vorhersehbar rückwärts in kleinen Schritten, die letzten Tage erinnernd gegen die Richtung der Zeit, sich den vergangenen Abend herbeiwünschend zu Hause ankommt. Ich freute mich auf den kleinen, anschmiegsamen Körper, der angespannt aufmerksam bleiben würde, bis alles gut ausging, freute mich schon auf die nächste Geschichte: auf Lummerland, Lokomotivführer, Halbdrachen und den wunderbaren Scheinriesen Turtur, der das Pech hat, im Gegensatz zu allem anderen in der Ferne größer zu scheinen als in der Nähe, bei dem das gewöhnlich Scheinbare ins Gegenteil verkehrt wird. Der so riesenhaft ist, solange man ihm nicht gegenübersteht. Ich glaube nicht, dass es eine gelungenere Fiktion gibt als diesen Turtur von Michael Ende. So kindlich einfach und gruselig komisch. *Scheinbar* leicht zu verstehen: Wenn die Dinge aufhörten, in der Ferne kleiner zu werden, behielte alles das richtige Maß.

Warum war Mäxchen noch nicht bereit? Er merkte, dass ich ihn anschaute, blickte kurz und geistesabwesend zurück, drehte mir unwillig wieder den Rücken zu, sah mich eine lange Weile nicht an, dann zögernd, anscheinend *besorgt*. Wie: Ist der Tag schon zu Ende? Aufgebraucht, vorbei, kaputt (wenn auch nicht mit Feueratem abgebrannt), muss jetzt wieder alles verschwinden, ins Dunkle, ins Andere, irgendwohin, wo es weg ist, muss man jetzt wieder vertrauen, dass alles wiederkommt, alles mit einem Morgen wieder anfängt, auf dieses gespenstische »Morgen früh, wenn Gott will ...«?

Heute war also ein Abend mit Überredung. Manchmal vergesse ich, was ich allzu gut gekannt habe (das Einzige zudem, was ich bei Proust, denke ich, wirklich verstanden habe): die Angst vor dem Einschlafen. Ich muss jetzt sanft und zuversichtlich lächeln und beharrlich lügen: Der Tag kommt doch wieder, es wird doch nur Abend, damit ein neuer Morgen kommen kann. Die Sonne geht unter, damit sie wieder aufgehen kann, nur deshalb. Ich hätte niemals die Geschichte vorlesen sollen, in der nachts die Farben verschwinden und morgens alles wieder neu angemalt werden muss (*und wenn dann die Farbe alle ist?*), und nicht von Traumreisen und Traumgestalten (*und wenn mir was passiert?*), nicht »die Zeit wohnt in den Tagen« (*ist sie dann in der Nacht einfach weg?*), muss mich hüten vor allen Geschichten, in denen eine Welt verschwindet, auch wenn tausend neue auftauchen. Nichts darf untergehen, nicht der Tag, nicht die Welt, nur die Sonne, daran hat man sich gewöhnt, ich muss entschieden behaupten: Der Tag muss sich ausruhen und kommt dann wieder, diesen Unsinn. Natürlich stirbt dieser Tag jetzt, ist einer weniger auf der Liste, einer nach dem anderen, da ist nichts Kuscheliges dabei. Das Wiederkommen ist *scheinbar*, mag die Sonne auch in aller Ewigkeit aufgehen (auch das ist falsch). Ich sollte die Lüge wenigstens abmildern in: Es kommen noch genug andere Tage (für ihn mehr als für mich, hoffentlich). Aber ich muss noch draufsetzen: Ich bin doch bei dir, dir wird also nichts passieren, es gibt keinen Grund für die Angst. Ich habe doch keine Wahl, als so etwas zu sagen, die Angst (die sehr klug ist) muss ich ihm nehmen. Ich locke schließlich: Willst du denn nicht wissen, wie die Geschichte ausgeht?

Ich bekam dieses *Doch* nach einer Weile, also war es wieder geschafft (tausend und ein Tag).

Bärbel erschien später als sonst, sehr bemüht, ihren üblichen Schritt einzuhalten, und offensichtlich müde. Sie zog ein kleines Wägelchen hinter sich her und machte gleich klar, ihr war das Ding peinlich. Ich wollte aufmuntern, die Handlichkeit des Geräts loben, das nicht unschöne dezente Rot, aber sie wiegelte ab. »Red keinen Blödsinn, das hier ist einfach lächerlich, ich fühle mich hundert Jahre älter und irgendwie lädiert, allein das Geräusch der Roller, furchtbar, aber ich muss einfach Kaffee mitnehmen, ich weiß nicht, wie ich sonst über den Tag komme, und über den darfst du dich meinetwegen freuen.« Also freute ich mich, grinste vorsichtig. »Ist hier auch kein Problem, es gibt ja Toiletten.« Sie nickte, jetzt ebenfalls grinsend. »Genau. Kann uns nichts passieren. Gestern Abend hab ich zwei Glas Sekt getrunken, das hab ich Mittwoch gemerkt, bei Clarissas Abschiedsessen, dass Sekt helfen kann, wenigstens ein bisschen zu schlafen. Schlafen funktioniert also einigermaßen, aber nicht das Aufwachen. Ich glaub, ich weiß gar nicht mehr, wie das geht. Da muss es doch eine Technik geben, morgens auf die Reihe zu kommen, aber ich schlepp mich nur aus dem Bett, als wäre irgendwas zu Blei mutiert in mir, der Kopf so dumpf, so matschig, dann dieser Zeitplan, der wacht vor mir auf sozusagen, dieses Erst-dies-dann-das-und-dieses-und-jenes-und-erst-dann-und-dann-ist-es-geschafft, so schlimm war das doch früher nicht, oder doch?«

Früher, ein uferloses Thema. Doch, so schlimm war es früher oft gewesen, all die furchtbaren Tage mit wichtigen Terminen, an denen man mit Brummschädel aufgewacht war, voller Panik. Die Prüfungen, die Familienfeier, der Kindergeburtstag, die dringende Reise. Und krank war man ja auch noch gewesen, ab und zu. Zehn Jahre ist es erst her, dass ich mir nicht vorstellen konnte, es würde noch etwas kommen in meinem Leben.

Bärbel verstand, ich wollte trösten mit diesen Erinnerungen: Den ganzen Stress haben wir ja schließlich gepackt, es ist ja doch noch was gekommen. Sie nickte. »Weißt du, mit dreiundsechzig auf dieser Athenreise, eine wirklich wunderschöne Zeit noch mit ..., na ja, also ich will sagen, da hab ich mich doch auch wohlgefühlt, das war noch vor MANE und ist nicht einmal lange her. Da sollen wir uns doch jetzt nicht einreden, es gehe gar nicht ohne, auch die Könige und Kaiser sind früher ohne MANE ausgekommen. Das ist jetzt nur die Übergangszeit, die Entwöhnung sozusagen, jetzt sollte man einfach mal kürzertreten, um es sich leichter zu machen.«

»Unbedingt, bei mir ist natürlich nicht so viel kürzerzutreten, ich könnte ja glatt die halbe Woche verschlafen, du machst auf jeden Fall zu viel, ob mit oder ohne MANE.«

Bärbel nickte wieder, schon wieder, heute nickte sie ständig, nickte ein bisschen traurig, vielleicht auch resigniert, und ich war nahe dran, alles zu erzählen, suchte nach Worten für den Anfang. Ich war noch nicht so weit, als sie weiterredete.

»Das ist ja auch, was mich wurmt. Ich hab das Gefühl, ich hab die ganze MANE-Zeit verpasst, nicht so richtig was gehabt davon, für mich. Weißt du, gestern Abend musste ich an eine Freundin denken, die sich vor zehn Jahren umgebracht hat, ich hab nie erfahren können, warum, habe so oft an sie gedacht, immer in der Art: Sie hat die MANE-Jahre nicht mitbekommen, sie hätte noch eine so schöne Zeit gehabt, sie hat ja gar nicht ahnen können, was sie weggab. Und jetzt denke ich, auch ich hab die Zeit nicht genutzt, hab blödsinnigerweise gedacht, es würde immer so weitergehen.«

Sie goss Kaffee ein, schaute mich nicht an, kam nicht auf die Idee, es könnte mir anders gehen, außer dass ich mich meistens ins Bett legen könnte, natürlich. Sagte dann übergangslos, es sei besser geworden mit ihren Eltern, die bekämen jetzt Beruhigungsmittel, zumindest bis die Antidepressiva-Surrogate wirken würden. Echte Antidepressiva könnten sie aus medizinischen Gründen nicht bekommen, das habe sie nicht genau verstanden, irgendwas wegen der Nieren würde das erschweren. Sie, Bärbel, würde so was jetzt einnehmen, warte sehnsüchtig auf die Wirkung, das wäre doch eine Hoffnung, ob ich auch schon mal daran gedacht hätte. Klar, MANEsch würde das nicht sein. Jedenfalls sei sie dankbar, dass die Unruhe- und Angstzustände der Eltern jetzt abgedämpft seien zu einer dösigen Apathie. »Eigentlich auch erschreckend, da hängen sie rum in einem dumpfen, lähmenden Behagen, der ganze MANEsche Elan ist weg, nicht die Spur der MANEschen Euphorisierung, im Grunde trostlos, aber besser als das Theater letzte Woche. Ich weiß, ich bin eine schreckliche Tochter, aber dieses Jammern machte mich nur aggressiv. Sind fast hundert Jahre alt und heulen: 'Jetzt-haben-wir-keine-Freude-mehr-am-Leben', und ich hatte überhaupt kein Mitleid und konnte es nicht ertragen. Seit bald zehn Jahren bin ich vier Mal in der Woche bei ihnen, hör mir ihre Geschichten an bis zum Überdruss. Die hätten sich doch denken können, dass mir MANE vielleicht auch fehlt, ich auch erschöpft bin und das Leben mir gerade keinen Spaß macht, ich meine, wie oft habe ich noch die Enkel am Nachmittag, über Nacht oder wenn sie krank sind. Als die Eltern in meinem Alter waren, haben sie praktisch gar nichts mehr gemacht, ja, Reisen, Konzerte, Theater, übrigens alles ohne MANE, aber mir haben die nicht geholfen mit den Kindern, ja, ein bisschen Geld, aber damals waren die Pensionen ja auch so üppig ... Ehrlich, ich wollte nicht schon wieder über meine Eltern herziehen, das hab ich ja alles schon tausendmal erzählt, warum komm ich gegen die Schuldgefühle nicht an, ich beneide alle, die keine Eltern mehr haben, dich eingeschlossen.«

Jetzt nickte ich, zustimmend wie immer, und dachte, ich muss doch erzählen, warum sie noch viel mehr Grund hat, mich zu beneiden. Warum tat ich es nicht? Bärbel hatte doch den richtigen Gesichtsausdruck gehabt. Ich hätte einfach anfangen sollen: *Du, ich konnte am Mittwoch nicht sprechen, wir waren nicht al-*

lein und dann zu beschwipst, und am Telephon und im Netz soll man besser achtgeben, und jetzt überlege ich die ganze Zeit, wie ich anfangen soll: Ich habe Hermann am Sonntag noch mal gesehen und so weiter. Mich dann mit ihr wundern über Hermanns Rolle in der MANEsierung der Älteren, die hatte sie vielleicht auch nicht gekannt, die vollkommen überflüssige, von uns nie gewünschte Nebenwirkung von MANE verfluchen, die schuld ist am empörenden Verbot. Weiter fragen: Was denkst du, wie viele wirklich auf MANE verzichten müssen, glaubst du, dass Hermann verhaftet wird, nimmst du auch an, dass Clarissa ihm nachreist? Und sollte einfach meine MANE mit ihr teilen.

Es eilt, dachte ich, wenn ich es jetzt nicht erzähle, wird die Scham unüberwindlich sein, es ist doch jetzt schon beschämend, jetzt schon eine Art Beichte. Es ist doch im Grunde ein peinliches und empörendes Privileg. Bärbel würde sich vielleicht *wahnsinnig* aufregen, vielleicht sogar auf beleidigende Weise, würde das Ganze als etwas begreifen, »das absolut nicht geht«, würde nicht akzeptieren wollen, dass man darüber schweigen musste, nur weil ich es versprochen hatte, würde verlangen, dass man etwas dagegen tue, wenigstens alle anrufen, Bescheid sagen. Und ich müsste sie beruhigen, ihr klarmachen, dass das alles zu riskant sei, dass sie verhaftet werden könne und ihre Eltern das nicht verstehen würden und die Enkel auch nicht und dass das alles nicht so einfach sei. Vielleicht wäre ihr das aber auch klar, ihre ganze Reaktion verhaltener und vorsichtiger, vielleicht sogar mit entlastender Nachsicht, vielleicht würde sie sogar wie Elena sagen »Ich verurteile niemanden«. Oder wie zuletzt über Clarissa »Ich nehme es nicht übel« – und einfach ein paar MANE von mir annehmen. Aber vielleicht auch nicht. Oder wollte ich möglicherweise nur vermeiden zu teilen? Leider war ich mir nicht sicher, ob dieser Gedanke keine Rolle spielte. – Natürlich, Bärbel oder auch Carla ein paar Tabletten abzugeben, das wäre mir das Redenkönnen schon wert. Aber was, wenn diese moralischen

Menschen dann meinten, auch Bruno, Bernd, die alten Eltern oder wer sonst noch dürften nicht leer ausgehen? Was dann? Und wär's dann nicht mit der Geheimhaltung vorbei, und wären nicht endlose Schwierigkeiten wahrscheinlich? Wie sollte ich das Hermann erklären?

Bärbel merkte nichts von meiner Verlegenheit und redete weiter, heute in der Spur der Fortsetzungsplauderei: *Lebenszeitnutzungen.* Man muss sich ja regelmäßig vor Augen führen, wie ergebnislos man die eigene Lebenszeit hat verstreichen lassen. Kafka zum Beispiel hat mit noch nicht mal dreißig die Verwandlung geschrieben, das hat sie mir doch eigentlich letzte Woche noch mal sagen wollen, den Proceß ein gutes Jahr später, und nie ist jemandem Besseres gelungen. Und Büchner, mit 24 Jahren schon gestorben und hat Dantons Tod und Lenz geschrieben, Woyzeck sei ja vor kurzem aufgeführt worden vor fast ausschließlich alten Leuten, na gut, Leuten in unserem Alter, die Karten leider ziemlich teuer. Man muss sich immer mal wieder klarmachen, wie viele Menschen jung gestorben seien, die schon Bahnbrechendes geleistet und erfunden hätten, dass man kluge Sachen, für die man selber noch nicht reif genug sei, sie zu verstehen, von Leuten lese, die die eigenen Enkel sein könnten, vom Alter her gesehen natürlich. Dass vielleicht die ganze Welt Nutznießer von jugendlichen Geistesblitzen sei. Und Schubert. *Mein Gott, Schubert.* Das Andantino in der A-Dur-Sonate, da soll man noch glauben, dass Altwerden etwas bringe.

Und dann hatte sie gestern noch einmal die Winterreise gehört, zum wiederholten Male, war ja Mittwoch gar nicht mehr bei den Eltern gewesen, zu beschwipst, und Donnerstag nur kurz dagewesen wegen der Apathie und stattdessen die Winterreise gehört. Sei ja auch eine Stimmungssache, die Winterreise zu hören, seit ihrem ersten Liebeskummer habe es da ausreichend Anlässe gegeben. Sie achte immer mehr auf den Text, der sei ihr zuerst halb gestelzt, halb unverständlich und reimverworren vorgekommen. Mittlerweise komme ihr der Text manchmal zu einfach vor. »Weißt du, geradezu eingängig, ich kenn das nun auswendig: *Eine Straße muss ich gehen, die noch keiner ging zurück*, auf diese Stelle warte ich jetzt immer beim Hören, oder *Soll denn kein Angedenken ich nehmen mit von hier* oder *Vom Abendrot zum Morgenlicht ward mancher Kopf zum Greise*. Na gut, manches versteh ich immer noch nicht, es kommt mir vor, als wär es irgendwie verunglückt. *Ich kann zu meiner Reisen nicht wählen mit der Zeit* ... zum Beispiel, was soll das, wählen mit der Zeit, wieso *mit*?«

Das verstand ich auch nicht. Natürlich nicht. Das war noch nicht einmal mit dem Reim erklärbar. Aber man dürfe doch auch nicht erwarten, alles zu verstehen. Ich sage so etwas gerne, es sei doch eher erstaunlich, dass das meiste so eingängig sei, und mir fiel ein Film ein, der natürlich nichts klarer machte. »Eine phantastische Schubert-Verfilmung, einfach umwerfend, wenn mir doch bloß die Namen einfallen würden, also das muss ich nachtragen, da werde ich mich heut Abend in meiner Fernseheinsamkeit mal auf die Suche machen.«

Bärbel erheiterte, dass ich schon wieder mit einem Film ankam, ich fühlte mich zu Recht ertappt, dabei kannte sie den Film auch und wusste sogar den Titel und kannte sogar eine bessere Verfilmung, wie sie behauptete, die hatte ich wohl zugunsten meiner Krimis verpasst. Allerdings sei der zweite Teil *Reprise* ein Schmarrn, ein gewisser Trebusch sei da als Zeitwanderer zurückgekehrt in verschiedene spätere Epochen, um seinen Nachruhm mitzuerleben, den er aber nicht begriffen habe, weil er nicht durchschaute, dass er selber Schubert war. Und auch die ihm extra nachgeschickten verstorbenen Freunde wussten es nicht, und im dreizehnten Stock eines Hochhauses hätten sie alle nur ganz neue Musik hören wollen und sich ganz kindisch gefreut über den Computer. Bärbel war ganz entsetzt von diesem Epilog, aber ich dachte: Schade, dass ich es nicht gesehen habe.

Und dann war der Spielplatz auf die übliche Weise überfüllt, und auf die übliche Weise flüchteten wir, um den Kindertag auf die übliche Weise abzuwechseln. Wir waren bei der Malaktion im Museum, den Streicheltieren im Zentral, verschoben die Lokomotivenausstellung auf die nächste Woche, hielten durch, bis das Zeitziel erreicht war.

Als wir uns trennten, wusste ich nicht einmal, ob Bärbel zur Abschiedsfeier von Hans-Georg kommen würde.

Es war kühl geworden, dichte Wolken nahmen den Abend vorweg, und Mäxchen quengelte über den langen Rückweg, bestand auf Ausruhen im Eiscafé. Dass wir einen Umweg durch eine belebte Straße machen mussten, war ihm egal, er zog mich energisch durch die Pulks von Passanten. Die Eiligen, die ohne Rücksicht auf kleine hüpfende Kinder dicht an uns vorbeizogen, interessierten ihn nicht. Er muss sich doch bedroht fühlen in diesem Gedränge, dachte ich, er hat ja nicht einmal eine Chance, in die Gesichter zu schauen, ist so klein, dass ihn Jacken und Taschen streifen können, und ich hätte ihn unbedingt auf den Arm nehmen müssen, auch wenn er so schwer war. Aber er war genauso ungerührt zielstrebig wie letzte Woche, als er mir die Beobachtung von Steins Verhaftung eingebrockt hat, blieb brav an der Hand, schaute aufmunternd zu mir hoch, damit ich keine Angst bekam.

Ihm fiel die Dienstgruppe auf, die sich an den Plakatwänden zu schaffen machte, nicht mir. Er wollte stehen bleiben und wissen, was die da machten, warum da Plakate von Wänden gerissen oder überklebt wurden. Vielleicht interessierten ihn die Mini-Kranwagen und die vielen Uniformierten, die den Arbeitsbereich weiträumig gegen die Passanten abschirmten, was die Bürgersteige noch verengte. Viel wird Mäxchen nicht gesehen haben, auch ich konnte nur Bruchstücke von dem lesen, was offensichtlich zugedeckt werden sollte. »Die MANE-Lüge«,

»Gegen den Unsinn des MANE-Verbots«. Dass Kinder so einen untrüglichen Sinn für das Ungewöhnliche haben, ist einfach erstaunlich. Näher zu kommen, um mehr zu erkennen, war nicht möglich, die Dienstgruppe wies alle Neugierigen zurück. Lesbar war nur, was an Stelle der Plakate aufgehängt wurde: Werbung für die weiteren Folgen der *MagischenFünf*, die in einer unterseeischen Forschungsstation dem Geheimnis der Entgiftung auf der Spur waren.

Im Café war es anheimelnd dunkel, Leuchtreklame warf rotes Licht auf Mäxchens Nase, er kam mir durchscheinend zart und klein vor in diesem Moment. Die winzigen Fingerchen spielten mit den verschiedenen Karten auf dem Tisch, er tat, als könne er lesen: »Tlaines Didu-Dracheneis mit Nananas«, zog Grimassen, ich glaube, ein bisschen unwillkürlich, und strampelte mit den Füßen vor Freude, als das Dracheneis kam. Und er war in einem gläsernen U-Boot, ich natürlich bei ihm, fischige Menschen und fischige Autos schwammen an uns vorbei, wunderten sich in ihrer Wasserwelt, warum es bei uns so heimelig war.

Leise war es nicht, eine italienisch palavernde Männerrunde nahm keine Rücksicht, ich wollte sie nicht beachten, gerade weil ich das Gefühl hatte, dass ich beobachtet wurde. Unangenehm, dachte ich, tat, als ob ich nur Augen für das Kind hätte – bloß keine Aufmunterung an den Hintertisch aussenden, besser in stures Desinteresse ausweichen. Aber meine Blickverweigerung half nichts. Anton Mehmert, den ich jetzt erkannte, der seit Ewigkeiten in diesem Café Stammgast ist, war aufgestanden, und als Raffael ihm den üblichen Espresso bringen wollte, dirigierte er ihn, als wäre es das Normalste, an unseren Tisch und setzte sich nach einer übertrieben galanten Verbeugung unaufgefordert zu uns.

»Schön, dass ich Sie hier treffe, Signora. Einfach wunderbar. Ich wollte Sie vorhin nicht auf der Straße ansprechen, so was ist vollkommen unmöglich, in diesem Fall ganz besonders, aber wo Sie jetzt glücklicherweise hier sind, können wir doch mal einen Kaffee zusammen trinken.« Ich war verlegen: Will dieser Mehmert etwa anbandeln? Gab mir alle Mühe, nicht zu zeigen, dass ich das dachte, das wäre noch peinlicher als das Anbandeln selbst. Mehmert war vollkommen entspannt, als würde er meinen irritierten Blick nicht bemerken.

»Na, war'ne komische Sache da draußen, nicht?«, sagte er zu Mäxchen. »Hast du denn gesehen, was auf den Plakaten war?«

»War nichts drauf, nur Buchstaben. Ganz große Buchstaben.«

»Genau, aber Buchstaben können schon ganz interessant sein, so interessant, dass die Stadtleute sie weghaben wollen.« Er lachte. »Ein ganz tolles Kerlchen haben Sie hier, Ihr Enkel? Also dem fällt schon auf, wenn was Komisches abgeht, und Ihr Gesicht hab ich auch gesehen, pardon, Signora, aber Ihr Gesicht sagte alles vorhin, als die Leute Jagd auf diese Plakate machten« – er lachte wieder –, »tja, es sind auch komische Zeiten, in denen wieder Plakate wildwüchsig an Wände geklebt werden, in denen man zu altertümelnden Mitteln greifen muss. Presse, Internet, Fernsehen, alles zurzeit in fester Regierungshand, da läuft nichts, aber die Geschundenen schlagen trotzdem zurück. Da gibt es zum Beispiel so eine gewisse Zettelwirtschaft, die ist jetzt inflationär. Hier hab ich zufällig ein städtisches Veranstaltungsprogramm, da sind wohl in der Mitte Seiten zusammengeklebt, da sollten Sie zu Hause mal mit der Schere ran. Das wird Sie interessieren.«

Er reichte mir in großer Geste eine Broschüre aus seiner Jackeninnentasche, und ich schob sie herzklopfend in meine Tasche. Raffael, der gerade vorbeikam, schaute in einer Weise zur Seite, als sei er auch schon bedacht worden. Mehmert lehnte sich selbstzufrieden in seinen Stuhl zurück, saß entspannt mit seinem weichen, vollen Gesicht, selbst den leichten Anflug von Müdigkeit schien er zu genießen, trank den Rest seines Kaffees und stand lächelnd auf. »Das war doch mal schön, mit Ihnen einen Kaffee zu trinken, und hoffentlich sieht man sich bald wieder, auf jeden Fall einen wunderschönen Abend.« Er zwinkerte schelmisch und ging ins lautstark Italienische wechselnd zurück zu seiner Männerrunde.

Raffael kam zu mir herüber. »Einen Likör oder Cognac auf Kosten des Hauses, ja? Sie sind ein bisschen blass geworden.« Der liebe Raffael. Ich lehnte natürlich ab wegen des Vorlesens. »Oh, was denn?« – »Lokomotivführer auf dem Weg in die Drachenstadt, sehr spannend.« Raffael kicherte. »Für solche Geschichten würde ich auch gerne einen Enkel haben, aber das Einzige, was ich bieten kann, sind drei Sorten Dracheneis.« Ich lachte, fühlte mich wieder wohl, und die fischige Welt durfte mich noch eine Weile anstarren.

Erst spät fiel mir ein, dass ich den Zettel in der zugesteckten Broschüre noch lesen *musste*. Es war mir lästig wie ein Anruf oder Brief, dessen Beantwortung man vor sich her schiebt, ihn nicht zu beachten, machte ein schlechtes Gefühl. Natürlich war nicht auszuschließen, dass etwas Interessantes drinstand – unwahrscheinlich allerdings, dass mir über einen Anton Mehmert, diesen weichgespülten Kaffeehaushocker, etwas Wichtiges zugetragen werden könnte. Außerdem musste ich die Schere suchen. Da bin ich bald in der Mitte des 21. Jahrhunderts angekommen und besitze nur eine Schere. Suchend räumte ich gleich noch ein bisschen auf, legte alles fürs Frühstück zurecht, bis ich es schließlich schaffte, den dünnen, dicht beschriebenen Zettel herauszuziehen.

Wir kämpfen gegen das MANE-Verbot

Welchen Sinn hat das MANE-Verbot? Wozu wird Millionen Menschen ein Stück Lebensfreude gestohlen? Die angebliche Schädlichkeit ist eine dreiste Lüge! Kennen Sie jemanden, dem

MANE geschadet hat – wir haben noch keinen gefunden, aber Millionen, die unter dem Verzicht leiden. Tausende haben sich das Leben genommen, und Tausende wollen es noch tun. Ein mörderisches Verbot, gegen das wir uns wehren müssen. Wir Rentner sind die Mehrheit. Wir lassen uns nicht den Mund verbieten. Wir lassen uns nicht aus dem Leben drängen. Bitte machen Sie mit:

Am Dienstag um 18.00 schalten wir alles aus: Licht, elektrische Geräte, es wird erstaunlich dunkel werden, wenn ein Großteil der Bevölkerung »abschaltet«. Ebenso Mittwoch, Donnerstag. Ab Freitag erweitern wir den Streik auf alle KatSmile-Jobs, alle ehrenamtlichen Hilfsdienste in Kindergärten, Pflegeheimen, Ämtern, Familien.

Wenn das nicht reicht, müssen wir einfach nur auf die Straße gehen: Frühmorgens schon die Stadtbahnen, die Ämter, die Praxen aufsuchen, millionenfach erscheinen: Nichts wird mehr gehen.

Nicht vergessen: Dienstag 18.00 Licht aus.

Das war furchtbar schlecht geschrieben, der Anfang so diffus, als ob sie sich nicht trauten, mit der Wahrheit rauszurücken. Warum wurde nicht der wirkliche Grund des Verbots genannt? Gab es nur Gerüchte, kein Wissen? Sie hätten doch schreiben können: Die Jungen wollen unsere zusätzlichen MANE-Lebensjahre nicht mehr bezahlen. Die ziehen die Notbremse und lassen uns leiden, die nehmen unsere Selbstmorde gerne in Kauf, weil sich auf diese Weise das Problem von selber löst! Das wäre zwar auch fürchterlich geschrieben, hätte aber den Vorzug der Deutlichkeit. Kann es sein, dass die Hintergründe wirklich noch nicht an der Oberfläche angekommen sind? Immerhin »ein mörderisches Verbot« und »wir lassen uns nicht aus dem Leben drängen«. Aber so wie es da steht, scheint es sich auf die Selbstmorde zu beziehen. Eine Frage der Zeit, bis alles öffentlich zerbröselt

wird und alle Bescheid wissen. Bestimmt. Der Satz, dass die
Rentner die Mehrheit sind, ist irgendwie beunruhigend, seltsam,
eigentlich müsste es mich doch in diesem Fall beruhigen.

Der Streikplan mit seinen drei Stufen war überraschend
einfach, geradezu simpel und auch überraschend harmlos auf den
ersten Blick – aber wird es auch funktionieren, werden bis Dienstag genug Leute informiert sein? Sind jetzt überall Mehmerts unterwegs? Einfach »abzuschalten« wäre ja kein Problem, das
Fernsehen mal sein lassen und Kerzen anzünden, na gut, aber
schon der Verzicht auf die Jobs ist eine Zumutung, auch wenn
der Verdienst so gering ist. Wer wirklich arm ist, hat doch Angst,
diese Gutscheine zu verlieren. Und würde Bärbel ihre »Hilfsdienste« in der Familie aufgeben? Absurd. Vielleicht ihre Eltern
nicht mehr betreuen, aber doch nicht die Kinder im Stich lassen.
Also Mäxchen aus Streikgründen nicht zu mir zu nehmen, wäre
einfach lächerlich. Und auf die Straße gehen? Meine typische
Ängstlichkeit wäre mir da im Wege. Und wie viele von den angeblich Millionen Senioren können überhaupt »gehen«, sind gesundheitlich zu solchen Aktionen imstande, und wie viele von
den anderen sind dazu bereit?

Im Grunde hat es ja lange gedauert, bis ein solcher Aufruf
erschienen ist – wahrscheinlich, weil niemand mehr gewohnt ist,
etwas außerhalb des Netzes zu organisieren. Dass der Aufruf ein
schöner Vorwand wäre, mit Bärbel über MANE zu reden, war
das Beste an der Aktion: Vielleicht schaffe ich es auf diese Weise
noch, mich an ein Gespräch heranzutasten. Sie wird auch gleich
wissen, wie praktikabel das Ganze sein wird, wird den Plan sachlich kommentieren können. Gleich nächste Woche werde ich sie
fragen. Dieser Gedanke erlöste mich von der Vorstellung, weiter
darüber nachdenken zu müssen. Das Ganze war so ermüdend.
Und ich hatte noch gar nicht ferngesehen.

Es wunderte mich nicht mehr, dass ich in einen falschen
Film zappte, ein erneuter »Extrabericht zur Aufdeckung des

MANE-Skandals«, schaltete gleich weiter. Auch hier eine eingeschobene Sendung aus »aktuellem Anlass«. Ich war erstaunt, Ben Weißer zu erkennen, diesen Journalisten, der vor vier Jahren bei einem merkwürdigen Unfall ums Leben gekommen war. Mir stand schlagartig alles vor Augen, die ganze alte Geschichte, der Spott und die Häme über diesen Weißer, der sich mit sogenannten Enthüllungen über angeblich mörderische Testpraktiken für MANE lächerlich gemacht hatte, dem niemand hatte glauben wollen, ich auch nicht, den Scharen von Wissenschaftlern in breiter Öffentlichkeit zum Dilettanten und Idioten erklärt hatten und der dann plötzlich verschwunden war, einfach aus der öffentlichen Diskussion verschwunden, nicht mehr der Rede wert. Nur über den ungeklärten Tod hatte es einen Bericht gegeben.

Und nun gab es ihn wieder, wurde eine Dokumentation seiner Nachforschungen zur besten Sendezeit eingeschoben. Plötzlich durfte er sagen, dass MANE in willkürlicher Dosierung an Kindern getestet worden ist und etliche unter unzureichender medizinischer Begleitung gestorben oder nicht mehr aus der Apathie aufgewacht sind. Ben Weißer ging leicht gebückt, aber mit energischen Schritten über einen staubigen Platz, die Reporter hinter sich herwinkend, zu dem Lazarettzelt, zeigte die Kinder mit dem irrsinnigen Lächeln, die sabbernd in ihren Betten wippten. Zornig und anklagend stand Ben Weißer im Bild, uneitel, ja sogar ein wenig schmuddelig, und seine Schmährede auf die verbrecherische MANE-Lobby fand endlich Gehör.

Mein Gott, dachte ich, das ist ja wahrscheinlich wirklich wahr, aber da werden diese Wahrheit und dieser mutige Ben Weißer jetzt ausgenutzt, wer weiß, ob sich noch jemand um diese armen Kinder gesorgt hat, und ihn haben sie wahrscheinlich umgebracht und zerren ihn jetzt an die Oberfläche mitsamt seinen strubbeligen Haaren und der geröteten Nase, und neben ihm die hilflos wippenden Kinder – alle werden tot sein inzwischen. Eine gruselige Vorführung. Ich war empört, eigentlich mehr über die makabre Wiederauferstehung als über das Aufgedeckte selbst. Da hatte es doch mal eine Literaturverfilmung mit zwei sehr schönen Schauspielern über verbrecherische Pharmatests gegeben, das war gut gemacht, und das Buch wollte ich schon lange gelesen haben. Aber Ben Weißers Auftreten war peinvoll, er war nicht einmal angenehm, geschweige denn schön, vielleicht hat ihn deshalb niemand ernst nehmen wollen damals, als kurzzeitig die Gerüchte auftauchten, dann verschwanden. Ich habe mich nicht gewundert, als Ben Weißer nicht mehr zu Wort kam, hab ihn wohl gerne vergessen, und ob er in der Zwischenzeit in den Medien existent war, weiß ich auch nicht, mir ist ja nie eingefallen, nach ihm zu fragen. Habe vielleicht sogar gedacht, es wird schon seinen Grund haben, warum er gelöscht ist.

Natürlich war es ein eklatanter Missgriff der Kontrolle gewesen, ein Aus-dem-Ruderlaufen der Ordnungswut, was leider regelmäßig vorkommt. Aber was soll man machen, auch die Kritiker wünschen die Zeit vor der Installierung der Netzkontrolle nicht zurück, nicht diesen chaotischen Lärm damals, diese Jeder-kann-alles-mit-allen-machen-Freiheit, diesen nicht abzustellenden Fluss von brutalen und abstoßenden Bildern, nicht die ständige Angst vor der Bloßstellung, die Ungesichertheit der persönlichen Daten und die ständige Gefahr von Fälschungen. Da haben doch selbst die Gutwilligsten schließlich die Lust verloren, ständig kontrollieren zu müssen, ob ihre Rentendatei noch funktionierte. Und da war dann doch die Schülerin, die nicht verkraften konnte, dass ihre Vergewaltigung detailgenau im Netz zu beobachten war und die Datei immer nur gelöscht werden konnte, um am nächsten Tag wieder anderswo aufzutauchen – bis alles grundlegend neu installiert wurde.

Es muss doch eine Lärm- und Schamgrenze geben, die wichtigsten Personendaten dürfen doch nicht manipulierbar sein. Das Erscheinungsrecht, eigentlich das Nichterscheinungsrecht in den Medien war eine so überfällige Sache gewesen, es sah ja irgendwann danach aus, als sei die Freiheit nur noch dazu da zu schaden, als würde sie jeden jederzeit vom Spielfeld katapultieren können, da war es ja kein Wunder, dass die Erleichterung nach der Regulierung so groß war. Niemand hatte plötzlich mehr verstanden, warum lange Jahre so schwierig schien, was dann von einem Tag auf den andern plötzlich ganz einfach war. *Es geht doch*, war der allgemeine Tenor und eben die Erleichterung. Das muss man sich doch alles von Zeit zu Zeit in Erinnerung rufen, um das Unbehagen wegzustecken, dass ein Ben Weißer so einfach verschwinden konnte.

Und jetzt hatte ich das Gefühl, Bärbel wirklich anrufen zu können, der Aufruf war ein Vielleicht-oder-lieber-morgen-Thema, aber Ben Weißer schien mir wichtig genug, um gleich zu telephonieren. *Gleich*, nachdem ich es mir noch einmal überlegt habe, dachte ich. Also ich werde anrufen, und Bärbel wird gerade Sekt trinken, die Nase voll haben von den Kindern und Schubert hören. *Kommt mir der Tag in die Gedanken, möcht' ich noch einmal rückwärts sehn ...* Sie wird spöttisch grüßen in der Art: Na so was, du unterbrichst extra deinen Krimi für mich, das ist ja eine Überraschung, oder haben's deine Kommissare schon hinter sich, sind nach mäßiger Aufdeckung eines eklig monströsen Verbrechens, nee, da muss man ja drüber hinwegsehen, ohne geht's ja nicht – also wo war ich stehengeblieben –, sind sie jetzt müde und abgespannt zurück in ihr kleines, wie hast du gesagt, ihnen entgleitendes Privatleben zurückgekommen und sitzen jetzt wie du vor der Glotze oder wie ich vor einem guten Glas?

Und ich werde parieren und sagen, dass es eben unterhaltsam sei, der Vergeblichkeit zuzuschauen, und je gereizter und überforderter die Kommissare in ihren Irrtümern und falschen Verdächtigen untergehen und je größer der Zufall, mit dem sie noch einen Rest an Auflösung erhaschen, umso besser, sonst passe der Überdruss am Schluss ja nicht, der sei ja die Hauptsache. Und Bärbel hätte dann die Antwort, dass sie zum Überdruss wirklich keinen Krimi brauche. Und Ben Weißers Bericht wird sie sich morgen gleich anschauen wollen, wird das Ganze unglaublich finden, *nicht zu fassen*, wird mir eine gute Nacht wünschen, vielleicht fragen, wie viele denn noch um die Ecke gebracht werden müssen, bis ich ins Bett gehe, oder etwas in der Art, und mir wird dann plötzlich einfallen, dass ich über den Aufruf sprechen wollte, diesen dilettantischen Widerstandsversuch, so beiläufig. *Mensch, da hätte ich doch beinahe das Eigentliche vergessen*, und dann natürlich mit Hermann weitermachen, *Ich wusste einfach nicht, wie ich es sagen sollte ...*

An den Übergängen muss ich noch feilen, dachte ich, mir noch ein bisschen was zurechtlegen, zappte noch in eine Art Vampirfilm (bei einem Krimi hätte ich mich ertappt gefühlt), bei dem die Handlung phantastisch aus den Fugen geraten war, ein verworrener Kampf um das Gute, wobei die Zuordnung von Gut und Böse ziemlich in der Schwebe war. Ich glaube, das war so gewollt und lag nicht an meinem mangelnden Durchblick. Es war befreiend unklar, natürlich kein amerikanischer Film. Es war so schade, dass das besondere, weil in Zukunft mächtige Kind, das die »Guten« mit so viel Mühe vor den Bösen gerettet haben, die Wahl hat, sich zwischen den Seiten zu entscheiden, und fürchterlicherweise die Bösen wählt. Da haben die Kindsretter dann alles falsch gemacht, haben sich mit der Weltuntergangsverhinderung nicht richtig ausgekannt. Das war nicht ermutigend. Warum habe ich nicht doch einen von diesen fabelhaften amerikanischen Filmen gesehen, in denen schöne Menschen alles fabelhaft richtig machen – aber der Horror kann ja auch da an jeder Ecke lauern, dieses Ein-falscher-Schritt-und-alles-ist-vorbei, und nie ist ja etwas rückgängig zu machen und gesagt-ist-gesagt und überhaupt. Dabei geht es doch jetzt nur darum, rufe ich an oder nicht, sage ich es oder nicht, und ich weiß einfach nicht, ob mir der Mut oder die Klugheit fehlt, das zu entscheiden.

»Du?«, fragte Bärbel mit ganz müder Stimme. Sonst nichts, nicht: jetzt noch oder etwas Ähnliches, es klang nicht ärgerlich oder vorwurfsvoll, nur erstaunt, nur weit entfernt, irgendwie ausgedünnt, fast bedauernd, dass sie angerufen wurde, wo sie doch gar nicht mehr in der Lage war zu plaudern.

»Weißt du, die Kinder waren so nervtötend, und jetzt bin ich angeduselt, wahrscheinlich wäre ich schon eingeschlafen, wenn ich nicht solche Angst vor dem Aufwachen hätte. –

Nein, es macht nichts, dass du anrufst, aber hör mal, natürlich nicht, aber du musst entschuldigen. –

Ben Weißer? Ach ja, ja, ja, ich erinnere mich, na so was, erzähl mir das doch morgen noch mal genau. Morgen, weißt du, da hab ich vielleicht meine fünf Sinne wieder beieinander. –

Ja, zu diesem Abschiedstamtam von Veronika will ich schon kommen, wenn ich es hinkrieg natürlich, ich will mir doch das Büfett nicht entgehen lassen. –

War nett, deine Stimme noch mal zu hören, du nimmst es mir doch nicht übel, wenn ich jetzt auflege?«

Abschiedstamtam, hatte Bärbel gesagt, ein beunruhigendes Wort. Mir wurde klar, ich hatte ein Problem, wusste nicht, was ich anziehen sollte. Tamtam warnte: Ich sollte ein bisschen Glanz in meine Erscheinung bringen, damit ich in den Rahmen passte, wenigstens so viel, dass ich nicht allzu unsicher war, ob ich passte oder nicht. Und ich musste mir von der Frau im Spiegel sagen lassen, ob es ging. Es machte es nicht leichter, dass ich mir diese Frau nicht ausgesucht hatte. Die Kleider hatte ich irgendwann ausgesucht, natürlich, aber leider machten die Kleider es auch nicht leichter. Ich sah Bodo im Türrahmen stehen mit prüfendem, aber nicht böswilligem Blick, wie üblich kommentierend, *das geht schon, warum nicht, schon okay, na ja, ist doch egal*, und dann hatte er sein Es-ist-nicht-gut-wenn-ich-noch-mal-mitkomme-Gesicht. Bodo war noch nie eine Hilfe gewesen. Ein Mann sollte wissen, wann eine Lüge wichtig ist. Ich ärgerte mich: über Bodo, die Frau, mich. Ärgerte mich, dass es mir nicht egal war, wie ich aussah, ich nicht gelassen war, dieses Unbehagen vor festlichen Anlässen nie aufhörte. Mir einfach lächerlich vorkam mit meinem albernen Probieren, auch im Hinblick auf meine siebzig Jahre, irgendwann muss man sich eben mit seiner unglamourösen Erscheinung abfinden. Die Fee, die Aschenputtel geholfen hat, wird nicht mehr kommen. Das Wichtigste ist doch: Ich will nicht lächerlich aussehen, das wäre furchtbar, wäre peinlich. Lächerlich ist auf jeden Fall, was zu viel ist, davor muss ich mich hüten. Alles Auffällige kann leicht bloßstellen, am besten bleibt die Frau im Spiegel unsichtbar, am besten, ich verstecke sie in schlichten dunklen Sachen. Ich muss sie nur gut tarnen, darauf achten, dass sie *ordentlich* aussieht, das ganz Billige und Abgetragene darf es nicht sein (auch das war nicht einfach), dezent und irgendwie glattgebügelt, Schwarz in Dunkelgrau ... Dann noch einmal rekapitulieren: Es ist an der Zeit, darüber hinwegzusehen. Habe ich dafür den ganzen Vormittag überlegt, wie ich der Unscheinbarkeit mit ein paar glücklichen Handgriffen entkommen kann? Jetzt müsste ich mal Humor haben, dachte ich, natürlich nicht nur jetzt.

In der Stadtbahn traf ich niemanden. Fand es schade, jetzt wäre mir Begleitung sehr recht gewesen, allein komme ich mir bei Gesellschaften schnell verloren vor. Wenn es furchtbar werden sollte, sagte ich mir, fahre ich eben in zwei, drei Stunden zurück – dann geht es diesen ganzen eintönigen Weg noch einmal in die entgegengesetzte Richtung. Wenn ich vorzeitig heimkehre, werde ich allerdings wieder einsam hier sitzen, dann wohl erleichtert aus dem Fenster schauen, es schließlich hinter mir haben. Natürlich bin ich dieses andauernde Hin und Her leid, natürlich ist es lästig, dass ich in eine so abgelegene Gegend hinaus muss, es in jedem Fall viele Stunden dauern wird, bis ich wieder zu Hause bin.

Dann die übliche Unsicherheit: Bin ich am richtigen Ort? Der Platz war überraschend ungastlich, einsam und schmutziggrau. Was hatte ich erwartet? Dass der Weg gefegt war, die Müllcontainer zur Seite geschoben, dass Blumen den Eingang markierten, jemand vor der Tür stand? Natürlich könnte ich diesmal das Tely benutzen, aber was nutzte es, wenn ich die Adresse falsch eingegeben hatte. Also wartete ich, bis andere auftauchten. Ich stand etwa zehn Minuten da, als eine Gruppe elegant gekleideter Leute zielstrebig von der gegenüberliegenden Seite, ohne einen Blick auf den Platz zu werfen und also ohne mich zu beachten, an mir vorbeiging und wie selbstverständlich in einer silbernen Doppeltür verschwand, und in dem Moment ihres Offenstehens hörte ich deutlich Stimmen und Gläserklirren. Erleichtert ging ich ihnen nach, sah dann, es hing tatsächlich ein Einladungsplakat an der Tür.

Innen blendete gleißend helles Licht, es war nur undeutlich zu erkennen, wie der kleine Vorraum sich zu einem riesigen Saal öffnete, der Boden rötlichbraun, viel Weiß, vermutlich weißbetuchte Tischreihen, alles Vertikale schemenhaft dunkel, Farbflecken wie lose dazwischengetupft. Alles auf eine anstrengende Weise unübersichtlich schillernd. Ich rettete mich in den Garderobenraum links neben dem Eingang, erst mal den Mantel abgeben und Zeit finden zur Orientierung. Ich erkannte niemanden, auch nicht den jungen Mann, der am Saaleingang die Ankommenden begrüßte, ging nickend an ihm vorbei. Der Raum war tatsächlich riesig, nüchtern hell, die blumengeschmückten Tische in Licht getaucht, das Büfett dekorativ an die Seitenwände platziert, wartende Grüppchen – sonst nichts. Keine flimmernden Monitore mit *lebendiger Erinnerung*, keine changierenden Portraitwände, keine Stimmen, keine Musik im Hintergrund, keinerlei Anlehnung an den *vivatvirtuell*-Kitsch des Einnerungsforums *vvv*. Dazu hat Veronika zu viel Stil, dachte ich, war mir nicht sicher, ob ich erleichtert oder nicht auch enttäuscht war, es war auf so einsame Weise ruhig. Ich ging zögernd hinein, als mein Name gerufen wurde – als freue sich jemand, mich hier zu treffen. Erstaunlicherweise war es Apotheker Stein, der strahlend vor mir stand, genauso staksig gerade, wie ich ihn zuletzt gesehen hatte.

»Das ist ja so schön, dass Sie kommen konnten, Veronika sagte es mir, und ich hab schon auf Sie gewartet, kommen Sie hier entlang, wir holen uns erst mal etwas zu trinken, sehen Sie, Veronika sitzt da vorne, sie ist natürlich wahnsinnig in Anspruch genommen heute – so, hier sind wir bei dem Kaffee.« Er war auf fröhliche Weise eifrig, mich mit allem zu versorgen, hatte schon einen Tisch ausgesucht. »Hier ist man etwas abseits und kann doch alles gut sehen.« Tatsächlich konnte ich Veronika zuwinken und Elena erkennen, die auf der kleinen Bühne etwas vorbereitete.

»Ihr galanter Empfang hat mich jetzt wirklich gerettet, ich war vorhin am Eingang richtig verwirrt und verloren, ich hatte es mir familiärer vorgestellt.«

»Na ja, die Leute aus der Firma müssen ja eingeladen werden, und die Firma ist größer, als man denkt, da gibt es weitläufige Verbindungen, und dann waren sie ja auch in so vielen Stiftungen, da kommen entsetzlich viele Leute zusammen. Ja, und was das Familiäre angeht, die Tochter hat am Morgen eine Kreislaufschwäche gehabt, Veronika hat es gerade erzählt, nichts Ernstes, glaube ich, möglicherweise eine Schwangerschaft, wäre natürlich sehr schön, auch wenn Hans-Georg es ja leider nicht mehr miterlebt. Der Sohn ist auch kreidebleich und hat sich vom Eingang zurückgezogen, da hat jemand aus dem Freundeskreis die Begrüßung übernommen – nur Veronika hält sich eisern, bewundernswert, diese Selbstbeherrschung.«

Ja, Veronika ist einfach großartig, einfach unglaublich. Stein nickte: Kaum vorstellbar die Disziplin, die sie aufgebracht habe in den letzten Jahren, im Grunde müsste es eine Erleichterung für sie sein, jetzt, in gewisser Weise, trotzdem natürlich schwer, entsetzlich schwer, und die Übernahme und Abwicklung der Firma warte noch auf sie, diese Wahnsinnsfirma, diese Weitläufigkeit, diese ewigen Anforderungen, und das Emotionale, das komme ja bestimmt noch – gut, dass sie erst mal verreisen kann … Stein plauderte entspannt, es war schön, ihn neben mir zu haben und ihm zuzuhören, und ich sagte es ihm auch. Er lachte und behauptete, nur meinetwegen sei er ja überhaupt gekommen. Ich lachte auch, erzählte sogar, wie lange es schon her sei, dass ich bei einer solchen Veranstaltung in männlicher Begleitung gewesen sei, und dass ich nun merkte, wie sehr mir das doch gefehlt habe. Wir waren in einer für diesen Nachmittag sehr unpassend guten Laune, aber Veronika, die gerade in diesem Moment vorbeiging, schien das nicht zu stören. Sie fasste mich nur kurz von hinten an den Schultern, wie um zu sagen: »Steh bloß nicht auf«, und flüsterte mir ins Ohr: »Wie schön, dass es dir gutgeht, all die betretenen Gesichter sind so anstrengend, ich komm nach dem Programm zu dir«, und ohne sich umzublicken, ging sie zu einer neu angekommenen Gruppe weiter. Ja, sie ist wirklich unglaublich.

»Wenn wir mal wieder Lust haben aufzustehen, zeige ich Ihnen die Plakate, die ringsum an den Wänden hängen, die sind sehr interessant, natürlich hat die Zeit nicht gereicht, um Skulpturen und Objekte herzuschaffen, und das Versicherungstechnische ist ja auch ein Problem. Ach, und das Programm, das uns heute erwartet, ist ein richtiges Potpourri, was auf die Schnelle machbar war, es ergibt sich mehr aus biographischen Zufälligkeiten. Die Pianistin ist zum Beispiel eine Freundin der Tochter, Elena Ericson eine Vertraute aus der Jugend, und der Maskentanz war sowieso für das Firmenjubiläum in dieser Woche vorgesehen. Und« – Stein zog eine Grimasse – »eine Rede ist nicht zu vermeiden. Der hierfür Auserkorene ist vor allem seriös, na ja.«

Nach seiner Verhaftung wollte ich Stein nicht fragen, bloß keine Verlegenheit aufkommen lassen, ich weiß ja nicht einmal seinen Vornamen, fiel mir ein, eigentlich gar nichts von ihm.

»Ich hab mich ja noch gar nicht für die Konzertprogramme bedankt, die Sie vorbeigebracht haben, nein, das ist ja jetzt unverzeihlich, das wollte ich doch gleich tun. Ich hab mich wirklich gefreut. Wissen Sie, ich kenne kaum noch jemanden, der Sinn für Musik hat, ich meine, der tatsächlich solche Konzerte besucht. Und ich werd wahrscheinlich zu allen hingehen, schon die knisternde Anspannung, wenn die Instrumente gestimmt werden, ist für mich Grund genug. Und dann hab ich ja jetzt auch jede Menge Zeit.«

»Ja?«

»Also in meinem wunderschönen kleinen Urlaub ist mir klar geworden: Nach dem Theater gibt's kein Zurück an den Apothekentisch. Wissen Sie, darüber müssen wir ein andermal reden, da sind im Moment Sachen im Gange, die mit meinem fachlichen Gewissen nicht zu vereinen sind. Also wie die Ärzte das aushalten, die müssen den Unsinn der neuen Verordnungen doch genauso gut kennen ... Na ja, wenn man jung ist und die Kinder noch versorgen muss, ist es natürlich nicht so einfach, alles hinzuschmeißen. Aber ich hab das Alter, in dem mein Vater aufgehört hat, ja schon deutlich überschritten« (er nickte heftig, wie um es noch mal zu unterstreichen), »ich muss mir das nicht mehr antun.«

In diesem Augenblick begann die Pianistin zu spielen, ich glaube, es war ein kleines Stück von Bach. Alle verstanden, strömten zu den Plätzen, meist kamen sie in Grüppchen, rückten vorsichtig die Stühle, diskutierten flüsternd wer wohin, umringten uns, bei den letzten Takten war der Raum gefüllt. Die Pianistin verschwand, nichts passierte, einige standen noch mal auf, um Begrüßungen nachzuholen. Ich sah, dass Patricia nur ein paar Meter entfernt saß, einschüchternd attraktiv in einem roten Kostüm, neben ihr ein schlanker weißhaariger Mann. Sehr erotisch, dachte ich. Und: Genau dieses Kostüm hätte ich heute Morgen gerne angezogen. Sie winkte mir freundlich zu, das war nett, aber vor allem Stein bekam ein strahlendes Lächeln. Sie stieß ihren erotischen Begleiter an, dàmit er Stein gebührend begrüßte. Vielleicht hatte ja Patricia tatsächlich Stein als Anwältin vertreten oder zumindest jemand aus ihrer Kanzlei. Stein jedenfalls war von der freundlichen Begrüßung nicht überrascht. »Dr. Patricia Prensken kennen Sie doch, sehr tüchtig und viel umgänglicher, als sie wirkt.«

Carla kam auf uns zu, erschien mit der Selbstsicherheit von jemandem, der etwas zu erledigen hat, und ich begriff, dass sie noch Programme an diejenigen verteilte, die keines auf dem Tisch liegen hatten. Mit fröhlicher Selbstverständlichkeit setzte sie sich zu uns, mit ihrem netten, diesmal kaum hörbaren Lachen: »Wie schön, dass du den Platz freigehalten hast.« Wäre Stein nicht gewesen, hätte ich mich über ihr Kommen richtig gefreut, so wusste ich mit ihr im Moment nichts anzufangen. Sie war immer noch sehr blass, auf sehr unscheinbare Weise blass, ungeschickt stumpf-schwarz angezogen (sah ich auch so aus?). Was muss sie erleichtert sein, dass sie die Programmgestaltung tatsächlich hinbekommen hat, dachte ich. Ich machte sie mit Stein bekannt, und sie begann umständlich flüsternd das Programm zu beschreiben: Die Bühnenereignisse würden sich über Stunden hinziehen, mit großen Pausen, Elena aus den Reiseberichten von Hans-Georg vorlesen, den großen Reisen natürlich, und alle Anwesenden könnten Erinnerungen beitragen, entweder persönlich auf der Bühne oder von Elena vortragen lassen, und alle Beiträge würden dann später in einer Broschüre zusammengefasst werden, die sie, Carla, graphisch gestalten würde. Das war ein schöner Auftrag, ich wollte sie für die Illustration auf dem Titelblatt loben – hatte doch noch gar nichts Nettes zu ihr gesagt –, da ging ein Räuspern durch die Runde: Elena stieg auf die kleine Bühne. Jetzt war es wirklich still. Elena kam mir so allein vor in dieser Stille, sie braucht doch den Applaus, dachte ich, aber Applaus war wohl nicht passend. Sie stand entspannt und ohne erkennbare Anstrengung vollkommen aufrecht, mit einem Gesicht, das zu lächeln schien, wirkte zart in dem schlichten langen Kleid, die Haare straff nach hinten, die Augen dunkel umrahmt. Sie las mit weicher, aber deutlicher Stimme.

»*Ich sitze in einem Garten, und hinter den Hecken ist nichts. Es ist seltsam, dass ich an so vielen Orten gewesen sein soll, ich zähle die Namen auf, das habe ich gestern schon gemacht. Gestern gab es einige Orte noch, ich hätte vielleicht hinfahren können. Aber nicht zurückkehren. Ich würde dann anderswo denken, wohin zurück. Ich muss die nächste Injektion sicher erreichen. Ich kann noch in das weiße Haus, das zu diesem Garten gehört. Ich war nie weiter weg gewesen, als ich mir sicher war, zurückkommen zu können. Die Dummen glauben gerne, ihr Leben warte auf sie. Ich bin nicht klug geworden. Warum ich überhaupt schreibe: Die Zeichnungen der Masken, für die ich so viel Zeit verplempert habe, sollst Du bekommen, wer sonst. Die gibt es noch, damit Du sie bekommst. Alle schwarz/weiß,*

*weil mir die Farben nicht in den Kram passten. Keine Angst,
ich rede jetzt nicht von meinen Irrtümern, sage nur, kümmer
Du Dich um die Farben. Erinnerst Du Dich noch, wie wir
gelacht haben über die zarte Stimme am Büttener Gleis: Zu-
rücktreten – bitte? Ich habe noch fünfzig Schritt Rückweg in
diesem Garten hier und einen Tag. Das hat seine Ordnung
und macht Deine Antwort unmöglich. Ich bin Dir voraus.*

Dies ist kein Abschiedsbrief von Hans-Georg. Sie
haben es natürlich gemerkt. Diesen Brief eines Jugendfreun-
des hat Hans-Georg über vierzig Jahre aufbewahrt, und ich
sollte ihn bei dieser Gelegenheit ohne vorherige Erklärung
vorlesen. Und nichts hinzufügen. Manchen Dingen sei
nichts hinzuzufügen, hat Hans-Georg entschieden und gelacht – an einem launigen Nachmittag vor nicht allzu langer
Zeit. Und bedauert, dass er nicht mehr mitbekommt, ob die
Anwesenden peinlich berührt sein werden. Er hat sich ge-
weigert, selbst etwas zu schreiben, auch diese Begrüßung
wollte er nicht vorbereiten helfen, bis auf ein paar Bemerkungen. Das sei nicht seine Art, und allzu Persönliches bat
er wegzulassen, auch den Dank an Veronika und die Kinder.
Das zu delegieren gehe ja nun zu weit. Im Übrigen wisse ja
wohl jeder, der diese Ansprache hören wird, dass es seine –
Hans-Georgs – Gewohnheit gewesen sei, andere für sich arbeiten zu lassen, sozusagen das Geheimnis seines Erfolges,
die Rolle der anderen immer richtig einzuschätzen und aus-
zunutzen. Diesen Jugendfreund habe er sein ganzes Leben
vermisst, hat mich Hans-Georg wissen lassen. Heute sind
die Maskenzeichnungen hier an der großen Seitenwand aus-
gestellt, der Grundstock seiner Sammelleidenschaft, ohne
die Masken wäre alles anders gewesen. Und ich soll sagen:
Er wäre gerne hier gewesen, heute. Er sei wahrscheinlich in
gewissem Sinne freiwillig, aber ungern gegangen, es werde

schon 'seine Ordnung' gehabt haben. Wenn er könnte, wäre er durchaus neidisch auf alle hier Anwesenden, die er herzlichst grüßen lässt und zur Strafe zu dieser Verabschiedung genötigt hat. Aber mit dem Herkommen sei die Strafe abgetan, und alle sollten sich bitte einen entspannten Nachmittag machen. Er, Hans-Georg, würde sich an alle gerne erinnern, wenn er es könnte, und bitte um Nachsicht, falls jemand unter den Anwesenden ihm etwas nachzutragen habe. Von seiner Seite sei es das gewesen. Und ich soll ich als Letztes ausrichten: *Haltet euch nicht lange mit mir auf und habt noch eine gute Zeit.*«

Elena machte eine von diesen Pausen, die zu gesteigerter Aufmerksamkeit nötigen, jeder wusste, dass sie bald richtigstellen würde: »Aber so wörtlich wollen wir das nicht nehmen, wie aus dem Programm zu ersehen ist. Dieser Abend, wenigstens dieser Abend soll ihm ganz gehören.« Sie ging mit abgewendetem Blick von der Bühne, als könnte sie die vielen Blicke ausblenden. Der ganze Abend? Ja aber was gehört ihm denn davon? Sie ist eine routinierte Tragödin, dachte ich, vielleicht sogar zu routiniert, warum habe ich nicht mehr an sie gedacht, warum bin ich nicht auf die Idee gekommen, sie zu besuchen all die Jahre. Carla stieß mich an, als passiere etwas Wichtiges. »Guck, da kommt Hans-Georgs Enkelin, Sophie, sechzehn Jahre, süß, nicht?« Ein ganz dünnes, schüchternes Geschöpf ging auf die Bühne, Violine und Bogen in der linken Hand, über schwarzer Röhrenhose und Rolli ein knallgelbes Trikot, der grässlichen gegenwärtigen Mode entsprechend, die Haare klebten krusselig am Kopf, süß, ja wirklich. Aber auch mitleiderregend, dieses schlaksige, vor Befangenheit krumm stehende Mädchen. Jetzt wird sie vorgeführt, dachte ich, bestimmt hat sie die Nacht nicht schlafen können wegen des Spielenmüssens, vielleicht hat sie sogar Angst gehabt vor dem immer unfreundlicher werdenden Großvater und den

Schrecken über das Sterben noch nicht verkraftet. Ich hörte ihr zu, wie ich auf den Schulkonzerten Eka und Enno zugehört habe, immer auf das Gelingen des nächsten Tones hoffend. Und sie schien sich an der Musik festhalten zu müssen gegen die Augen der Gäste. Ihr Spiel war sauber, aber zurückhaltend dünn, eine schwergängig abwärtsgleitende Figur, die alsbald gegen alle Schwerkraft wieder leichthin in die Höhe gezogen wurde, war die wiederkehrende beherrschende Passage in diesem Satz. Und immer wenn die Figur wieder auftauchte, schien mir die kleine Interpretin eine Spur sicherer, glücklich, dass ihr die Innigkeit dieser Phrase nicht misslingen konnte. Rührend, tatsächlich.

Ein eleganter Mann mit silbergrauen Haaren ging mit sehr bedächtigen und sehr selbstsicheren Schritten zu der kleinen Bühne, verharrte eine Weile absichtsvoll schweigend, begann dann lächelnd: »Wie vermutlich alle in diesem Raum bedaure ich es sehr, nicht klatschen zu dürfen. Alles an diesem Vortrag war anrührend, bezaubernd und perfekt – bis auf den traurigen Umstand natürlich, dass Hans-Georg ihn nicht mehr hat hören können. Und er hätte sich wirklich gefreut, das kann ich mit Sicherheit sagen, nach all den Jahren, die ich ihn habe kennen dürfen. Und eigentlich wissen wir alle viel von ihm, Hans-Georg ist, oder leider war, ein Mensch, der sich nun wirklich in unsere Erinnerungen eingebrannt hat, der Spuren hinterlässt. Dies zu re-kapitulieren, ist alles andere als einfach, er hat kein Leben ge-führt, das man einfach in ein paar Sätzen schildern kann ...«

Ich begriff, *die Rede* hatte begonnen. »Der Kompagnon«, flüsterte Carla, »einer von den ganz einflussreichen Freunden«, und ich lächelte Stein zu, der einvernehmlich resigniert blickte, *da müssen wir jetzt durch.* Zuhören fand ich unnötig, zumal ja alles noch gedruckt werden sollte. Ich schaute mich um, ob ich nicht Mira oder Bärbel entdecken konnte. Nur fremde Gesichter, so viel starre, geistesabwesende Mimik, ja wen interessieren schon Reden. Und ganz entkam man dem Gesagten ja doch nicht. Zahlen, Namen, Reisen, Entdeckungen, dieses Übermaß an Bedeutsamkeiten. Meine Güte, dieser Hans-Georg hat bestimmt nicht einen nichtsnutzigen Abend verbracht, Tage vertrödelt, beiläufig gelebt. »Jeder von uns lebt in einem kleinen Raum, bevor er ins Nichts zurückkehrt«, wo habe ich diesen Satz noch mal gelesen und gedacht, der ganze ausufernde Roman sei um diesen kleinen versteckten Satz herum entstanden, natürlich weil er so gut zu mir passte. Hans-Georgs Leben, so schien die Rede hartnäckig auszuführen, war niemals durch Wände begrenzt gewesen.

Zweimal kam Elena auf die Bühne und las Abschnitte aus den Reisetagebüchern, zur Auflockerung vermutlich. Aus *Wie mir das Reisen beigebracht wurde* die witzelnde Aufzählung der Irrtümer und Fettnäpfchen, in die Hans-Georg getappt war, bis zur Erkenntnis, *dass den Menschen wirklich das Wasser bis zum Hals stehen muss, wenn sie mit einem wie mir Geschäfte machen.* In der zweiten Auflockerung ging es um Tiezton, wo das gesamte Museum verkauft werden sollte und Hans-Georg auf Schnäppchen hoffte und der Taxifahrer dort nicht verstehen wollte, dass jemand für diese toten Fratzen herreise und Geld ausgeben wolle, wo keiner der Einheimischen eine Tüte Reis dafür opfern würde. Dass das in der damaligen Hungerperiode vielleicht auch unklug gewesen wäre, wurde nicht gesagt, das wäre der Pointe ja nicht zuträglich. Hans-Georg war eben immer am rechten Ort zur rechten Zeit gewesen, Episode für Episode.

Mira sah ich erst, als Veronika aufstand, um sich zu bedanken. Sie saß neben dem freiwerdenden Platz, klein, leicht gekrümmt, müde, schien sich nicht wohlzufühlen. Ich muss sie jetzt begrüßen, dachte ich, dann habe ich es hinter mir. Sie redete sofort von den Bildern, die ich geschickt hatte. Meine schöne Tochter und wie ungezwungen sie vor der Kamera stehe, eine so freundliche Nachlässigkeit in der Haltung, dieses direkte Lächeln, die kleinen Spuren des Älterwerdens ... Mira war alles wichtig. »Das wär so nett, wenn du mir auch in Zukunft Bilder schicken könntest, damit zeigst du, dass du meine Verrücktheit hinnimmst.« Sie lächelte einen kurzen Moment, schaute sich angestrengt um, griff nach meinem Arm, als müsste sie sich festhalten. »Ich habe neben furchtbaren Leuten gesessen, so herablassend vornehmen, und als die bezaubernde Sophie spielte – nicht, sie ist doch wirklich bezaubernd? –, da hörte ich sie flüstern: Diese Musik ist ja nicht totzukriegen. Und saßen gar nicht weit von Veronika entfernt. Diese dunkelgrün Kostümierte da vorne, die sich jetzt an Elena heranmacht. Mit solchen Leuten möchte ich nie mehr etwas zu tun haben müssen. Weißt du, ich muss jetzt noch Freunde aus meinen Ehejahren begrüßen, dann fahr ich eine Weile nach Haus. Veronikas Fahrer bringt und holt mich wieder, vielleicht fürs Streichquartett oder den späten Maskentanz. Ich bin nicht so gut beieinander wie ihr, so ein Marathon ist mir zu viel.« Ich brachte sie zu dem kleinen Seitenraum, wo ihre Freunde warten sollten, wo Toiletten in der Nähe waren, das war praktisch. Und schaffte es dann nicht, nicht in die Spiegel zu schauen, war auf die übliche Weise überrascht, ich sah so bleich aus, irgendwie angestrengt, älter, als ich mir vorgestellt hatte, müder, als ich sein wollte, und ich dachte, ich habe niemals ein Gesicht gehabt, das die Spiegel aushält.

Auf dem Weg zurück traf ich Bärbel, die mich schon suchte. »Natürlich hab ich's nicht rechtzeitig geschafft, musste mich, als ich die Kinder vom Hals hatte, ja wenigstens noch umziehen und bin auch nur eine Nuance wacher als gestern – gib's zu, das war schon blamabel, wie du mich gestern Abend angetroffen hast, so aus der Spur, ach, jetzt bitte gar nicht mehr daran denken, entschuldige einfach und zeig mir, wo es hier Kaffee gibt und Sekt, damit ich nicht gleich wieder so in mich zusammenfalle.« Stein nahm mir den Stuhl ab, den ich für Bärbel holen wollte, und tat sehr geschmeichelt, am »Tisch der drei Schönen« zu sitzen. »Der ist ja richtig nett, der Holger Stein«, flüsterte Bärbel, ihr war Steins Vorname gleich eingefallen. Sie freute sich über das gute Essen, ungeniert, für sie ist es eine Erholung, dachte ich – und Stein gefällt es, dass sie sich freut.

Als die ersten in den Hof gingen, drängte sie mich hinaus. »Hast du auch diesen Aufruf bekommen, der überall in der Stadt verteilt wird?« Ich wartete, bis wir wirklich draußen waren und einen größeren Abstand zu den anderen hatten, war auf diese Frage nicht vorbereitet, das passte doch jetzt gar nicht in diesen Rahmen. »Ja, und ich wollte dich auch schon danach fragen. Da müssen wir am Montag noch mal telephonieren, vielleicht kriegen wir ja noch etwas raus. Es wirkte irgendwie dilettantisch und diffus, aber das ist ja egal, warum nicht am Dienstag wie gefordert abschalten.« Warum redete ich so einen Unfug? Bärbel blickte mich irritiert an. Da war nicht eine Spur von Neugier oder Interesse in meiner Antwort gewesen, keine Bereitschaft zum Mitmachen, keine Lust an einvernehmlichen Sprüchen. Für einen Moment, glaube ich, war sogar Misstrauen in ihren Augen zu erkennen. Sie sagte nur: »Also für Carla und mich ist das ein richtiger Lichtblick, endlich mal der Versuch eines Widerstandes, natürlich machen wir mit.«

Als Stein näher kam, wechselte sie das Thema, fragte ernstlich nach den neuen Konzentrationshilfen für Kinder. Stein ging gerne darauf ein. Ich lief mit Carla ein Stück weiter zu den Leuten, die sich vorne auf dem Hof versammelt hatten und offensichtlich etwas beobachteten. Veronika und ihr Sohn waren ebenfalls auf dem Weg dorthin, sie winkte uns zu, auch Elena war in ihrer Nähe, noch immer umrahmt von Leuten, die auf sie einredeten. Es war etwas Helles in der Ferne, ein weißer Faden schlängelte sich in den Himmel, und eine Art Detonation war zu hören, das Helle wurde flackernd in die Höhe geworfen, und die vorne Stehenden riefen: *Da brennt es eindeutig ..., da ist bestimmt was passiert ..., eine Explosion, irgendwas ist explodiert ...*

Ein Lichthof hatte sich gebildet mit unscharfen Rändern, der weithin ausstrahlte, obwohl das Feuer eigentlich klein wirkte, im Grunde kaum zu erkennen war, genauso wenig wie das weiße Rinnsal, das sich etwas abseits in das Dunkle hineinfraß. Es war kein besonders dramatischer Anblick, löste aber eine phantastische Aufregung unter den Umstehenden aus. Vielleicht lag es an den Sirenen, die aus dem gesamten Stadtgebiet zu hören waren, was ja eigentlich gar nicht möglich war, wenn sie so deutlich hörbar waren, müssten sie ja in unserer Nähe gewesen sein. Die waren wie spannungsverstärkende Hintergrundmusik, wie Trommelwirbel, der dumpf etwas Drohendes ankündigt. Niemand ging zurück, auch die Letzten hatte es aus dem Saal getrieben. Eine schöne kleine Brandstiftung aus der gerade richtigen Distanz zu erleben, war eine so unterhaltsame Unterbrechung. Den neu Hinzukommenden wurde alles ausufernd beschrieben, erstaunlich, wie viel es zu beschreiben gab, erstaunlich, wie viele es unbedingt wissen wollten. Es war ein Hin und Her zwischen Erzählern und Neugierigen, ganze Gruppen waren in Bewegung. Carla und ich umrundeten wie die anderen mehrfach das Terrain. Es könnte ja sein, dass man etwas verpasste, vielleicht würde es ja noch eine weitere Detonation geben, womöglich eine Ausbreitung des Feuers, der überschaubare Brandherd konnte doch nicht alles sein, wenn aus dem ganzen Stadtgebiet Einsatzsignale zu hören waren. Da musste doch noch etwas anderes passieren oder passiert sein, das musste man doch vielleicht sehen können. Telys wurden vergeblich bemüht, es war wohl zu früh für Informationen, Leute, die Bescheid wissen müssten, konnte keiner erreichen.

Also *vermutete* man: *Es geht um MANE – da brennen eindeutig die städtischen Lagerhallen, natürlich ein Anschlag. – Ein Anschlag der Schwarzmarktkriminellen, und der Brand soll kaschieren? – Sind ja ein Vermögen wert, die konfiszierten Tabletten, da geht es um irrsinnige Summen, natürlich möchten einige* liebend gern die Entsorgung verhindern. – Die Alten, also ein Aufstand der Methusalems? – Das fehlte noch, nach uns die Sintflut würde wahr. – Das kann doch nicht klappen. – Darf auf keinen Fall klappen. –

Wenn man sich vorstellt, es gäbe die Proporzregeln nicht und die Alten könnten jetzt entscheiden ... – Ein absoluter Alptraum, die Senioren als gierige Mehrheit in den Kontrollgremien. – Dann müssten sie die Grenzen dichtmachen, damit die Jungen nicht abhauen. – Wird sowieso bald passieren. – Der Proporz muss unbedingt verschärft werden, das halbe Stimmrecht gegen Rente ist zu viel, das kann auf Dauer nicht gutgehen, Entweder-oder, das wäre richtig, darauf muss es hinauslaufen. – Und die Altersgrenze für das Wahlrecht muss weiter nach unten gesetzt werden, wie bei der Fahrerlaubnis. –

Die Bestimmungen müssen nicht nur verschärft, sondern auch ausgeweitet werden, das ist viel wichtiger. – Wie? – Das Mehrheitsproblem betrifft doch alle Bereiche, also braucht man auch für alle Bereiche Lösungen. – Du meinst ... –

Man muss ja nur mal mitten am Tag in die Stadt, in den Park, in einen Laden kommen, überall alte Leute, alles überschwemmt, überall sind sie schon da als verdammte Mehrheit. –

Ach so, glänzende Idee, Proporz ausweiten heißt also: Jeweils nur so und so viele Alte haben Zutritt in die Grünanlagen, die Theater, Behörden und so weiter, eigentlich erstaunlich, dass das nicht schon längst umgesetzt ist. –

Ja! Und das würde ja auch wahnsinnig zur Verschönerung der Welt beitragen, eine wirklich überfällige Idee. – Bei meinem nächsten Einkauf wird mich also eine Warnanzeige retten: Der Ausstellungsraum ist zurzeit für ältere Besucher nicht zugänglich. – Oder: Zutritt nur in Begleitung eines Jüngeren. –

Oder überhaupt Ausgeh-Einschränkungen nach Art der Fahrverbote, und einen, nein, mindestens zwei Tage in der Woche müssen die Jungen auch unter sich bleiben dürfen ... –

Warum soll es nicht überhaupt Orte geben, an denen man vor Alten sicher sein kann ...

Carla sah mich erschrocken an, und ich nickte, ja, das habe ich auch gehört, das ganze unglaubliche Zeugs. Die herablassenden jungen Leute würden uns die Tür aufhalten, keine Frage, sogar den Vortritt lassen, in jedem Fall die freundliche Haltung bewahren, der Einzelne ist nicht das Problem, niemals, es sind nur zu viele, entschieden zu viele. Sie würden höflich antworten (falls ich sie absurderweise ansprechen sollte), ich sei nicht im mindesten alt, nicht im mindesten gemeint, es gehe doch um ganz Andere, um unglaublich viele Andere, die einfach nicht überall als Mehrheit auszuhalten seien.

Vielleicht würden sie sich auch entschuldigen, sie hätten nur Spaß gemacht. Ziemlich gehässiger Spaß. Oder hässlicher Spaß. Unglaublich, dass auf so einer Veranstaltung in diesem Jargon gelästert wird. Und auch die eilige Schuldzuweisung ist dreist. Die jungen Bescheidwisser müssten doch auch die vielen Geschichten kennen, bei denen in solchen Fällen herauskommt, dass das Lager von den Behörden selbst angezündet wurde zum bequemen Vorwand für einen rücksichtslos ausgeweiteten Handlungsspielraum. Geschichten, in denen ein gewitzter Erzähler den Überblick hat und die Hintergründe offenlegt, ein Wie und Warum vielleicht, das dem Augenschein vollkommen widerspricht. Aber die jungen Debattierer suchen sich lieber eine Erklärung nach bequemem Augenschein, nach passendem Anlass zum Lästern. Das ganze Theater um MANE ist eben längst lästig, nur eben auf andere Weise als mir. Vielleicht haben sie ganz andere Geschichten im Sinn, die ich lieber nicht kennen möchte.

Ich stand unschlüssig im Hof, dachte, warum bleibe ich so dusselig hier stehen, und wollte gerade zurück ins Warme, als aus dem Dunkeln mit Geheul Polizeiwagen auf uns zukamen, mindestens drei, und abrupt im Hof stoppten. Wir wichen alle zurück, bis wir eingekeilt an der Hauswand standen, ohne uns

bewegen zu können, ein Schattenspalier neben den raumfordern-
den Lichtkegeln. Alle Farben waren in den Kegeln, Blau, Metall,
Weiß, alle Lebendigkeit.

Die Sirenen verstummten schlagartig, dafür Türenschlagen.
Uniformierte reihten sich in Position, selbstverständlich trugen
sie Waffen, aber dass Waffen auf uns gerichtet wurden, ist, glaube ich, Unsinn, auch wenn gerufen wurde: »Donnerwetter,
Scharfschützen in Stellung!« Weggehen war unmöglich. Ich
konnte mit Mühe erkennen, dass sich zwei Polizisten auf uns zu
bewegten und der junge Mann, der eingangs die Gäste begrüßt
hatte, und auch der, der die Rede gehalten hatte, ihnen entgegen-
gingen. Soweit ich es mitbekam, sprachen sie höflich, der Polizist nahm sogar Haltung an, genauso wie Kommissar Weiland.
Er ließ sich zu Veronika führen, um zu kondolieren. Die Gästeliste wurde verlangt, und ein kleiner Trupp wollte den Saal be-
sichtigen. Entschuldigungen wegen der Unannehmlichkeiten
wurden ausgesprochen, man wolle die Feier auf keinen Fall
lange stören. Jedenfalls hörte ich die Umstehenden in dieser
Weise darüber reden, vielleicht habe ich das auch selbst gehört.

Die Erstarrung löste sich, die Zurückgedrängten setzten
sich wie selbstverständlich in Bewegung, gingen auf die Polizisten zu, nahmen den ganzen Bereich des Hofes ein. Plapperten
wieder ungezwungen, lachten: Dieser Einsatz war ja genauso
aufregend wie der Brand. Die Polizisten, die mittlerweile entspannt an ihren Wagen lehnten, wurden ohne Scheu gefragt, was
denn nun eigentlich passiert sei, wonach gesucht werde, ob es
nicht vielleicht Tote, Verletzte oder weitere Vorfälle gebe (da
können einem so viele Geschichten einfallen). Und dann kamen
die Frager zurück zu den abseits stehenden Gruppen und gaben
wichtigtuerisch Bericht, dass jetzt in großem Stil Razzien statt-
fänden und Verhaftungen anstünden, es habe tatsächlich mit
MANE zu tun, zumindest habe es inoffizielle Bestätigungen
gegeben, und zwar ein Nicken der Polizisten, allerdings keine

weiteren Informationen. Das reichte aber den Berichtgebenden, um sich zu freuen: *Recht gehabt.*

Die Umstehenden schienen die Vorgänge unterhaltsam zu finden, da war keine Spur von Beklemmung oder Unbehagen anzumerken, auch den Älteren nicht. Rätselhaft. Gab es denn keinen, der noch MANE besaß, also verbotenerweise MANE besaß, und nun um sein Privileg besorgt war, oder waren ihnen die eigenen Vorrechte so unangreifbar, dass sie sie gar nicht mit den Aktionen der Polizei in Verbindung brachten? Nirgends ein Mitgefühl für die Opfer der Razzien, für die vielleicht Verhafteten oder sogar Verletzten. Mit Bruno hätte ich jetzt gerne geredet, aber er war ja nicht unter den Gästen. Was hätte Veronika auch für einen Grund gehabt, ihn einzuladen. Aber was hatte eigentlich Veronika, die ich, wie auch Carla und Bärbel, schon seit der Jugend kenne, mit diesen Gästen gemein? Bruno hätte jetzt etwas Erhellendes gesagt, ein passendes Zitat aus einer passenden Geschichte, er würde wissen, zu allem, was passieren wird, ist schon das Richtige geschrieben, irgendwo, und er hat es gelesen. Am Montag, nahm ich mir vor, werde ich ihn wieder besuchen.

Ich wollte Stein fragen, ob ihm das Ganze ebenso absurd vorkomme wie mir, und merkte, dass er kreidebleich war. So bleich, dass ich Angst hatte, er könne umkippen, ich nahm einfach seinen Arm und sagte, wir sollten reingehen und uns setzen. Bärbel verstand und nahm den anderen Arm. Carla folgte uns überrascht.

Drinnen war es ruhig und unwirklich leise, der Lärm von draußen von unseren Schritten auf dem Steinboden übertönt. Unser weißgedeckter Tisch glich den unzähligen Tischen, an denen ich schon gesessen hatte, als sei er aus einer anderen, vertrauten Zeit hierher geraten und nur zufällig in diesem Raum. Orangensaft mit einem Schuss Sekt sei jetzt das Richtige, sagte Bärbel. Stein gewann allmählich seine Farbe zurück. Und nun ein unverfängliches Gespräch anfangen, dachte ich, als mir in einem plötzlichen Schrecken einfiel: »Sagt mal, woher habt ihr denn eure Aufrufe?« – »Na aus der Bücherstube, du weißt schon, von Bernd und Bruno«, sagte Bärbel, als sei das selbstverständlich. »Können wir sie nicht warnen?«, fragte ich Stein. »Vielleicht mit einer unverfänglichen Nachricht, ob sie nicht noch zur Feier kommen wollen, zum Maskentanz und Beethoven, alles verspäte sich, weil Folgendes vorgefallen sei und so weiter?« – »Würd ich nicht machen, Nachrichten werden jetzt vielleicht abgefangen, und dann machen wir erst auf sie aufmerksam, und sie stehen ja wohl auch nicht auf der Gästeliste, die wollten sie ja haben, nee, da macht man leicht einen Fehler. Ich meine, was kann denn jemand dafür, wenn andere Zettel unter die Veranstaltungsprogramme mischen. Besser nicht.« Bärbel flüsterte erschrocken: »Ach, du meinst wegen der Razzien? Ich kann doch einfach jetzt hinfahren und ihn warnen.«

Stein schüttelte den Kopf .»Wegen der Straßensperren ist schlecht durchzukommen, deshalb macht es übrigens auch keinen Sinn aufzubrechen, wozu ich größte Lust hätte, nein, man würde nur im Stau hängen oder zurückgeschickt werden. Zum Glück habe ich ja eine so reizende Begleitung, meine Damen« (er lächelte, wenn auch gequält), »am besten, wir halten durch. Ja und da ich mich sowieso nicht so vollständig fit fühle und am besten gar nicht mehr Auto fahre heute, schlage ich vor, wir trösten uns hier mit dem guten Wein, ich bestelle für später ein Taxi und darf Sie dann hoffentlich alle nach Hause bringen. Ach, und sollte es wirklich Probleme für diese Herren geben, so machen Sie sich nicht so viele Gedanken. Es ist ja nicht verboten, zu friedlichen Demonstrationen aufzufordern, rechtlich kann da gar nicht viel passieren. Im Fall der Fälle sagen Sie mir Bescheid, ich verständige dann Frau Doktor Prensken« ('Patricia', flüsterte ich Carla zu), »sie ist eine Kapazität auf dem Gebiet, man sollte einfach Ruhe bewahren.« Bärbel strahlte Stein an, es war ganz offensichtlich, dass ihr dieser Mann gefiel, und sie konnte es ohne Zurückhaltung zeigen. Stein reagierte mit einem leichten Erröten.

Nach und nach kamen die anderen zurück, ungezwungen, launig aufgeregt. Es roch nach Alkohol. Unwilligkeit war zu spüren, als habe man nun genug Zurückhaltung gezeigt, als sei man dieser Feierlichkeit überdrüssig, dieser Ernsthaftigkeit – war nicht dieser Hans-Georg, der nun nicht mehr dabei war, nicht schon immer ein wenig anstrengend gewesen? Der Saal war schließlich lärmend voll. Ich konnte weder Patricia sehen noch Elena, die ich noch immer nicht begrüßt hatte, noch Mira, die hoffentlich nicht an einer Straßensperre festgehalten wurde, und mir fiel in diesem Moment auf, dass ich tatsächlich mit niemandem sonst bekannt gemacht worden war.

Das Programm sollte fortgesetzt werden, allerdings in gekürzter Form, um die Geladenen nicht zu erschöpfen, das Versäumte könne man ja bei einer späteren Gelegenheit nachholen, auch wenn es natürlich schade sei. Jeder, der Hans-Georg gekannt habe, wisse, dass man bei ihm immer auf Überraschungen gefasst sein musste, warum sollte das heute anders sein, und so, wie es gekommen sei, werde niemand diese Abschiedsfeier vergessen können. Daraufhin Gelächter im Saal und tatsächlich auch vereinzelt Klatschen.

Elena wurde auf die Bühne gebeten, um eine kleine Einführung zu lesen, damit »endlich« der Maskentanz aufgeführt werden könne:

»Rem wunderte sich kriechend, dass er keine Beine hatte und im tiefen Wasser neben den phantastisch bunten Korallen atmen konnte. Etwas Unbegreifliches musste mit ihm geschehen sein. Er glaubte, er gehöre nicht dahin, wo er jetzt war, sei nicht, was er sei, wisse nicht, was er da solle. Er begriff nicht, dass er zu den schillernden Meeresblumen gehörte, die darauf warteten, in die alles auslöschende Freude hineingezogen zu werden, und

dass er kriechen durfte zum Trost, weil er so jung gewesen war, sich so gewehrt hatte. In seiner Dummheit jammerte er. Das war den anderen neu und unbegreiflich. Die Wellen sagten schließlich: 'Was willst du mit Armen und Beinen anfangen, wozu sollten die gut sein, glaubst du etwa, uns fehlen Arme und Beine?' Und die Fische lachten. Die gutmütige Schildkröte ließ sich bewegen zu erzählen, dass es tatsächlich andere Wesen gebe, Menschen, draußen an der Luft, mit Armen zum Arbeiten, zum fortwährend erschöpfenden Arbeiten, und Beinen, zum mühsamen Gehen, und dass es Schwerkraft gebe, die auf dem Lande so niederdrückend sei, und gleißend grelles Licht und Farben, weil das umspülende Wasser fehle, und einen furchterregend weiten und öden Himmel. Er, Rem, könne sich gar nicht vorstellen, wie schwer und anstrengend das Gehen sei, wie unangenehm die Hitze der Sonne, wie schön dagegen das kühle Gleiten im Wasser. Und alle lachten zustimmend. Aber Rem weinte ...«

Mir war klar, wie es ausgehen würde, eigentlich schon, als die Wellen ins Spiel kamen, es war eine dieser allzu offensichtlichen Geschichten, in denen gleich zu Beginn ein Schild die Richtung zeigt. Vielleicht bin ich auch in der letzten Zeit gewitzter geworden in dieser Hinsicht. Ich kam mir jedenfalls gewitzt vor, als ich gleich auf der richtigen Spur war. Ich wusste, die Wellen würden den armen Rem schließlich mit hinausnehmen, um ihm zu zeigen, dass er unrecht hatte und die Welt draußen öde war, nach der er eine so falsche Sehnsucht gehabt hatte. Und alles wird natürlich überflutet werden bei dieser wohlgemeinten Demonstration und Rem von der Welt nichts sehen als zerstörte Landschaften und Menschen, die sich auf Bäume gerettet hatten, klägliche und machtlose Geschöpfe, deren Arme und Beine zu nichts taugten, als sich festzuhalten. Und Rem wird kleinlaut zurückkehren.

Elena las noch, als die Projektoren ein letztes Mal getestet wurden. Ein blaugrauer Himmel verfärbte ihr Gesicht, Wolken

zogen über sie hinweg, ein Rauschen machte sie schwer versteh-
bar. Ungerührt begann sie zu erklären, dass es viele Geschichten
dieser Art gebe, in denen ein kleines, verständliches Fehlverhal-
ten armer Seelen großes Unglück verursache, die dumme Nei-
gung etwa, zurückblicken zu wollen, und dass dann zum Beispiel
die Sonne auf die Berge stürze, die Sterne in den Wald, der
Regen sich entschlösse, mit dem Meer eins zu werden statt mit
der Erde, die unterirdischen Insekten sich ins Taghelle verirrten.
Ein riesiger Fisch schwamm Elena durch das Gesicht, und sie redete von Begräbnisritualen, der einzelne Tod werde aufgebläht
zum Weltuntergang, dann eingeordnet in das Weiterbestehen des
Lebens, der Abschied schließlich versöhnlich zelebriert. Es war
mühsam, Elena zu folgen angesichts der Aquariumbuntheit,
in die sie eingetaucht war, in der man vergessen hatte, den
Scheinwerfer auf sie zu richten – und auch angesichts der be-
wundernden Reaktionen auf diese Fabelwelt, dieses begeistert
anschwellende Tuscheln. Und natürlich: Alles Geredete ist ja
aufgeschrieben, längst zugeschickt, einschließlich der Passagen,
die weggelassen worden waren, und jeder hat gewusst, dass er
noch die Entscheidung haben wird, das alles nicht zu lesen. Ich
hörte noch, wie die Akteure vorgestellt wurden, vier Tänzer: die
Schlange Rem, die auch die Wellen darstelle – vorn als Schlange
bemalt, als Welle kehre er den Rücken zu –, die Sonne, die Vögel, die auch Menschen seien. Ein einfaches Wenden oder
Drehen der Masken oder die Zuhilfenahme von Gegenständen
würden die Charaktere kennzeichnen. Es sei ein Spiel, das mit
Wenigem auskomme und auf das Wissen der Mitspieler und Zu-
schauer vertrauen könne.

Darauf hatte man es bei der Vorstellung aber nicht ankommen lassen, die Geduld für einen mehrstündigen Tanz nicht gehabt und nicht erwartet. Die Tanzhandlung war komprimiert und
dekoriert mit Meeresrauschen, Trommeln und Sprechgesängen,
bunten Fischschwärmen, Korallen, Sonnenuntergang, es war auf

schillernd kurzweilige Art unterhaltsam. Ich hätte froh sein sollen, nicht stundenlang spröden, sich nur allmählich wandelnden rhythmischen Tanzmustern zusehen zu müssen, bei meiner schnell ermüdenden Geduld allemal. Aber ich dachte, das Spektakel ist zu laut, zu bunt, zu gefällig, die Bilderflut zu überwältigend, die einsam tanzenden Körper nur mehr verlorene Anhängsel. Dann noch der abgenutzte Effekt einer tsunamigewaltigen Welle, die über die Leinwand donnerte. Der sich auf dem Boden wälzende Rem wirkte rührend angesichts der monströsen Vernichtung. Endlich ruhiger Himmel, Vögel, Wolken, wozu mussten Menschen auf Dächern hocken, wenn sie doch auf der Bühne tanzten?

Auf Carlas fragenden Blick sagte ich: »Bunt und ausufernd war das, die Tänzer sind vollkommen untergetaucht.« Und Stein fiel ein: »Wenn sie den Besuch der Sonnenkönigin getanzt hätten, wäre mit Sicherheit der Atompilz aufgetaucht.« Carla, die es großartig fand, schien eingeschnappt, vielleicht hatte sie sogar an der Konzeption mitgewirkt, daran hatte ich nicht gedacht. Ich hätte ruhig ein paar positive Bemerkungen machen sollen, über die beeindruckenden Aufnahmen etwa, die phantastischen Tänzer, die nur nicht genug zur Geltung gekommen seien, aber ich hatte den Moment verpasst.

Die ersten gingen, ein gutes Zeichen: Die Feier wird bald überstanden sein, ich fühlte mich entspannter, als wäre der Rahmen vertrauter geworden. Das Schubert-Quartett anzuhören, wird sein wie auf den seltenen Kammerkonzerten, bei denen ich Stein kennengelernt hatte. Vielleicht war ich auch beschwipst, allerdings nicht so sehr wie Bärbel, die um Stein herumkasperte. Ich lasse mich als erste nach Hause bringen, dachte ich, dann hat Bärbel noch ein Stück Weg mit Stein allein – so weit war ich noch bei Verstand.

Elena kam mit einer Gruppe von Kollegen an unseren Tisch, auch Mira tapste gebückt wieder heran. Veronika ging ihr entgegen, holte sie zu sich, und da winkte sie mich herbei. »Komm doch mal, hier ist noch Platz.« Sie wirkte erholt, viel wacher als vorhin, lächelte. »Mir geht's jetzt besser. Als ihr das Feuerwerk hattet, hab ich mich ausgeruht, war eine der wenigen guten Entscheidungen in meinem Leben. Außerdem hatte ich dann noch mal Muße, in meine Post zu gucken« – sie zog mich zu sich heran und flüsterte fast –, »und da hab ich was wirklich Interessantes gefunden. Schau mal, die monatlichen Nachrichten der Kulturfördergemeinschaft Lixe, erkennst du ihn?«

Ich nahm das Pad, brauchte eine Weile, bis ich verstand. Auf dem Bild war Hermann zu sehen, anlässlich seiner Berufung zum Senior-Berater von etwas, das ich nicht begriff, es schien mit der Universität zusammenzuhängen. Er stand da lächelnd und souverän neben zwei dunkelgekleideten Frauen, eine kleine Figur in den Händen haltend. Ich schaute Mira fragend an.

»Da ist eine neue Geriaklinik gegründet worden mit eigener Forschungsabteilung, und Hermann mischt als sogenannter Berater mit. Er ist wieder in seinem Element, das wird ihm guttun, ist bestimmt sehr interessant, und das ist auch noch mal eine große Anerkennung für ihn, die hat er ja auch verdient.«

Ich starrte noch einmal auf das Photo, ungläubig. Wenn noch vor wenigen Tagen eine so unbedeutende Person wie ich seinetwegen zur Befragung musste, war es doch logisch gewesen zu denken, dass er auf der Flucht war, in Gefahr, verhaftet zu werden, zumindest in großen Schwierigkeiten. Und vor einer Stunde noch hatte sich die Polizei wahnsinnig in Szene gesetzt, Übergriffe und Razzien soll es gegeben haben, und Leute sollen verhaftet worden sein, die vielleicht nur ein bisschen allzu gründlich MANE gehortet oder verscherbelt haben, und der Drahtzieher Hermann wird schon wieder irgendwo geehrt. Das war nicht zu begreifen. Nicht für mich. Eben erst hatte ich geglaubt, der Vorhang sei aufgezogen und ich hätte einen Einblick, aber es wird wohl auf mehreren Bühnen gespielt, oder ich habe nur einen zu kleinen Teil der Ouvertüre mitbekommen, oder das Ganze ist sowieso noch in Bewegung und man kann nicht wissen, wie's weitergeht. Oder einige wissen's doch. Clarissa hatte recht gehabt, Hermann ist einfach zu schlau, um in eine Falle zu tappen – und ich bin natürlich zu dumm, es zu verstehen. Ich weiß auch nicht, warum die Regierung in Lixe die MANE-Flüchtigen so bereitwillig aufnimmt, sie wird etwas davon haben, natürlich, aber warum kann sie den Schaden aushalten? Wer weiß, vielleicht hat die Bevölkerung dort sowieso noch nie MANE bekommen, und es entsteht in dieser Hinsicht keine Gefahr, vielleicht haben sie auch so viele junge Leute, dass sie es fröhlich verkraften. Vielleicht ist Lixe auch eines von diesen Ländern mit fürchterlich niedriger Lebenserwartung und MANE einfach nur ein Segen. Mira schaute mich an und wartete darauf, dass ich endlich anfing, mich zu freuen, aber ich blieb überrascht. »Meinst du, ich kann ihm jetzt einfach dorthin schreiben?«, war das Einzige, was ich sagte. Sie nickte. »Ich schreib ihm auch.«

Die vier Spielerinnen des Quartetts kamen auf die Bühne, ich war froh über die Unterbrechung, war zu verwirrt, um zu reden, vielleicht auch schon zu beschwipst, war, wie es heißt, neben mir. Wunderte mich auch nicht mehr, dass zur Begrüßung geklatscht wurde, der Damm war wohl gebrochen. Oder alle anderen waren auch nicht mehr beieinander. Natürlich war ich nicht mehr in der Lage, Musik zu hören, falls ich überhaupt dazu in der Lage bin, auch wenn ich das Stück kannte – soweit ich Musik überhaupt kennen kann. Es war ein schwieriges Stück, zumindest ein anstrengendes: laut, emphatisch, Anfangsakkorde zum Wachrütteln, obwohl ich gerade Erholung brauchte, Passagen von abgrundtiefer Traurigkeit, die sich steigerten und wuchtig auftürmten, aber in zunehmender Intensität schließlich in diesem wunderbar schwebenden Nirgendwo ankamen, das ich an Musik so mag. Nur in der Musik kann man so angenehm im Ungefähren bleiben, ohne das Gefühl zu bekommen, ausgeschlossen zu sein.

Vermutlich hat Veronika das Quartett ausgewählt, weil der Tod im Titel steht. Es fiel mir ein, dass es einen Film gegeben hat, der mir skurril-grotesk und auf befreiende Weise unsinnig vorgekommen war – oder den ich nicht verstanden habe –, in dem diese Musik so exponiert zu hören war und auch so gut gepasst hatte. Und dass das Bild Floß der Medusa in dem Film eine Rolle spielte, und ich überlegte nun musikhörend (natürlich auf meine Weise musikhörend), wo ich in der letzten Zeit das Floß der Medusa gesehen hatte. Ich wurde nicht Herr meiner Aufmerksamkeit, auch nicht, als die fortstürzenden Schlusspassagen mich aufrüttelten, ich ließ mich einfach treiben wie die Schlange Rem von der Flut. Die Müdigkeit, die ich immer deutlicher fühlte, nahm ich entspannt hin, wartete den restlichen Abend einfach ab, das Vorlesen aus den Tagebüchern, den Bestattungstanz. Es war doch das Einfachste, mit Stein und den anderen nach Hause zu fahren, und so blieb ich auch noch ein paar Gespräche lang, die Veronika über Hans-Georg führen wollte. So viele wichtige Erinnerungen – dass meine letzte Erinnerung an ihn sein Husten und seine Unfreundlichkeit im Restaurant war, werde ich ihr niemals erzählen.

Der Platz wankte, als wir hinausgingen, unglaublich, dass ich noch einmal so viel Alkohol getrunken habe. Ich sah nichts mehr, hörte nichts, alles dunkel und still, als gäbe es nichts mehr als diesen Wagen, in den wir einstiegen. Der Tag ist eigentlich schon vorbei, dachte ich. In dieser Zwischenzeit wird nichts mehr passieren. Ich denke so gerne: Jetzt ist die Zeit, in der nichts mehr passieren kann.

Rem ist gar nicht ins Meer zurückgegangen. Die Leute, die von den Bäumen herabkletterten, haben ihn mitgezogen, eilig: Die Welle würde wahrscheinlich zurückkommen. Und Rem hat da noch gedacht: Ja, um mich zu holen. Als er anfing zu laufen, merkte er, dass er Beine hatte und die anderen ihn an den Armen mitzogen. Überrascht hat er noch einmal auf das Meer geschaut und das Gefühl gehabt, etwas vergessen zu haben. Im oberen Stockwerk des Hotels ist ihm das Dröhnen und Rauschen schon fremd vorgekommen, warum es für die anderen ein Unglück ist, war ihm noch nicht klar. Er hatte immerhin Verstand genug, nicht zu zeigen, dass er auf seltsame Weise über die Welle glücklich war. Wer er war, wusste er nicht, und nicht, warum er hier war. Dachte wieder einmal, er sei nur irrtümlich hier. Es musste doch irgendwo einen anderen Ort geben, zu dem er wirklich gehörte. Rem machte sich blindlings auf den Weg, diesen Ort zu suchen, hatte keine Geduld, war nicht gewitzt (man ist nie gewitzt), die Beine sind doch zum Laufen da. Und gehört jetzt zur Rettung nicht noch eine phantastische Reise?

Ich dachte, es muss der Film sein, in dem ein Entronnener über Jahre abenteuerlich nach Hause findet und eine Frau alle Etappen des Rückwegs träumt. Aber dann stand Frank Kerner am Ufer, neben Rettungsmannschaften, die Überlebende aus dem Meer zogen und in die Wagen brachten, die blinkend warteten. Und meine Großeltern? Das ist doch Unsinn, so alte Leute, gehen Sie weg, Sie behindern unsere Arbeit, wir müssen die Reanimierbaren finden. Frank Kerner blieb, bettelnd. Er blickte den Wagen nach, die mit Rem und anderen einfach wegfuhren, immer noch blinkend, und sah ein bisschen lächerlich aus in seiner hilflosen Wut. *Ich muss einen Artikel schreiben und alle anzeigen, es ist doch vollkommen absurd und unmöglich, eine unfassbare Zumutung, dass jetzt keine Wagen mehr da sind.* Er ist dann nicht dazu gekommen, wegen der Gespensterei. Gespenster schreiben keine Artikel, vielleicht können sie es gar nicht, außerdem sind sie einfach zu glücklich dazu.

Mein Kopf war bleiern, ich hatte idiotischerweise vergessen, MANE einzunehmen. Ausgerechnet an einem Abend, an dem ich gegen alle Vernunft Alkohol getrunken habe, an dem auch MANE gegen die Schwerkraft hätte ankämpfen müssen. Ein bohrender Schmerz hinter den Augen, wie in früheren Tagen, als wäre ich in einer anderen Zeit aufgewacht. Seltsam, dass sofort die Erinnerung wieder da war an diese Angst vor dem Tag. *Für einen Menschen, der nur durch sehr schwache und für ihn kaum vorhandene Fäden mit dem verbunden ist, was man oder er selber das Leben nennt, ist das morgendliche Aufstehen stets eine schwere Aufgabe. Vielleicht sogar eine kleine Vergewaltigung.* So viele Jahre hat dieses Zitat von Broch über meinem Bett gehangen. (Das war, bevor mir lieber einfiel: Alles zu seiner Zeit, man wird nicht früher sterben, weil man früher aufgestanden ist.) Es wartete auf mich, wenn ich benommen wach wurde und mir nicht vorstellen wollte, dass ich einen ganzen Tag durchstehen müsse mit diesem dumpfen Schmerz, nach einer Lösung suchte, diesen Tag zu vermeiden, am liebsten jeden Tag mit Unaufschiebbarem vermeiden wollte, aus Angst vor diesem Aufwachen. Dieses Unwägbare, Unsichere in allen Planungen, so lange Zeit. Jahre habe ich nicht mehr daran gedacht, geglaubt, dieses Gefühl könne gar nicht mehr auftauchen, es sei mit MANE verschwunden, mit dieser phantastischen Zuverlässigkeit des Wohlfühlens, dieser unbeschwerten Selbstverständlichkeit, dass der Körper mitmacht.

Und nun graute mir mit der Wucht eines unpässlichen Körpers vor der MANElosen Zeit. Ich konnte nichts anderes tun, als ein Schmerzmittel einzunehmen und abzuwarten. Dabei denken: Ich würde diesen verlorenen Tag ja im Grunde nachholen, da mir die vergessene Tablette für einen weiteren Tag blieb. Und irgendwann wäre die Packung nun mal aufgebraucht. Und statt selbstmitleidig zu jammern, sollte ich lieber anfangen, ein bisschen Mitgefühl mit denen zu haben, denen MANE schon seit Tagen fehlt. Außerdem müsste noch eine Nachwirkung von MANE spürbar werden, sobald die Kopfschmerzen zurückgingen, es ist nur eine Frage der Geduld.

Also wartete ich, machte Tee, überlegte, was ich mit diesem Tag anfangen würde, wenn es wäre wie sonst. Ich würde Veronika eine kleine Nachricht schreiben, wie gut mir alles gestern gefallen habe – mach ich vielleicht am Abend –, oder Bärbel anrufen, die Neuigkeiten über Hermann berichten – mach ich lieber morgen, vielleicht beim Spieleparadies vorbeigehen und mich ungezwungen neben sie auf die Bank setzen, das ist besser.

Nach einer Stunde rief ich Bruno an. Er reagierte erfreut, war bester Laune. Die Razzia gestern habe er allerdings mitbekommen, sie habe die eh schon unterdurchschnittliche Ordnung seines Ladens in ein phantastisches Chaos gebracht, einfach fabelhaft sei das, er habe inzwischen schon drei Bücher wiedergefunden, die er verloren geglaubt habe und nach denen er seit Jahren suche. Auch auf meine erschrockene Nachfrage beharrte er darauf, alles ganz wunderbar zu finden, lachte, gestand aber, dass ihm das Aufräumen schon etwas ausmache, es sei denn natürlich, ich würde ihm helfen. Ich sagte zu, obwohl ich mir nicht sicher war, ob er es ernst meinte, seine gute Stimmung fand ich verwirrend. Bruno hatte doch eigentlich keinen besonderen Humor, oder? Da ich nun aber sicher sein konnte, dass ich selbst keinen besonderen Humor habe, und natürlich im Ernst zugesagt hatte, machte ich mich auf den Weg.

Ich fand ihn entspannt im Laden sitzend, lesend, ohne eine Spur von Unruhe inmitten halbleerer Regale und überall auf Boden und Tischen herumliegender Bücher. Er war überhaupt nicht überrascht, als ich ankam – also war seine Einladung ernst gemeint gewesen –, sagte, Bernd werde bald mit Kaffee und Gebäck zurückkommen, und zeigte geradezu stolz auf die angerichtete *Verwüstung*. »Aber nein, Unsinn, eine Verwüstung ist das ja gar nicht, also die vom Ordnungsdienst, wie sie sich nannten, waren sehr höflich, haben sich entschuldigt, wirklich, mehrmals, und haben die Bücher aus den Regalen genommen und woanders hingelegt, also das muss man gerechterweise sagen, gelegt. Praktisch nichts mehr ist an seinem Platz, aber verwüstet kann man nicht sagen, ist doch nichts kaputt, es fehlt nicht einmal etwas.« Er grinste mich vergnügt an, ich erinnere mich nicht, ihn je so gelöst erlebt zu haben. »Also jetzt, wo das Unterste zuoberst gekommen ist, ergibt sich die Chance zu einer veritablen Neusortierung, ich habe meine Uwe-Johnson-Lektüre mal unterbrochen – siehst du, der Band thront zurzeit da hinten auf diesem Stapel von unverkäuflichen Kunstbänden –, weil ich andauernd überrascht bin, wie viele Bücher ich in meinem Laden habe, an die ich mich nicht mehr erinnern kann. Schau mal, diese Flaubert-Ausgabe, die hat inzwischen einen besonderen antiquarischen Wert, und da vorne hab ich einen Aquarellband über unseren Stadtkünstler Roked ins Fenster gelegt, vollkommen unbedeutend natürlich, keiner von den Unsterblichen, aber der wird demnächst 200 und hat so einen Heimatstatus, also ich platzier die besonderen Sachen wie zufällig im Fenster, du wirst sehen, die verkaufe ich nächste Woche.« Er machte mir einen kleinen Stuhl frei, indem er Bücher auf die umliegenden Stapel verteilte, hustete leicht, »staubig ist es allerdings schon«, und bestand darauf, dass ich mich hinsetzte.

»Aber hast du denn gestern keinen Schrecken bekommen, keine Angst gehabt, dass es Stress gibt, wir haben uns so Sorgen wegen dieser Aufrufe gemacht.«

Er wiegte schelmisch den Kopf, tat, als müsse er überlegen. »Also ich war müde gestern, sehr müde, bleiern müde, wie so oft in der letzten Zeit, aber als überall, wirklich überall in der Stadt plötzlich die Sirenen heulten und draußen so viel Lärm war, habe ich mir Kaffee aufgesetzt und Bernd angerufen, und der Kaffee und die Aufregung haben mich wach gemacht. Das Merkwürdige war ja, dass die Sirenen und die Explosionen der städtischen Anlage beinahe gleichzeitig zu hören waren, eine unglaubliche Schnelligkeit des Polizeieinsatzes, geradezu beeindruckend. Also ich war schon alarmiert oder nervös, zugegeben, aber ich habe auch gedacht, heute hätte ich endlich mal schlafen können, und was soll der Quatsch. Um die Aufrufe hab ich mir weniger Gedanken gemacht, dieser Aufruf enthielt doch eigentlich nichts Verbotenes, oder? Es stand doch nicht drin, nehmen Sie Drogen oder haben Sie Sex mit Kindern. Oder so.« Er wiegte noch einmal den Kopf. »Na ja, wenn jemand schreiben würde, nieder mit dem Verbot der Kinderpornographie oder unbeschränkter Alkoholgenuss für Kinder, wäre das schon strafbar, aber das Verbot von MANE ist so neu und diffus, ich glaub nicht, dass man in den Kerker muss, wenn man solche Zettel in seinem Laden liegen lässt. Außerdem hätt ich natürlich behauptet, ich wisse nicht, wie die Aufrufe unter meinen Stapel von Veranstaltungsprospekten geraten seien, und natürlich« – jetzt kicherte er – »hab ich die letzten Aufrufe auch einfach aus dem Verkehr gezogen, gleich als ich den Kaffee aufsetzte, und in aller Ruhe zerrissen und Pappmaché daraus fabriziert.«

»Also hast du dir doch Sorgen gemacht?«

»Nur ein bisschen, nein, im Ernst, das ganze Theater hier wurde nicht wegen der läppischen Zettel veranstaltet, die vom Ordnungsdienst haben nicht einmal danach gefragt. Nein, die Sache ist die, dass Bücher im Umlauf sein sollen, die statt hoher Literatur Packungen von MANE enthalten. Eine glänzende Idee, da zeigt sich mal wieder, wozu Literatur gut ist, aber leider bin ich nicht in den Besitz solcher Preziosen gekommen. Wie immer hat sich inzwischen ein Schwarzmarkt gebildet, und den wird die Polizei natürlich nicht in den Griff bekommen, so wie noch nie ein Schwarzmarkt verhindert werden konnte. Dämlich ist allerdings, auf die Idee zu kommen, ich könnte von solch einem Schwarzhandel profitieren, schau mich doch bloß einmal an oder doch lieber nicht« – er hielt die Hände vors Gesicht –, »schau dir diesen Luxusladen an, alles Tarnung, oder? Im Ernst, es ist doch reichlich blödsinnig, diese sogenannten Bücher mit den verbotenen Innereien tatsächlich in richtigen Buchläden zu vermuten, zu denken, Bücher würden in Buchläden gekauft, wo doch heute praktisch kein Mensch mehr Bücher auch ohne spezielle Innereien in ordentlichen Buchläden ersteht. Und das meinten diese Polizisten im Grunde auch, die konnten ja nichts für ihren idiotischen Auftrag und haben gar nicht damit gerechnet, was zu finden. Einer war tatsächlich ganz annehmbar, nicht dass er direkt Uwe Johnson gekannt hätte, aber Dostojewski und Fontane und Heinrich Mann, alle Achtung, und der hat sich für den nächtlichen Überfall entschuldigt und alle Bücher ordentlich gestapelt.«

Meine Verlegenheit hatte Bruno nicht bemerkt, mich gar nicht angesehen in diesem Moment, und dann klopfte auch jemand an das Fenster. Bruno ging erfreut hinaus, redete lange mit dem Mann, ich glaube, über die Unordnung im Laden und die Bücher im Fenster, und kam zufrieden zurück. Um von den speziellen Büchern abzulenken, schlug ich vor, mit dem Aufräumen anzufangen.

»Aber nein, bloß nicht, das habe ich vorhin am Telephon doch nur gesagt, damit du auch kommst, die derzeitige Situation des Ladens ist geradezu verkaufsfördernd, also dieser Mann vorhin war schon der vierte heute, der sich erkundigt und auch nach Büchern gefragt hat. Diese Razzia macht meinen kleinen Laden richtig interessant und, ganz ehrlich, war mal was anderes. Unglaublich ist nur, dass Bernd mit dem Kaffee noch nicht zurück ist, ich bin ein ganz miserabler Gastgeber« – er schaute unzufrieden aus dem Fenster –, »nein, das Aufräumen zelebriere ich in ganz kleinen Schritten, sozusagen unter den Augen der Kunden.«

Er nahm ein angestaubtes schweres Buch in die Hand, strich behutsam über den Rücken. »Weißt du, als dieser Band in meinen Laden kam, kannten wir uns noch gar nicht, dreißig

Jahre, unglaublich, ein wirklicher Ladenhüter, den will ich eigentlich gar nicht mehr hergeben. Ich könnte ..., aber nein, das lese ich ein andermal vor, lieber sollst du das jetzt mal beherzigen ...« Er suchte in einem anderen Stapel einen wuchtigen Wälzer heraus, blätterte angestrengt und blickte mich gespielt ernsthaft an. »Also höre:

Die biblische Überlieferung lehrt, daß das Fehlen der Arbeit – das Nichtstun – die Vorbedingung der Glückseligkeit des ersten Menschen vor dem Sündenfall war. Die Liebe zum Müßiggang ist im Menschen auch nach dem Falle die gleiche geblieben; aber es lastet jetzt ein Fluch auf dem Menschen, und zwar nicht nur der, daß wir im Schweiße unseres Angesichts unser Brot erwerben müssen, sondern der, daß wir infolge unserer moralischen Eigenschaften nicht müßiggehen und gleichzeitig innerlich ruhig sein können. Eine geheime Stimme sagt uns, daß wir eine Schuld auf uns laden, wenn wir müßig gehen. Wenn der Mensch einen Zustand finden könnte, indem er müßig gehen und dabei doch das Gefühl haben könnte, nützlich zu sein und seine Pflicht zu tun, so hätte er damit ein Stück der ursprünglichen Glückseligkeit wiedergefunden.«

Ich lachte natürlich, tat, als wüsste ich, woraus er gelesen hatte, schaute beiläufig auf den Umschlag (Krieg und Frieden), während er in den Stapeln herumsuchte. »Also da hab ich doch vorhin noch ein Buch in den Händen gehabt und will dir noch daraus vorlesen, wie viel ein Mensch arbeitet, der gar nichts tut.« Er fand es aber nicht, und dann stand Bernd mit dem Kaffee vor dem Fenster. Bruno sprang auf, ihm das Tablett abzunehmen, und ich roch schon den Kaffee. Vier große Becher (»ich wusste nicht mehr, ob du den Kaffee schwarz trinkst«), sogar Gebäck, wir setzten uns in das kleine Hinterzimmer. Auch Bernd war gutgelaunt, entschuldigte sich, dass er so spät komme, aber er habe andauernd Leuten von der Razzia erzählen müssen. Dass ich mir Sorgen gemacht hatte, fand er rührend.

»Schade, dass Bruno schon alles erzählt hat, ich bin gerade so schön in Fahrt mit Erzählen, man denkt ja fast, man hat richtig was erlebt. Man war sozusagen mal im Zentrum des Interesses, nicht außen vor, zumindest denken das die Leute, die jetzt andauernd auf mich zukommen. Ja, ja, ein Interesse zieht das andere nach sich. Man muss der ordnenden Staatsmacht geradezu dankbar sein. Und das mit dem Aufruf war ja wirklich Firlefanz, das biegen die doch ganz wunderbar ab, ein Kinderspiel für die professionellen Widerstandsverhinderer!«

Als wir überrascht aufblickten, freute er sich. »Ha, da ist ja doch noch eine Neuigkeit für mich übriggeblieben. Also: Die große Mitspiel-Lotterie und das Super-Gewinnspiel müssen heute leider ausfallen. Wegen eines noch nie dagewesenen technischen Defekts und sogenannter Transformationsschwierigkeiten, was immer das bedeuten soll. Tja, die große Endrunde muss verschoben werden, gerade wo so viel zu gewinnen ist – und wann, glaubt ihr, wird der Defekt behoben sein und das Spiel weitergehen können? Na? Natürlich gerade zur Strom-aus-Zeit, gut, nicht? Kann man eigentlich nicht einfacher und besser machen. Einfach genial, reduziert die Mitmacher auf ein Drittel, mindestens. Tja, so ist das.« Bernd lachte wieder, obwohl es natürlich nicht lustig war, aber es war doch schön, dass er gleich recht damit gehabt hatte, »dass denen nicht so einfach beizukommen ist«. Dieser Aufruf sei so eine handgestrickte undurchdachte Kleine-Leute-Aktion, so was klappe eben nicht.

Das war ja eigentlich schade, und ich fürchtete, jetzt würde eine müßige stimmungsverderbende Diskussion beginnen, wie hilflos der Einzelne dastünde bei rätselhaften Verboten und absurden Razzien und so weiter, aber Bernd und Bruno beharrten darauf, dass die Dinge zum Lachen seien. Man sei ja unversehens in eine Satire geraten, in ein groteskes Theaterstück, da dürfe man sich nicht durch Griesgrämigkeit die Pointen entgehen lassen. Und diese Gewinnspiele, deren allwöchentliche Komik man sich nicht habe zumuten wollen, müsse man auch endlich würdigen als resignationslindernden Hoffnungsklamauk. Man sehe ja jetzt, welche Bedeutung dieses Jeder-kann-doch-noch-gewinnen habe, man sei ja vorher auf einem völlig falschen Hochmutsdampfer gewesen, man müsse endlich die Dinge optimistisch kehrtwenden. Was habe man denn gehabt von der ach so klugen Verweigerung? Nichts. Mitmachen hätte man sollen, pfeifen auf die dämlichen Veranstalter, einen Gewinn einheimsen und was draus machen. Eine Reise zum Beispiel, noch einmal Paris oder die Akropolis, den Laden renovieren, sich eine wirkliche Bibliothek aufbauen, einen Verlag gründen oder was auch immer. Stattdessen klebe man in phantasielos armseliger Selbstgefälligkeit am Fleck.

Was hat uns eigentlich davon abgehalten mitzumachen?

Die Scham, das ewige Handicap. Ich hätte längst mitgespielt, gab ich zu, wenn ich nur den anonymen Teil der Prozedur mitmachen könnte. Zu Hause versteckt die Antworten eingeben und auf glücklich unbehelligte Weise einen hübschen Gewinn machen, das wäre wunderbar – aber ausgewählt werden und mit der freigeschalteten Kamera in aller Öffentlichkeit präsentiert werden, sei einfach grauenhaft. Vollkommen unverständlich, dass sich so viele darum reißen, Leute, denen es offenbar nichts ausmache, wenn ihre Dusseligkeit bloßgestellt würde. Dass ich das nicht könne. Und so gebildet, wie man sich gerne einrede, sei man ja nun wirklich nicht, und die Spielemacher würden immer schnell dahintersteigen, wie jemand aufs Glatteis zu bringen sei. Dass Fragen zu Sport, Populärmusik, Technik und so weiter ins Abseits führen, na gut. Richtig peinlich würde es, wenn man dann die allerbekanntesten Vorkommnisse und Chronologien nicht im Kopf habe. Und ich könne ja überhaupt nichts behalten. Zum Beispiel das Geburtsjahr von Proust, letzte Woche noch darüber gesprochen, wann war das noch mal. Ach du meine Güte. Oder Fontane, Kafka, Johnson: keine Lebenszeit, kein

Datum abrufbar, das ist ja zum Fürchten. Alles nur, weil einem die Jahresdatenzähler immer kleinkrämerisch vorgekommen waren. Lieber immer den Blick auf das Ganze, Vielgründige, Spannende richten, im Grunde einfach auf das, was einem gerade dazu eingefallen war. Kann man vermutlich noch nicht einmal sagen, was das war. Und dann steht man natürlich blamiert da bei so einer Abfragerei.

Bernd und Bruno nickten verständnisvoll. *Die* legen sich eine Regie zurecht, natürlich im voraus, wer wann wie viel gewinnen soll, es sei reine Glückssache, ob man gerade ins Konzept für einen Gewinner falle, alles irgendwie abgekartet. Irgendwie widerlich. Aber so wie das in diesem großartigen Film war, der gelaufen ist, als wir noch richtig jung waren, Todesspiel oder Millionenspiel oder so ähnlich, sei es ja auch nicht. Ein wirklich phantastischer Film sei das gewesen, und er, Bruno, habe damals gedacht, damit seien für alle Zeiten alle öffentlichen Gewinnspiele unmöglich gemacht. Das sei die reinste Dummheit gewesen. Da man ja eine hundertprozentige Überlebenswahrscheinlichkeit habe, widerstünden diese Spektakel aller Kritik. Nicht mal die Fitnessolympiaden, bei denen man einen Arztcheck, eine Extra-Reha – und wieso eigentlich extra – oder den optimalen Zahnersatz erlaufen kann, hätten das verhindern können. Man müsse das doch auch mal von dem Bedürfnis her sehen, dass in der allgegenwärtigen Trostlosigkeit die Aussicht erhalten bleibe, vielleicht doch zu den wenigen Auserwählten zu gehören. Dagegen stünde doch nur die Perspektive, für immer ein kleinlich eingeschränktes Leben zu führen. Ein eitler Fehler, es für unvorstellbar zu halten, sich dieser Lotterie auszusetzen, nur wegen der ewigen Kinderangst vor Blamage. So komme man ja nicht weiter. Nicht zu gewinnen tauge zu gar nichts. Auch als überheblicher Nichtspieler stehe man letztlich dumm da. *»Ja oder nein, sagte Murphy. Die ewige Tautologie.«* Bruno hatte endlich Beckett untergebracht.

Wir lachten, saßen entspannt vor unseren leergetrunkenen Bechern, blickten aus dem engen Hinterzimmer durch den Laden auf die Straße, die beginnende Abenddämmerung erst einmal hinnehmend. Die vielen Passanten waren von unseren Plätzen aus nur kopf- und fußlos zu sehen, Bäuche und Rücken in unterschiedlichen Gangarten. Die Schlendernden blieben manchmal stehen, schauten vermutlich überrascht in den Laden, einer bückte sich, hielt die Hände trichterförmig vor die Augen, um etwas erkennen zu können, und Bernd stand auf, um Licht zu machen. Ein Schild fehle noch im Fenster, meinte ich, in der Art: »Der Verkauf geht während der Aufräumarbeiten, die durch die Razzia unvermeidlich sind, weiter« oder so ähnlich. Wir lachten, aber Bernd telephonierte sofort mit Carla, um ein solches Schild zu bestellen. Und hatte damit auch eine Gelegenheit, noch einmal alles erzählen zu können. Ich hörte noch, wie er sie zum Aufräumen herbat, und Bruno kicherte neben mir. Er akzeptierte, dass ich nun gehen wollte, bedankte sich für meine tatkräftige Bereitschaft, alles liegen zu lassen, bestand darauf, meine Unterstützung für diesen Zweck gleich morgen wieder zu benötigen. Niemals hatte ich Bruno bisher so ausgelassen und albern gesehen. Und als ich von draußen noch einmal winkte und zurücksah, fand ich die Unordnung des Ladens ganz natürlich, geradezu einladend.

Nichts hatte heute an die Larmoyanz und die Verkniffenheit erinnert, die mich oft an Bruno gestört hatten, ich war von seiner Reaktion vollkommen überrascht. Wieso hatte ich geglaubt, Bruno bis zum Überdruss zu kennen? Weil er so ausdauernd klagen und schimpfen konnte und ich keine Lust gehabt hatte zuzuhören? Weil ich mich so schnell in meiner bequemen Gleichgültigkeit gestört fühle und genervt bin von den Schwierigkeiten anderer? Was weiß ich denn, wie ich mich in all seinen Einschränkungen und Schwierigkeiten verhalten würde, die ich vielleicht nur deshalb nicht kenne, weil ich eben nichts tue. Weil ich vielleicht nur gelegentlich Glück und andauernd ausreichend Trägheit habe, um allen Problemen auszuweichen. Und vielleicht keine Phantasie, Humor sowieso nicht. Heute hätte ich an Brunos Stelle mürrisch und selbstmitleidig gejammert, auf keinen Fall hätte ich mir selbst in dieser Situation so gefallen können, wie Bruno mir heute gefallen hat. Ich hätte es nicht erfahren, wenn ich nicht diesen Besuch gemacht hätte. Da habe ich tatsächlich Glück gehabt.

Diesen Tag habe ich mir nicht so vorgestellt.

Und die anderen?

Will ich mir überhaupt vorstellen, dass an irgendeinem kommenden Tag etwas passiert? Etwas anderes als die Zeitbahn zum gleichmütigen Schwimmen?

Doch:

Es ist Nachmittag, vielleicht in einigen Monaten, ich wache auf und sehe: Fünf Uhr, die Zeit hat schon eine schwergängige Muße. Ich denke: Noch eine Bahn Zeitschwimmen bis zum Tagesabschied, dem Genug-für-heute. Die Tageszeiten bleiben ja. (Mir will einfach keine Situation einfallen, zu der Margaret Atwoods Satz passt: It's no time in particular.) Ich sehe aus dem Fenster, da ist nichts Besonderes, ein graublauer Spätnachmittag. Ich begreife es nicht sofort. Wahrscheinlich nicht. Erst mal merke ich nur, dass der Bildschirmaufbau auf dem Monitor extrem langsam abläuft, unvollständig bleibt, ich werde denken, eine vorübergehende Störung, aber nicht abschalten, wie ich es gewöhnlich tue, aus einem diffusen Gefühl, es sei da etwas zu erwarten. Eine gewisse Vorahnung habe ich doch.

Es wird so sein wie in den Filmen, in denen alles zusammenbricht, und ich zappe vor dem Monitor von Bildstörung zu Bildstörung, bekomme dieses unsinnige Gefühl, ich sei von der Welt abgeschnitten, dabei merke ich gerade in diesem Moment, dass es draußen unruhiger ist als sonst, eine ungewohnte Belebung der Straße, und sonderbarerweise bekomme ich Lust hinauszugehen. Aber ich weiß nicht so recht, wohin. Es ist zu spät für das Paradies und Bernds und Brunos Bücherladen, und Carlas Wohnung ist zu weit weg. Diesmal werde ich sie anrufen und fragen: »Weißt du was von den Störungen?« Sie ist geradezu glücklich, dass ich sie erreicht habe, endlich eine Stimme, wird sie sagen, sie habe seit Stunden vergeblich versucht, Kunden anzurufen, denen sie ihre Entwürfe nicht schicken könne wegen des katastrophalen Chaos im Netz. Sie wisse nicht, warum, sei aber inzwischen so müde, dass sie am liebsten gleich ins Bett ginge. Sie habe so ein Gefühl vom Ende der Welt, als seien praktisch alle anderen verschwunden – was für ein schönes Wunder, dass ich nun aufgetaucht bin.

Weitere Anrufe gelingen nicht mehr. Alles ist blockiert. Ich überlege, doch noch zu Bernd und Bruno aufzubrechen, um sie in der Wohnung aufzusuchen, bekomme dann überraschend eine Mail von Bärbel. *Lies das sofort* mit Anhang. Ich kann ihn problemlos öffnen. *Alles über die Zeitdiebe – die MANE-Story*, alle Hintergründe als Neuigkeit. Endlich, müsste ich jetzt denken, mich befreit fühlen, auf die baldige Freigabe von MANE hoffen. Aber ich bin zu überrascht, die Anzahl der nun auftauchenden Erklärungen und Kommentare überfordert mich und auch die Einbettung in Katastrophen-Enthüllungen verschiedenster Art: der MANE-Skandal, Banken-Skandal, Reaktorunfall-Skandal, Saatgut-Skandal, Rentenskandal, Schuldenskandal. Da bleibt ja kein Stein auf dem andern. Das ist zu viel auf einmal.

Eine euphorische Meldung der Art: Ab übermorgen gibt es wieder MANE für jedermann, finde ich nicht, es heißt eher: In der nächsten Zeit kann sowieso nichts funktionieren. Es muss ja einen Grund geben, dass die Wahrheit über MANE nicht mehr zurückgehalten wird, es muss etwas passiert sein, dass die Kontrolle über die Berichterstattung außer Kraft setzt, sich nun vordrängt, eine feindliche Übernahme, natürlich. Das geht nicht ohne Probleme, ich weiß nicht, welcher von den vielen dystopischen Filmen recht behalten wird, es kündigt sich vielleicht eine Befreiung an, aber sie hat bisher die Form von Chaos.

Ich habe noch keinen Zugang zu meiner Bezügeübersicht, nicht zum Medizinischen Zentrum, keine Bankdaten, keine der gewohnten Nachrichtenseiten, keine Ämterverbindung. Wenigstens kann ich inzwischen persönliche Briefe wieder öffnen und Carla die Bärbelsche Sendung schicken. Immerhin. Sie noch einmal anzurufen, gelingt nicht, jetzt hätte ich mich über ihre Stimme gefreut, und ich beginne zu fürchten, dass ich auf meinen Abendfilm verzichten muss, denn auf allen Sendern wird eifrig enthüllt. Ich denke, wie seltsam, dass das alles jetzt so groß nszeniert werden kann, dass die allgemeine Unkenntnis über MANE noch so groß ist, nach so vielen Monaten, und verstehe nicht, warum fortwährend auf andere Betrügereien verwiesen werden muss, mir bleibt der Zusammenhang unklar, die neue Freiheit beginnt ernüchternd.

Carla wird schreiben, jetzt vielleicht sogar anrufen können, auf jeden Fall werde ich ihr nettes Lachen im Ohr haben, sie wird sich freuen, maßlos freuen über die unglaubliche Entwicklung der Dinge, wird nicht mehr fassen können, dass sie den Mist über MANE geglaubt hat, sie wird mich noch mal aufklären wollen, dass MANE niemals schädlich war, dass wir ja so furchtbar belogen worden sind, dass MANE das Morgenglück ins hohe Alter rettet, dass jetzt neue Zeiten anbrechen. Die neuen alten Zeiten wieder.

In der Euphorie hat sie ihren Elan wiedergefunden. Sie will eine Art Buch herausgeben, ein Gemeinschaftsprojekt vieler Co-Autoren über das Leiden in den MANElosen Tagen. Ich soll auch beitragen. Das kannst du, wird sie sagen. Du wolltest doch immer mal Tagebuch schreiben, wenigstens mal so für ein, zwei, drei Wochen. Ich werde nicht spotten, obwohl ihr Vorhaben sehr an »Was-meine-Freunde-über-MANE-sagen« erinnert. Ich werde versprechen mitzumachen. Bis dahin werde ich genug gelitten haben.

Ich werde auf die Straße gehen (am nächsten Tag natürlich) und mich über die vielen Menschen wundern. Die vielleicht ausgelassen promenieren, aber auch beunruhigt sind, weil die Kontodaten nicht zugänglich sind, die elektronischen Kassen nicht funktionieren und vor den Apotheken Schilder aufgebaut werden: *MANE ist zurzeit noch nicht verfügbar. Wir hoffen, dass die Produktion in Kürze wieder aufgenommen werden kann.* Ich werde mir den Himmel ansehen und die Farben zählen, werde den diskutierenden Menschen aus dem Weg gehen und mich über die Mülltonnen ärgern, die nicht abgeholt werden – und bei Bernd und Bruno ankommen. Clarissa ist zurück und hat Sekt spendiert. Ich stehe mit vielen anderen zwischen aufgeräumten Regalen. Mira hat sich kopfschüttelnd hingesetzt. »Weiß denn überhaupt jemand, wo das hinführt?«

»Genau«, wird Bernd sagen, »wir stoßen jetzt an auf ein MANE, das sich in kompliziertesten Bahnen winden wird, bevor es auf den Markt kommt. Vorher werden erst mal die Konten durcheinandergeschüttelt und dann der Schütteltribut abgezogen. Vielleicht die Hälfte. Man muss ja froh sein, wenn man in diesem Spiel, das natürlich reale Schachzüge nach virtuellen Regeln ausführt, überhaupt als Figur bestehen bleibt. Die Lotterie setzt immer nach Gutdünken fest, was gerade real und virtuell ist, klar ist nur, dass die Preise am Schluss real sind. In einfacheren Worten ausgedrückt: Was wird MANE kosten, wenn die zusätzliche virtuelle Lebenszeit eingerechnet wird. Vorhin hat mich ein möchtegerndurchblickender Jungwissenschaftler belehrt, es werden pro Tablette mindestens 120 Euro sein. Natürlich nur, wenn man den Wirtschaftsfaktor, den MANE darstellt, gutwillig berücksichtigt. Da werde ich wohl real an den kommenden Freuden scheitern, also lieber erst mal prost.«

Ich werde mit den anderen ungläubig schauen, Clarissa wird pikiert sein, und Bruno wird ein Zitat parat haben, ich weiß natürlich nicht, welches. Bernd wird versuchen, den wirtschaftlichen Aspekt noch einmal groß herauszuarbeiten, schon um Clarissa zu ärgern, die ihm nicht genug Aufmerksamkeit geschenkt hat und ihm nun den Rücken zudreht. Wird die Wer-soll-das-bezahlen-Frage ausbreiten, obwohl das jetzt niemand so genau wissen will, dieses Irgendwoher-muss-doch-alles-kommen, Irgendwer-muss-schließlich-arbeiten-dafür. Dass Geld arbeite, sei ja nur im Virtuellen wahr, *nicht Bruno?*, im Realen müsse man also die Renten kürzen, aber das gehe ja nicht noch mehr, oder das Bezugsalter heraufsetzen oder die über Hundertjährigen auf eine virtuelle Insel schicken, die real ist, *ha*, und wahrscheinlich werde man dann endlich, wie schon ein paarmal diskutiert, die Grenzen für die jungen Leute dichtmachen, aufpassen, dass die nicht noch entwischen in die wenigen Oasen auf der Welt, wo sie nicht für die Alten ausgeplündert werden. Und wer weiß, ob denen nicht noch anderes einfalle. Oder die Jungen tricksen die Alten aus, locken mit dem falschen Versprechen von MANE, und schwups fallen hinter denen die ewigen Türen zu.

Das ist jetzt zu viel, und Bernds eifernde Rede fällt durch. Wir sind ja hier, um uns zu freuen und Clarissas Sekt zu trinken. Bärbel wird sich bei Bernd unterhaken, beschwichtigen, eine gute Rede sei das gewesen, aber launeverderbend, wo sie sich doch Clarissas edlen Sekt niemals selbst leisten könne, auch das sei ja eine legitime wirtschaftliche Betrachtungsweise, und das wolle sie doch auch genießen. »Bernd, komm, wenigstens ab und zu werde ich mir MANE leisten können, danach sieht es doch aus, das ist doch schon etwas.«

Bärbel ist entspannt, weil ihre Eltern anfangen zu vergessen, dass sie am Vortag nicht da war und davor nur eine Viertelstunde, und manchmal glauben, die junge Pflegerin sei ihre Enkeltochter. Da wird es ja bald keine Rolle mehr spielen, wie oft sie kommt, und da wäre es auch eigentlich gar nicht gut, wenn MANE die Eltern noch mal aufwecken würde.

Ob Hermann zu Besuch kommt, ist mir nicht klar. Er ist ja so beschäftigt und wird erst mal abwarten, wie die Dinge sich entwickeln. Vielleicht steht er dann überraschend vor irgendeiner Tür, in die ich gerade eintreten will, hat eine Flugerlaubnis bekommen, natürlich, um ein paar Dinge zu regeln, ist so froh, uns alle bei der Gelegenheit noch einmal begrüßen zu können. Er sagt, es habe einen feindlichen räuberischen Zugriff auf die Kontrollsysteme gegeben, aus wirtschaftlichen Gründen natürlich, die Rückgabe von MANE sei nur Tarnung, und wieweit und zu welchem Preis es nun tatsächlich auf den Markt komme, sei nicht sicher, er bleibe erst mal in Lixe.

Oder: Endlich hätten sie den Durchbruch geschafft und ein MANE entwickelt ohne die ruinöse Nebenwirkung, das sei wirklich wunderbar, er werde jetzt oft herkommen und den MANE-Vertrieb managen.

Oder: Er passt mich in einem günstigen Moment ab, um mir im Vertrauen zu sagen, den neuen MANE-Produkten werde ein synthetisches Akzeleranz beigemischt, eine ganz neue Erfindung, die die störende Nebenwirkung ins Gegenteil verkehrt. Möglicherweise sei die Dosierung noch nicht ausgewogen, ihm sei das nicht geheuer, da bleibe er lieber vorerst in Lixe. Denn, unschöner ausgedrückt, ließe sich auch behaupten, dem neuen MANE sei eine Giftkomponente beigegeben, und wie sich das über einen längeren Zeitraum auswirke, wisse so genau eigentlich niemand. Mir wird er noch einmal eine Packung reine MANE schenken, die gebe es natürlich weiterhin, nur nicht für den allgemeinen Markt, und ich werde glücklich sein, nach so langer Zeit wieder MANE zu haben, und denke vor Freude nicht an die Giftmischerei. (In diesem Fall wäre ja ab sofort ein Verbot wirklich angemessen, eigentlich nicht zu glauben.) Und wahrscheinlich werde ich dann auch die lebensverkürzende Version einnehmen, schließlich habe ich doch immer gedacht: Ich will MANE auch haben, wenn es mich umbringt.

Aber dann würde es natürlich anders ablaufen, da muss ich noch mal von vorn anfangen:

Es ist Nachmittag, fünf Uhr, als ich aufwache, eben die Zeit, die eine etwas schwergängige Muße hat, und ich schaue noch kurz in meine Post – die ich problemlos öffnen kann. Ich entdecke Bärbels *Lies das*, die Meldung *MANE zurück* überflutet die Nachrichtenseiten. Carla ist *wahnsinnig* glücklich, sie hat es längst gelesen und auch schon einige Co-Autoren gefunden für ihr Projekt *Leiden in der MANElosen* Zeit. Ich sage zu, mich zu beteiligen. Ich empfange eine Einladung zu Bernds und Brunos Bücherladen: *Komm gleich, Clarissa spendiert Sekt.* Es gibt kein Chaos, nur Aufregung – die Enthüllungen betreffen allein die Pharmakonzerne, die angeblich ein eigentlich wunderbares Medikament aus Profitgier surrogiert hätten, wodurch es gefährlich geworden sei, ein entsetzlicher Betrug auf dem Rücken von ahnungslosen älteren Mitbürgern. Es werden Namen genannt, ein Wie-es-geschah, Wie-es-entdeckt-wurde und die ganzen Aktionen zur Rettung von MANE noch einmal in Rückblicken als Heldentat gezeigt. *Jetzt, wo es überstanden ist.* Ich werde mich auf meine übliche ahnungslose Weise wundern, es auf die übliche ungläubige Weise akzeptieren und gerne zu Bernd und Bruno aufbrechen. Im Bücherladen stehen wir dichtgedrängt zwischen aufgeräumten Regalen und freuen uns, weil etwas *Unmögliches* passiert ist. Wir haben so eine Sehnsucht nach diesem MANE, sind so ausgetrocknet – bis auf Clarissa natürlich, die nicht einmal die echten MANE entbehren wird. Erst mal wird über das Surrogieren gewitzelt. Natürlich. Schließlich hat MANE von Anfang an mit Surrogieren zu tun, und es ist doch sowieso eine naive Bequemlichkeit, etwas für echt zu halten. Clarissa wird damit geärgert, dass also Hermann zu Recht gesucht werde, als ein veritabler Surrogierer. Böswillig wird es nicht, aber ich überlege, warum hat Hermann eigentlich nie bei Bernd und Bruno Bücher gekauft, was hat ihm nicht gepasst? Über das Geld, das man nicht hat, um die resurrogierten MANE zu kaufen, wird ausufernd debattiert, bis jemand herausfindet, dass das neue MANE sogar etwas günstiger wird, als Ausgleich für die erlittenen Unannehmlichkeiten. Da stimmt etwas nicht, da muss doch ein Haken sein, das gibt es doch nicht, dass ohne Not Geschenke gemacht werden, werden Bruno und Bernd mutmaßen. Und ich werde später wissen, dass sie recht haben, und hoffen, dass sie es vollständig durchschauen und ich mit ihnen reden kann, demnächst. Aber jetzt hakt sich Bärbel unter, und es geht zurück in die Sektlaunigkeit. Bruno wird zitieren mit brüchiger Stimme, diesmal will ich raten: Shakespeare, Shakespeare passt immer, wenn alles durcheinandergeraten ist.

> *Morgen, und morgen, und dann wieder morgen,*
> *Kriecht so mit kleinem Schritt von Tag zu Tag,*
> *Zur letzten Silb' auf unserm Lebensblatt;*
> *Und alle unsre Gestern führten Narr'n*
> *Den Pfad des stäub'gen Tods. – Aus! kleines Licht! –*
> *Leben ist nur ein wandelnd Schattenbild; ...*

Ich denke, natürlich weiß ich nicht, wie es aussehen wird in ein paar Monaten, und kann dabei nicht aufhören, mich darüber zu wundern. Die Zukunft, die ich mir vorstellen kann, bleibt so heimelig vertraut, ich werde morgens aufwachen und abends Fernsehen gucken, alles und jeder hat seinen vertrauten Ort, ein paar Probleme lasse ich einfließen, das muss ja sein, und was macht es schon, solange MANE zurückkommt. Wozu soll ich mir eine Zeit vorstellen, in der MANE verschwunden bleibt?

Ich habe wieder angefangen, frühmorgens Nachrichten zu hören, ich habe eben keine Geduld, auch nicht damit, etwas bleiben zu lassen. Aber den Gleichmut habe ich wieder, mir den ganzen Kram einfach anzuhören. Ich bekomme dieses Gefühl von Informiertsein, das nichts taugt, aber der übliche Stand der Desinformation ist, den ich mit anderen teilen kann. Ich stehe nicht wie ein Depp da, wenn Bärbel fragt, was meinst du dazu? Und was ich bei dem Ganzen nicht glauben will oder kann, erschreckt mich nicht. Die behauptete Wahnsinnsausbeute der Razzien zum Beispiel, die Aufdeckung der mafiösen Umtriebe zur Vergiftung breiter Teile der Bevölkerung, das Lob der Medizin, eine Katastrophe verhindert zu haben und so weiter. Ich weiß ja, wenn es überhaupt mafiöse Gruppen gibt, dann doch diese Dummschwätzer auf der Feier am Samstag, und die waren nicht für einen Moment verunsichert gewesen. Ich war auf zugegeben idiotische Weise zufrieden mit mir, dass diese Nachrichten so an meinem Gleichmut abprallten.

Für den Tag wollte ich mir rein gar nichts vornehmen, die ungeplanten und vollkommen nichtsnutzigen Tage sind einfach die besten (morgen ist auch noch Zeit, zu Bruno zu gehen, oder übermorgen), hatte nur Lust zu einer kleinen Einkaufsrunde – dreihundert Meter hin und zurück, hatte zwei kleine Tüten in den Händen auf dem kurzen Rückweg, schaute trödelnd in alle Schaufenster und auf alle elektronischen Anzeigen. Anzeigen für das morgige Gewinnspiel zum Beispiel, ein prominentes Gesicht hatte sich hergegeben, dafür zu werben, die Gewinnchancen sollten auch erhöht werden, als Ausgleich für die »unangenehme technische Panne am Sonntag«.

Es war mir egal, der Aufruf und meine halbherzigen Überlegungen mitzumachen waren schon lange nicht mehr aktuell, es war etwas, das in der vergangenen Woche kurz eine Rolle spielte, bis es sich durch weitere Umstände erledigt hatte. Die Verweigerungs-Aufwiegler hätten sich nicht so viel Zeit lassen sollen, am nächsten Tag hätte der Stromstreik vielleicht funktioniert, wer weiß. So hatte ich mich schon daran gewöhnt, dass es nicht funktionieren werde. Demnächst wird ein anderer Aufruf kommen, der besser organisiert und deutlicher sein wird, nicht mehr so kleingestrickt, bestimmt. Irgendeine entschiedenere Reaktion muss es doch geben. Immerhin ist es doch die Mehrheit, der etwas vom Leben genommen wird, die wird sich doch wehren, allerdings sind es ja immer und überall die Mehrheiten gewesen, die kleingehalten wurden.

Die *MagischenFünf* waren jedenfalls noch immer auf der Suche nach dem Gegengift. Neu waren bisher nur die Gesichter, die mitmischten, und ein Ort war inzwischen gefunden, an dem die MANE-Geschädigten wieder gesund werden konnten. Der lag irgendwo tief unter Wasser, wie Carla es vorhergesehen hatte. Und vermutlich wird sie auch recht behalten und das Gegengift zu MANE irgendwann extraterrestrisch herbeigezaubert werden.

Vielleicht wird das MANE-Verbot auch irgendwann einfach selbstverständlich sein. Es geht ja auch nicht, dass alle so alt werden. War ich etwa entsetzt gewesen über die vielen Todesanzeigen in den letzten Tagen? Es wäre alles viel einfacher, wenn man mit MANE früher sterben könnte, wie oft habe ich das schon gedacht. Und ich habe ja auch noch über vierzig Tage Zeit. (An diesem Morgen habe ich noch gezählt.) So ging ich mit meinem Vierzig-Tage-Gleichmut an den Geschäften vorbei und fand es schön, dass die Schaufenster noch immer so viele Produkte zeigten, wo doch fast alle online kaufen, und dass noch immer Verkäufer sich gelegentlich bemühen und die Läden einladende Orte sind und es keine Rolle spielt, dass ich mir den ganzen Kram nicht leisten kann.

Die Sonne brach durch die Wolkendecke, und es gab Reflexe auf den vielen Scheiben, das war hübsch. Bei Sonne gesehen ist dieser Weg, auf dem ich nach Hause komme, gar nicht so hässlich. Man muss nur die Eintönigkeit aushalten, das Grauschmuddelige, das durch kein Grün und keine Vorgärten gemildert wird, muss darauf bauen, dass die Vertrautheit Hässlichkeit wettmacht, und daran denken, dass man, wenn man diesen Straßenabschnitt erreicht hat, ja bald zu Hause ist, wo einem das alles doch egal sein kann.

Die Müllcontainer auf den Fußwegen erschwerten meine gewohnheitsmäßige Beschwichtigung. Damit will ich mich nicht abfinden. Und dann stand eine Edelkarosse mit der Plakette zur uneingeschränkten Fahrerlaubnis direkt vor meiner Haustür, herausfordernd raumgreifend vor dem einzigen Ausblick, den ich von meinem Fenster habe. Das Ding war an diesem Ort empörend deplatziert, in seiner Größe plump und monströs, das Privileg, jederzeit fahren zu dürfen, sowieso abzulehnen. Ich blieb verärgert stehen, um mir die Plakette anzuschauen, die direkt dem Kennzeichen hinzugefügt war, merkte aber, dass auch andere Blicke auf das Auto warfen, ich also beobachtet wurde. Es musste ja so aussehen, als sei ich aus Bewunderung stehen geblieben, also ging ich weiter.

Im Hausflur roch es ausnahmsweise angenehm, nach Kaffee, ja darauf hatte ich gerade Lust, den wollte ich mir jetzt auch machen. Als ich die Tür aufschloss, war ich wieder irritiert, hatte aber diesmal keine Zeit, mich zu beunruhigen, denn Enno rief aus der Küche. Überrascht ging ich hinein, er stand da wirklich, zu dieser Zeit, erklärte fröhlich: »Ich kann jetzt Kaffee kochen.« Meine Reaktion war verhalten, natürlich freute ich mich, dass er da war, aber ich dachte auch, dass er vielleicht krank war oder den Job aufgegeben hatte, den ganzen Stress nicht mehr ertragen wollte und erst mal Trost bei der Mama suchte. Und was sollte diese demonstrative Fröhlichkeit? Er grinste. »Na machst du dir wieder irgendwelche Sorgen, ob ich vielleicht alles hingeschmissen habe und jetzt bei dir einziehen will oder heute Abend flüchten muss oder so? Und dass das jetzt der erste und letzte Kaffee sein wird, den ich für dich koche, Mamileinchen?«

Und – oje – er hatte mir Pralinen mitgebracht. »Jetzt ist es soweit, ich bekomme Pralinen.« Ein prustendes Lachen war die Antwort, und ich musste mitlachen, auch wenn ich nichts verstand. Ich musste mich hinsetzen und diesen Kaffee wahnsinnig gut finden und trinken und mir anhören, von Anfang an anhören, wie er eigentlich schon seit drei Wochen diese neue Stelle im mittleren Befugnisbereich, also eigentlich mehr im höheren mittleren Befugnisbereich, also da, wo das Mittlere eigentlich schon das Höhere ist, also dass er da inzwischen weich gelandet sei und sich sicher genug fühle, es erzählen zu können. Und dass er, was das Finanzielle betraf, aufatmen könne, es sei jetzt wirklich genug da, auch für Rücklagen und für Mäxchens Zukunft. Und obwohl ich gar keinen Einwand hatte, musste er mir noch mal erklären, dass von seinem Gehalt ja über zwei Drittel abgingen an Abzügen, dass die Hälfte der Arztkosten selbst bezahlt werden müsse und die Preise idiotisch seien und so weiter.

»Aber Junge, wozu fängst du an, dich zu entschuldigen, ich weiß doch, was ihr Jungen alles bezahlen müsst, wie soll man da je genug haben.«

Er nickte verschmitzt. »Hast du das Auto gesehen?«

Sein Grinsen wurde breiter, als ich nicht auf Anhieb verstand, er strahlte bereits, als ich endlich begriff.

»Nein, nicht möglich, tatsächlich deins? Ich habe das auf dem Weg vorhin angestarrt, als käme es aus einer anderen Welt, also das ist jetzt, nein, ehrlich, wirklich deins?«

Das ganze Gesicht ein Lachen, wie damals als Kind, das war wirklich schön. Ich ging sofort zum Fenster, um den Wagen noch einmal anzuschauen, jetzt natürlich mit ganz anderen Augen, denn jetzt, wo ich wusste, dass er Enno gehörte, war er weder störend noch anmaßend und auch eigentlich gar nicht monströs. Und stand genau richtig unter meinem Fenster.

»Mama, ich habe jetzt endlich ein eigenes Büro, sogar ein recht komfortables, im 23. Stock, sogar einen persönlichen

Assistenten drei Tage die Woche, und was wirklich irrsinnig ist, eine gewisse Zeitautonomie, *Zeitautonomie*, Mama, und weißt du, was das Beste daran ist? Ich kann dich einfach am helllichten Tag besuchen und Pralinen mitbringen!«

Jetzt wieder dieses Strahlen, herausfordernd, er genoss meine Ratlosigkeit. »Na, das verstehst du nicht, was? Ich weiß, dass du niemals Pralinen gemocht hast, aber das spielt keine Rolle, ich zeig es dir, also Achtung, heute ist mein Tag, Mama, jetzt pass auf ...« Er entnahm ein aufwändig umhülltes Praliné, brach es in der Mitte entzwei und zeigte triumphierend die zum Vorschein kommende Kapsel.

»MANE!« Jetzt erst begriff ich. »Eine Tarnpackung für MANE!« Und begann begeistert zu zählen: »50, unglaublich!«

»Weißt du noch, Mama, wie ich angerufen und gesagt habe, du sollst dich wegen der angeblichen dramatischen Ne-benwirkungen nicht beunruhigen und ich dir später erklären will, wieso? Deshalb bin ich hier, ich will dir endlich die Wahrheit sagen: Alles, was über MANE behauptet wird, ist Blödsinn. MANE ist phantastisch, das Beste, was ich dir schen-ken kann ...«

»Du bist nicht der Erste, der mir MANE schenkt«, konnte ich jetzt sagen. Das war schwer zu glauben, und er wollte die ganze Geschichte wissen. Ich erzählte es also. Es war ungewohnt geworden, zu einem Sohn zu reden, der tatsächlich zuhörte, er-staunt bei Einzelheiten nachfragte, so, als wären die Rollen wie-der vertauscht. »Als wir letztens Sachen abgeladen hatten, warst du sozusagen auf verbotenen Pfaden, oh, das tut mir aber leid, dass du Angst hattest, als du zurückkamst, daran haben wir gar nicht gedacht.« Ich streichelte seinen Arm, mache ich immer noch gerne, und schaute ihn sanft an. »Macht doch nichts, war mal ein kleiner Adrenalin-Schub, mal ein bisschen Krimi außer-halb des Kastens. Habe ich denn noch nie von Hermann Heene erzählt?«

Natürlich hatte ich, und natürlich hatte er nicht zugehört, warum sollte er sich auch merken, was ich so beiläufig redete, und sich entschuldigend (»Oh, man ist ja immer an der falschen Stelle unaufmerksam«) begann er, von dem Hermann Heene zu berichten, der tagelang Gesprächsthema in seiner Firma gewesen war, der das Ministerium jahrelang zum Narren gehalten hatte als ein Meister der Täuschung. Der eine so unglaubliche Menge belangloser Statistiken veröffentlicht, die Behörden mit irreführenden Anfragen abgelenkt und die wissenschaftliche Diskussion stets vom Kern des Problems wegzuführen gewusst hatte, der auf geniale Weise die Verschleierung eigentlich ganz phantastischer Nebenwirkungen von MANE aufrechterhalten konnte, als den klugen Medizinern das Dilemma längst klar gewesen sein musste. Die hätten natürlich die Schweigepflicht oder das Interesse beziehungsweise ihren Eid, dass sie Leben zu erhalten hätten, und so weit sei ja auch alles in Ordnung.

Dieser Heene hätte ja nicht getäuscht und Sterben in Kauf genommen, sondern im Gegenteil das Risiko der Lebenszeitverlängerung auf dem Beipackzettel verschwiegen. Allein deshalb sei ihm ja die Sympathie gewiss, da gebe es in der Firma nur zustimmende Bewunderung. Dass ihm Betrug vorgeworfen würde, sei im Grunde Nonsens, denn Heene habe auf so intelligente Weise gelogen, dass eigentlich nichts Ungesetzliches nachzuweisen sei, zumindest würden Ennos Kollegen nicht glauben, dass er wirklich verurteilt werden könnte, aber da blicke er, Enno, nicht durch. Auf jeden Fall sei er in einem Land, das ihn so leicht nicht ausliefern würde.

Und dass er noch vor seiner Abreise Packungen verschenkt habe, soweit es ihm möglich gewesen war, sei doch sympathisch und spiele überhaupt keine Rolle. Abgesehen davon allerdings, dass ich, seine Mutter, zu den Beschenkten gehörte, das mache diesen Heene noch sympathischer. Wie gut, dass ich die richtigen Leute gekannt hätte.

»Und jetzt habe ich den richtigen Sohn?«

»Den hattest du immer.«

Dem war nicht zu widersprechen. Während Enno redete, sah ich Hermann vor mir, in der offenen Tür zum Kursraum, mit dem aufmerksam freundlichen Begrüßergesicht, den Kopf leicht geneigt, die rechte Seite nach vorn gebeugt, wartend darauf, dass ich *endlich komme, wo er mir doch etwas zu sagen hat, nachdem er den ganzen Abend hat nachdenken müssen über unser Gespräch und meine kluge Frage und ihm nun eingefallen ist, was nun auf mich wartet ...* Er wird willkommen gewesen sein in allen Konferenzen, allen gefallen haben mit seinen weit hergeholten Statistiken, sich um alle klug bemüht haben auf sehr persönliche Weise ... So sah ich ihn vor mir, *Hermann den Täuscher.* Dass das zum Übelnehmen reichte, dachte ich, und dass Hermanns Bild nicht mehr in seinen Rahmen passte, sagte aber nichts, zeigte das Photo, das Mira mir geschickt hatte. Enno war überrascht. »Vielleicht ist das in der Firma noch nicht angekommen, da hab ich ja was zum Herumzeigen. Dass du das weißt, Mama.«

»Ach, ich kann doch nichts dafür, alles Zufall, alles Glück. Seit heute doppeltes Glück. Eigentlich ein ziemlich ungewohntes Glück ...« Einsames Glück sagte ich nicht mehr, ich werde doch mit Enno nicht über Bärbel reden, dachte ich, aber Ben Weißer fiel mir ein. »Hast du die Sendung über diesen Journalisten gesehen, der über kriminelle Kinderversuche mit MANE berichten wollte und umgebracht worden ist? Furchtbar, nicht?«

Enno schaute unglücklich, das war ihm nicht recht, dass ich damit anfing, das sah ich deutlich. »Natürlich«, er räusperte sich, »ist alles grauenhaft, sicher, aber Hermann Heene muss doch nichts damit zu tun haben. Es hat doch auch niemand erwartet, dass ein uneingeschränkt positiv bewertetes Medikament bei Kindern so verheerende Wirkungen hat, weiß doch bis heute niemand, woran das liegt.«

»Na ja, den eigenen Kindern hat man es aber lieber nicht gegeben und sich andere ausgesucht.«

»Vielleicht gab es dafür einen Grund, den wir nicht kennen, vermutlich wurde mit ernsthaften Schwierigkeiten so wenig gerechnet, dass zu wenig medizinische Kontrolle eingeplant war und die Katastrophe zu spät erkannt wurde – als dann vertuscht und gemordet wurde, waren bestimmt ganz andere Leute verantwortlich als dieser Hermann.« Er stockte, sah noch immer unglücklich aus.

Kinder überschätzen leicht das moralische Rückgrat ihrer Eltern. »Hast du Angst, ich würde die MANE deshalb nicht wollen?«

Er seufzte. »Ich hab halt nur eine Mutter, und so furchtbar das auch alles ist, es ändert sich ja nichts, wenn man MANE auf den Müll wirft, man ist nur früher ... na ja.«

»Bist ein lieber Sohn, ich versteh schon, ich will dich auch nicht mit Skrupeln quälen, ich wollte es nur wissen.« Ich habe es ja wirklich nur wissen wollen.

Es tat mir leid, dass ich seine ausgelassene Laune getrübt hatte, wo ich doch so lange schon gehofft hatte, ihn einmal so fröhlich zu erleben, und er wahrscheinlich seit Jahren gehofft hat, hier einmal so aufzutauchen und »seinen Tag« zu haben, da wollte ich die Miesmacherei sein lassen. Das Thema wechseln, sein Lachen wiederbekommen.

»Also eins hab ich noch nicht erzählt, das hat mich bei dieser Befragung so gewundert, und das versteh ich bis heute nicht. Da war nämlich dieser Kommissar schlagartig nicht mehr herablassend, als ich sagte, dass mein Sohn, also du natürlich, bei den BES arbeitet. Wirklich, von einem Moment auf den anderen war alles in Ordnung, einfach rätselhaft, das macht doch keinen Sinn, oder?«

Jetzt lächelte er wieder, hob die Schultern und zog Grimassen. »Tatsächlich, das ist wirklich stark, wirklich interessant.

Natürlich kann das auch Zufall gewesen sein ... Aber du hattest einen anderen Eindruck, und ist schon möglich, dass du recht hast. Kann ja sein, dass bei BES-Leuten eine andere Zuständigkeit gegeben ist und der Kommissar dann gar kein Datenrecht, kein Aufzeichnungsrecht mehr hat. Dann muss er die Befragung eben beenden und sogar löschen. Das kann durchaus sein, weißt du, ich habe mich schon gewundert, wie offen die auf meiner Etage« (meiner Etage hat er tatsächlich gesagt) »mit MANE umgehen. Ab sechzig ist es selbstverständlich, MANE zu nehmen, und für die Eltern kriegt man es natürlich auch. Jeder fühlt sich zu wichtig, als dass er ohne auskommen könnte. Wird gar nicht in Frage gestellt, natürlich ein bisschen verschleiert, reden können wir nur intern darüber. Aber ich hab schon vermutet, dass das abgesichert sein muss. Doch dass es so gut funktioniert bei der Polizei, muss ich erzählen, ist eine sehr gute Story. Es ist dann wirklich ein Privileg wie das Auto.« Enno zog noch einmal die Schultern hoch, als wollte er sagen: »Kann ich doch nichts dafür.«

Ich war entsetzt, schwieg aber, wollte keine weitere Miesmacherei anfangen. »Aber du musst mich schon irgendwann mal durch die Gegend kutschieren, anschauen allein reicht nicht.« Das war die richtige Antwort.

»Natürlich, bald, sobald wie möglich, hat Mäxchen auch schon gewollt, also dass du mitfährst, das wird dann ein richtiger Großfamiliensonntag. Such doch schon mal ein Ziel aus, Landschaft oder Kultur oder was dir so einfällt.«

Ich hatte wieder einen freundlich-glücklichen Sohn. Er erzählte noch einmal die Geschichte seiner Beförderung, von den wochenlangen Ängsten, dass es nicht klappen könnte, seinen Ängsten andrerseits auch, dass ihn der Wechsel überfordere, diese ewigen Unwägbarkeiten. Auch junge Leute erzählen gern alles zweimal. Er war ja so froh, dass es gelungen und jetzt einfach alles besser sei. Er hatte sich freigeschwommen, endlich, wie lange habe ich mir das schon gewünscht für ihn. Seine anfängliche Heiterkeit war vollständig wiedergefunden. Er sah kurz auf sein Zeitdisplay. »Oje, aber das macht gar nichts, nur, ich sollte jetzt gehen«, sagte er ohne Anspannung, »und der Kaffee, der hat geschmeckt, nicht wahr?«

Ich nahm ihn an der Tür in den Arm, da hat sich nichts geändert in den vielen Jahren, und er ging mit großen, leicht hüpfenden Schritten hinaus. Ich öffnete das Fenster und sah, wie er hinausstürmte, noch einmal winkend vor dem Auto wartete, bis ich genügend bewundernde Blicke geworfen hatte. Er freute sich, dass ich diese Kinderei mitmachte. Auch andere Blicke waren ihm gefolgt, in dieser Straße ist dieses Gefährt einfach zu ungewöhnlich. Er bemerkte es ohne jede Verlegenheit. Diese Unbekümmertheit stand ihm gut, entspannt warf er seine Jacke auf den Rücksitz, lehnte sich noch einmal mit dem Ellbogen auf das Wagendach, ein letzter Blick zurück zu mir, als sollte ich sehen, wie gut alles sei: »Jetzt aber endlich Schluss mit dem Sorgenmachen!«

Der Wagen glitt geräuschlos aus meinem Blickfeld, ich blieb noch lange an dem geöffneten Fenster stehen, der Kälte standhaltend.

Meine Scham werde ich für mich behalten, die taugt nichts, weil sie nichts ändert, er soll diese kindliche Freude auskosten, die Ausgelassenheit, die Gunst des glücklichen Augenblicks. Diese vorübergehende Freude am Leben. Ich weiß ja nicht, ob es etwas anderes gibt.

Zeitfracht Medien GmbH
Ferdinand-Jühlke-Straße 7
99095 Erfurt, Deutschland
produktsicherheit@kolibri360.de